Das Buch

Der große Kenner der phantastischen Literatur Peter Haining hat hier die besten Geschichten zum Thema Zauberei und Magie zusammengestellt:

Klassiker und international erfolgreiche Autoren wie Gillian Cross, Joan Aiken, John Wyndham, Roald Dahl, Ray Bradbury, Philip Pullman und Diana Wynne Jones zeigen mit ihren Erzählungen, dass das Thema Zauberei schon lange vor dem Phänomen Harry Potter begeistert und fasziniert hat.

Der Herausgeber stellt die Geschichten in kurzen Einleitungen vor und zeigt so spannende Zusammenhänge und Traditionslinien auf: Joanne K. Rowlings jugendlicher Held ist keine singuläre Erscheinung, sondern einfach die jüngste Variante eines und mittlerweile überall sehr beliebten Themas: der Magie.

Der Autor

Peter Haining wurde als Autor und als Herausgeber international erfolgreicher Anthologien der Phantastischen Literatur und der Science fiction bekannt. Er lebt mit seiner Frau in Suffolk, England.

Bisher von ihm im Heyne Verlag herausgegeben:
Gefährliche Possen (06/5909)
Ritter des Wahnsinns (06/9062)

Außerdem bei Heyne erschienen:
Friedel Wahren/Erik Simon (Hrsg.), *Schöne Bescherung (01/13284)*, *Retter der Ewigkeit (01/13485)*; *Tolkiens Erben (01/9161)*
Terry Pratchett, *Das Licht der Phantasie (01/13097)*; *Gevatter Tod (01/9543)*; *Wachen! Wachen! (01/10956)*
Philip Pullman, *Das magische Messer (01/10965)*; *Der goldene Kompass (01/10657)*
John Bellairs, *Das Geheimnis der Zauberuhr (01/13364)*
Neil Gaiman, *Die Messerkönigin (01/13253)*; *Der Sternenwanderer (01/13436)*
Ursula K. Le Guin, *Das Wunschtal (06/9198)*

Das Magische Zimmer

Zaubergeschichten

herausgegeben von

Peter Haining

Aus dem Englischen
von Anja Schünemann

Wilhelm Heyne Verlag
München

HEYNE ALLGEMEINE REIHE
Band-Nr. 01/13616

Die Originalausgabe
THE WIZARDS' DEN
erschien 2001 bei Souvenir Press Ltd., London

Umwelthinweis:
Dieses Buch wurde auf chlor- und
säurefreiem Papier gedruckt.

Redaktion: lüra – Klemt & Mues GbR, Wuppertal / Petra R. Stremer

Deutsche Erstausgabe 08/2002

Printed in Germany 2002
Umschlagillustration: Rowena Morrill/Agentur Schlück
Umschlaggestaltung: Nele Schütz Design, München
Satz: Schaber Satz- und Datentechnik, Wels
Druck und Bindung: Elsnerdruck, Berlin

ISBN: 3-453-21269-X

http://www.heyne.de

Fort in ein schattiges Tal, wo Magier ihre mystischen Zauber wirken.

ANN RADCLIFFE
The Mysteries of Udolpho, 1794

Zauberei hat einen universellen Reiz.

J. K. ROWLING
Reader's Digest, Dezember 2001

Inhaltsverzeichnis

Peter Haining

Die Welt der Zauberei

In einem Tal südlich der gewaltigen Cadair-Idris-Berge in Wales, bei dem kleinen Ort Corris, liegt der Zugang zu einem riesigen, verzweigten Höhlensystem, das man König Artus' Labyrinth nennt. In einer der Höhlen sitzt ein junger Zauberer namens Myrddin, allgemein als Merlin bekannt. Er prophezeite einst die Ankunft des Ritterkönigs Artus. Merlin weissagte auch, wie der Kampf zwischen dem weißen und dem roten Drachen ausgehen würde, der entscheidend für das Schicksal des Landes Wales war. Der pfiffig aussehende, blonde Junge in dem groben Leinenkittel ist natürlich nicht echt, sondern nur ein originalgetreues Abbild eines der vielen Zauberer, die seit Generationen die uralte Kunst der Magie ausüben. Man muss nämlich wissen, dass es Zauberer in Wirklichkeit gibt – sie sind nicht nur Fantasiegestalten in den Geschichten von Schriftstellern wie T. H. White, J. R. R. Tolkien und neuerdings J. K. Rowling.

Es gibt sie, das steht fest – und zwar schon seit Jahrhunderten. Die Bibel berichtet in Jesaja 19 von »Wahrsagern und Zeichendeutern«, in Miltons Gedichten ist von »sterngeleiteten Magiern ... mit süßen Wohlgerüchen« die Rede, und in Shakespeares Stück *Der Sturm* tritt der Zauberer Prospero auf. Zauberer werden in der Regel als ältere Männer dargestellt: groß, bärtig und mit wallendem Haar. Sie tragen lange Gewänder mit geheimnisvollen Zeichen darauf und haben Zauberstäbe. Es gibt auch weibliche Zauberer, die meist Hexen heißen. Von einer solchen ist in Percy Shelleys berühmtem Gedicht *Die Zauberin des Atlas* die Rede, wo es heißt: »Einsam die Zauberin saß jeden Tag / Zu lesen manches Pergament bestrebt«. Doch sie alle haben einmal als junge Menschen mit dem Studium der Magie begonnen – und nicht wenige von ihnen bevölkerten später zahllose Geschichten, wurden aber auch zum Gegenstand von Mythen und Legenden. Während man in früheren Zeiten eine Mischung aus Angst und Ehrfurcht vor den Zauberern empfand und nur hinter vorgehaltener Hand von ihnen zu sprechen wagte, wird heute ganz salopp und selbstverständlich über sie geredet.

Aber was genau ist ein Zauberer? Laut Wörterbuch ist es jemand, der sich auf die Geheimkünste versteht und Magie und Hexerei betreibt. Außerdem sind Zauberer weise, können in die Zukunft blicken und gewöhnliche Menschen hypnotisieren. Sie beherrschen die Kunst der Zauberei und Beschwörung und sprechen eine ganz eigene Sprache, die nicht das Geringste mit dem üblichen »Abrakadabra« und »Sesam, öffne dich« zu tun hat, das die meisten Leute mit Zauberei verbinden. In der Welt der Zauberer ist so ziemlich alles möglich: Sie können ihr Äußeres verändern, sich in alle möglichen Gegenstände verwandeln und sich sogar unsichtbar machen. Sie können Geister sehen, übernatürliche Mächte beschwören und großes Glück, aber auch schreckliches Unheil bewirken. Es gibt zwar Fälle von Magiern, die der Versuchung erlagen, ihre Zauberkraft zu missbrauchen, aber in der Regel sind sie nicht böse und benutzen ihre Macht nicht dazu, jemandem zu schaden. Das *können* sie allerdings durchaus – zum Beispiel im Kampf gegen böse Menschen, mörderische Ungeheuer oder die Mächte der Finsternis.

Eins der ersten historischen Bücher über Zauberer war *The Wizard Unvisored* aus dem Jahre 1652. Der Verfasser ist nicht bekannt; das Buch enthält allerdings so viele Informationen über die geheime Kunst, dass es ganz gut von einem Magier geschrieben sein könnte. Es gibt darin sogar eine Liste von Zauberern, die angeblich zur damaligen Zeit in London aktiv waren. Da war der »schlaue Fuchs« von der Bankside, ein »zotteliger Zauberer« in der Pepper Alley und der »Doctor Forman mit dem Dudelsackgesicht« in Lambeth. Noch interessantere Gestalten waren Mutter Broughton in der Chick Lane und der junge Master Oliver, der in der Turnbull Street wohnte. Er muss ein wahrer Musterschüler der Zauberkunst gewesen sein. Außer seinem Namen ist zwar wenig über ihn bekannt, doch er stand bereits in einer uralten Tradition und war ein Vorgänger der jungen Zauberer, von denen einige in diesem Buch zu finden sind. In *The Wizard Unvisored* gibt es leider kein Bild von diesem beachtlichen Master Oliver.

Über einen anderen jungen Zauberer ist umso mehr bekannt: über Merlin, der zum wohl berühmtesten Magier aller Zeiten heranwuchs. Sein Leben ist sagenumwoben, aber man nimmt an, dass er gegen Ende des sechsten Jahrhunderts v. Chr. lebte. Er soll vaterlos in Carmarthen aufgewachsen sein und bei dem berühmten Magier Blaise von Britannien die Zauberkunst erlernt haben. Merlin machte zuerst in Wales als Wahrsager von sich reden, als er die Ankunft des legendären König Artus prophezeite. Er bot auch dem König Gwrtheyrn von Wales seinen Rat an, als dieser in Dinas

Emrys eine Burg bauen wollte. Der Magier erklärte, das Vorhaben werde niemals gelingen, weil in dem Berg, auf dem die Burg errichtet werden sollte, an einem unterirdischen See zwei Drachen schliefen, ein weißer und ein roter. Als Gwrtheyrn den See trockenlegen ließ, erwachten die beiden Drachen und begannen miteinander zu kämpfen, bis der rote am Ende den Sieg davontrug. Aus Gwrtheyrns Bauplänen wurde trotzdem nichts, doch man sagt, diese Geschichte sei die Erklärung dafür, dass der rote Drache das Wappentier von Wales wurde. Noch heute erinnert Bryn Myrddin, der »Merlinsberg«, in Carmarthen an die Jugend des Magiers. Der Sage nach wurde er in den Berg verbannt, weil er geheimes Wissen über Magie preisgegeben hatte, und schläft dort bis zum heutigen Tag. Man erzählt sich in der Gegend, in finsteren, stürmischen Nächten könne man manchmal Merlins »gespenstische Klage« aus den Tiefen des Berges hören.

Auch in Cornwall stößt man auf Merlins Spuren. Er ließ sich dort nieder, nachdem er jahrelang mit einem Wildschwein als einzigem Gefährten durchs Land gezogen war. Dort, im Schloss Tintagel, soll auch der junge Artus zur Welt gekommen sein, dem bestimmt war, einer der größten Könige Englands zu werden. Merlin machte sich durch seine Zauberkunst am Hof unentbehrlich und stand auch den berühmten Rittern der Tafelrunde mit Rat und Tat zur Seite. Einer anderen Legende zufolge versetzte er durch Zauberkraft die gewaltigen Steine des Stonehenge-Monumentes von Irland in die Ebene von Salisbury. Sie wurden miteinander verbunden, und der Zauberer ließ sie über die Irische See schweben, um sie in Stonehenge nach seinen Vorstellungen anzuordnen. Noch heute erinnert die so genannte »Merlinshöhle« im Felsen unter dem Schloss Tintagel an den großen Magier. Außerdem hat T. H. White ihm mit seinem berühmten Fantasy-Klassiker *Das Schwert im Stein* ein Denkmal gesetzt. Das Buch handelt von Artus' Kindheit und von der Rolle des Zauberers als Lehrmeister des jungen Königs.

Im Norden Englands, am Alderley Edge, einem kahlen Sandsteinfelsen, der sich schroff über die Ebene von Cheshire erhebt, findet man ebenfalls einen Hinweis auf Merlin: einen Wunschbrunnen, der von einer natürlichen Quelle gespeist wird und die Inschrift trägt:

Drink of this and take thy fill,
For the water falls by the wizard's will.

So viel Ihr mögt,
trinket davon
Denn auf Zaubrers Wunsch
Fließet der Bronn

Dort – so glaubt man – vollbrachte Merlin eines seiner großartigen Zauberkunststücke: Er ließ ein gewaltiges Tor aufspringen, das in der Felswand verborgen war. Dahinter befand sich eine riesige Höhle, in der König Artus und seine Ritter schliefen. Wenn das Volk von England ihren Mut und ihre Tapferkeit einmal wieder brauchen würde, sollte ein Ruf sie erwecken. Auf dieser Legende beruht der bekannte Roman *Feuerfrost: Die phantastische Geschichte des Zaubersteins von Brisingamen* von Alan Garner, von dem auch ein Auszug in diesem Buch enthalten ist.

In Schottland gibt es ebenfalls Überlieferungen von Zauberern. In Selkirk steht der Oakwood Tower, der Turm, in dem Michael Scot zu Beginn des 13. Jahrhunderts lebte. Er lernte die Geheimnisse der Magie in Paris kennen und soll eine Sammlung von Zaubersprüchen und Beschwörungen,

The Book of Might, geschrieben haben. Die Legende besagt, dass er ein hervorragender Sterndeuter und Wahrsager war und einmal auf einem Geisterpferd nach Frankreich flog. Das *Book of Might* wurde ihm angeblich mit ins Grab gegeben, das sich in der Abtei von Melrose befindet.

Ein weiterer schottischer Zauberer, Alexander Skene, lebte in gar nicht so ferner Vergangenheit, nämlich im 18. Jahrhundert. Er ging als Jugendlicher nach Italien, um alles zu lernen, was man als Magier wissen musste. Als er nach Aberdeen zurückkehrte und das Haus bezog, das heute Skene-Haus genannt wird, verfügte er über so große magische Kraft, dass er weit und breit als »Wizard Laird« – »Zauberjunker« – bekannt wurde. Man erzählte von ihm, dass er selbst bei strahlendem Sonnenschein keinen Schatten warf und dass er auf Schritt und Tritt von vier Vögeln begleitet wurde – einer Krähe, einem Falken, einer Elster und einer Dohle –, die er seine »Kobolde« nannte. Er braute aus Kräutern, die er in den umliegenden Tälern sammelte, Zaubertränke, mit deren Hilfe er es mit einer ganzen Reihe von Übeltätern aufnahm. Noch heute kursieren in der Gegend von Aberdeen abenteuerliche Geschichten über den »Zauberjunker«.

Eine andere bekannte schottische Volkserzählung, »The Wizard's Apprentice«, wurde 1860 von J. F. Campbell in dem Band *Popular Tales of the West Highlands* veröffentlicht. Sie handelt von einem jungen Bauernsohn, der von dem Zauberer Fiachaire Gobha in Magie unterrichtet wurde. Außer Zaubersprüchen lernte der Junge auch die Kunst des »Gestaltwandels«. Er wurde zum Hund, zum Stier, zum Pferd und bei einer ganz besonderen Gelegenheit sogar zu einem Blasebalg. Das Interessanteste an dieser Geschichte ist jedoch, dass darin vom »Great Wizard's College of Magic«, der »Zauberschule des großen Magiers«, die Rede ist, die der Alte selbst einmal besucht hatte und auf die er auch seinen jungen Lehrling schickte. Aus der Geschichte geht wenig Genaueres über diese Schule hervor. Es gibt Anhaltspunkte dafür, dass es sich um die Schule in Italien gehandelt haben könnte, die auch Alexander Skene besucht hatte. Wahrscheinlicher ist allerdings, dass sie sich in Schottland befand, vermutlich in einem entlegenen Winkel der westlichen Highlands. In jedem Fall kann sie wohl als Vorläufer von Harry Potters Hogwarts-Schule für Hexerei und Zauberei gelten, die ebenfalls in einem entlegenen schottischen Schloss untergebracht ist.

Auch in anderen Zusammenhängen sind Hinweise auf Zauberer zu finden. Offenbar waren sie teilweise so gefürchtet, dass viele von ihnen das gleiche Schicksal erlitten wie Thomas Sche, der 1596 auf dem Scheiterhaufen verbrannt wurde. In einem Bericht über einen Prozess im Jahre 1751 heißt es: »In Tring [in der Grafschaft Hertfordshire] versammelte sich eine rachlustige Menge gegen Osborne und seine Frau und beschuldigte sie der Hexerei.« Ein Jahrhundert später berichtet der Schriftsteller William Hone in seinem *Every-day Book*, dass im Juli 1825 »in Wickham Skeith in Suffolk ein Mann als Hexer der Wasserprobe unterzogen wurde«. Andere Schriftsteller haben Erfreulicheres über Zauberer zu berichten. Henry Mayhew zitiert beispielsweise in seinem Werk *Arbeit und Armut in London* einen Mann, der von sich sagt: »Ich nenne mich auch Magier; aber das ist nur der vornehme Ausdruck für Zauberer; ich meine sogar, dass Magier früher Astrologe und so etwas wie Wahrsager bedeutete.« Drei berühmte Magier des 19. Jahrhunderts sind ebenfalls in die Literatur eingegangen: Sir Walter Scott beschreibt in seinem Buch *Marmion* »Lord Gifford in seinem seltsamen Zaubergewand«; in Nathaniel Hawthornes *Tanglewood Tales* kommt Gerald Dow vor, ein Zauberer aus Holland, der seine Kunst in Amerika ausübt; und Rudyard Kipling erwähnt in »Durchs Feuer« in *Dunkles Indien* »Juseen Dazé, den Zauberer, der den redenden Affenkopf besitzt«.

Auch in neueren Büchern treten immer wieder Zauberer jeden Alters auf. 1900 machte sich die kleine Dorothy in der Geschichte von L. Frank Baum auf die Suche nach dem *Zauberer von Oz*. 1938 folgte T. H. Whites *Das Schwert im Stein*, in dem der Zauberer Merlin seinen Schüler Wart in allerlei Tiere verwandelt, damit der Junge diese besser verstehen lernt. Wart wird gelegentlich zu Harry Potters geistigen Ahnen gezählt – eine Einschätzung, der sich wohl jeder anschließen würde, der das Buch kennt. In *Die Böse Macht* von C. S. Lewis, 1954, begegnet Merlin uns ebenfalls. 1968 führt J. R. R. Tolkien in *Der Herr der Ringe* die wunderbare Figur des Gandalf ein. Und schließlich trat in den Fußstapfen dieser Gestalten J. K. Rowlings gewitzter junger Harry Potter auf, der Zauberschüler an der Hogwarts-Schule. Er bildet das jüngste Glied in der langen Kette wahrer und erfundener Geschichten über Zauberei, die junge wie ältere Leser von jeher in ihren Bann ziehen.

Ich habe für dieses Buch einige Geschichten aus diesem Fundus ausgewählt. Es beginnt mit »Professor De Lara und der Zweipenny-Zauber« von E. Nesbit, von der J. K. Rowling nach eigener Aussage nachhaltig geprägt wurde. Mögen die Geschichten uns in die Welt der Zauberei entführen, in der alles – und ich meine *wirklich* alles – möglich ist. Wenn der Zauber nur nicht *allzu* stark ist, damit wir auch wohlbehalten wiederkommen …

PETER HAINING
Dolgellau, Wales
April 2001

Das Magische Zimmer

Zaubergeschichten

E. Nesbit

Professor De Lara
und der Zweipenny-Zauber

Professor Doloro de Lara – um ihn bei seinem vollen Namen zu nennen – ist Meister der weißen, aber auch der schwarzen Magie. Er ist sehr groß, hat schwarze Augen und einen Mund, den manche Menschen als unbeschreiblich bezeichnen. Insgesamt ist er eine ziemlich furchterregende Erscheinung. Außerdem kann er sich blitzschnell verwandeln.

Der Professor bietet seine Dienste als Privatlehrer an – er kommt ohne Aufpreis zu seinen Schülern nach Hause – und wirbt mit »Sonderkonditionen für Schulen«. Man könnte sich ohne weiteres vorstellen, dass er an Harry Potters Hogwarts-Schule unterrichtet. Das ist auch kein Wunder, denn J. K. Rowling war als Kind ganz begeistert von E. Nesbits Büchern.

Diese Autorin schrieb wie sie selbst später auch über Magier und Zauberei und verbarg ihren Vornamen ebenfalls hinter einer Initiale. Die folgende Geschichte handelt von der kleinen Lucy, die ihrem großen Bruder Harry eins auswischen will, weil er sie immer ärgert. Sie versucht es mit einem Zauberspruch von Pro-

fessor de Lara, aber wie wir gleich feststellen werden, haben die Künste des Zauberers eine gänzlich unerwartete Wirkung ...

***

Lucy war ein richtig braves kleines Mädchen, und Harry war eigentlich auch kein schlechter Kerl – für einen Jungen. Die Erwachsenen nannten ihn allerdings einen Taugenichts! Die beiden Geschwister kamen in der Schule ganz prima zurecht und hatten es auch zu Hause nicht übel. Lucy war möglicherweise wirklich nicht die Hellste, aber es war trotzdem ganz schön unverschämt von Harry, sie einen »Hohlkopf« zu nennen. Dafür hätte sie ihn wiederum auch nicht gleich als »Mistvieh« bezeichnen müssen. Vermutlich wollte sie ihm beweisen, dass sie nicht so hohl war, wie er dachte. Außerdem wurmte es sie natürlich, dass er sie reingelegt hatte – reinge*stellt*, besser gesagt, nämlich in ein Erdloch, das er bei den Stachelbeersträuchern gegraben hatte. Er hatte ihr weisgemacht, dass sie davon vielleicht wachsen würde. Als Lucy bis zur Hüfte in der Erde stand, schüttete Harry das Loch um sie herum plötzlich zu und stampfte die Erde fest, sodass sie sich nicht mehr vom Fleck rühren konnte. Sie fing an zu weinen. Daraufhin nannte er sie »Hohlkopf«, sie schrie »du Mistvieh!«, und schließlich ging er einfach weg und ließ sie allein »Wurzeln schlagen«. Da weinte sie erst recht. Sie versuchte vergebens sich zu befreien. Obwohl sie normalerweise so ein sanftes Kind war, hätte sie jetzt vor Wut am liebsten mit den Füßen gestampft – nur dass sie die ja gerade nicht frei bekam. Am Ende schrie sie so lange, bis ihr Onkel Richard kam und sie ausgrub. »So eine Schande!«, schimpfte er, gab ihr zwei Pennys und sagte, sie dürfe sich kaufen, wozu sie Lust hätte. Lucy lief zuerst zu ihrer Kinderfrau und ließ sich von der Stachelbeerbusch-Erde befreien. Als sie sauber war, zog sie los, um ihre zwei Pennys auszugeben. Sie durfte allein gehen, denn die Geschäfte waren ganz in der Nähe, und sie brauchte auf dem Weg dorthin die Straße nicht zu überqueren.

»Ich geb jeden einzelnen Penny ganz für mich allein aus«, schwor sich Lucy finster. »Harry kriegt kein bisschen ab – außer wenn mir was einfallen würde, was er nicht ausstehen kann. Das würde ich ihm dann ins Essen mischen!« Sie war noch nie so gehässig gewesen – aber schließlich hatte Harry sie auch noch nie so furchtbar geärgert.

Während sie an den Läden entlangbummelte, überlegte sie, wovor Harry sich so richtig ekeln würde. Sie selbst fand Würmer ganz scheußlich, aber die machten Harry nichts aus. Jungen waren schon komisch.

Plötzlich sah Lucy ein Geschäft, das sie noch nie bemerkt hatte. Das Schaufenster war voller Blumen – Rosen, Lilien, Veilchen, Nelken, Stiefmütterchen –, alle möglichen Sorten wuchsen da kunterbunt durcheinander. Es sah aus wie ein verwilderter Garten im Juli.

Sie suchte nach dem Namensschild. Aber über dem Schaufenster stand nicht »Blumen Sowieso«, sondern: »Doloro de Lara, Professor für weiße und schwarze Magie«, und hinter der Scheibe hing ein großes, gerahmtes Schild, auf dem stand:

BESCHWÖRUNGEN ZUM MITNEHMEN

ZAUBEREIEN ALLER ART
ZUVERLÄSSIG VOM FACHMANN

WIRKSAME ZAUBER
PASSEND FÜR JEDEN GELDBEUTEL
– VON 50 GUINEEN BIS ZU ZWEI PENCE

KONKURRENZLOS GUT UND GÜNSTIG!
ÜBERZEUGEN SIE SICH SELBST!

Lucy las mit dem Daumen im Mund. Das mit den zwei Pence klang gut. Sie hatte noch nie einen Zauber gekauft, da wäre einer für zwei Pence auch schon etwas Besonderes.

»Wahrscheinlich irgendein Zaubertrick«, dachte sie. »Und Harry verrate ich nie, wie er funktioniert – nie im Leben!«

Lucy ging hinein. Der Laden selbst war genauso zugewuchert und voller Rosenrot und Lilienweiß wie das Schaufenster, sodass die Farbenpracht und der Duft ihr fast den Atem verschlugen. Plötzlich kam aus einer Laube mit blühendem Nachtschatten ein hagerer, finster und unheimlich aussehender Herr zum Vorschein, der fragte:

»Nun, junge Dame, womit können wir denn heute dienen?«

»Ich möchte bitte einen Zauber«, sagte Lucy. »Den besten, der für zwei Pence zu haben ist.«

»Ist das alles, was du hast?«, fragte er.

»Ja«, antwortete Lucy.

»Na, dafür kannst du wohl keinen großartigen Zauber erwarten«, sagte er, »aber schließlich sind die zwei Pence bei mir immer noch besser aufgehoben als bei dir, das siehst du wohl ein. Nun, was hättest du denn gern? Für sechs Pence gäbe es einen hübschen kleinen Zauber, der bewirkt, dass es jeden Tag Marmelade zum Tee gibt. Dann hätte ich da noch einen für 18 Pence im Angebot, der macht, dass die Erwachsenen immer denken, du wärst brav gewesen, auch wenn du's gar nicht warst. Und für eine halbe Krone …«

»Ich hab aber nur zwei Pence.«

»Tja, also dafür gibt es nur einen einzigen Zauber«, sagte er unwirsch. »Eigentlich kostet er ja zweieinhalb Pence, aber meinetwegen kriegst du ihn für zwei. Ich kann machen, dass du so wirst wie jemand anders und jemand anders so wie du.«

»Danke schön«, entgegnete Lucy, »aber ich finde die meisten Leute schon ganz in Ordnung so, und mich mögen auch alle.«

»*So* ist das nicht gemeint. Gibt es nicht vielleicht jemanden, dem du gerne was heimzahlen würdest, wenn du so stark wärst wie er und er so schwach wie du?«

»Ja«, flüsterte Lucy verschämt.

»Dann mal her mit den zwei Pence«, sagte der finstere Herr, »und der Handel ist perfekt.«

Er grabschte ihr die beiden warmen Kupfermünzen aus der Hand.

»So, morgen früh bist du so stark wie Harry«, kündigte er an, »und er ist so klein und schwach wie du. Dann kannst du dich nach Herzenslust an ihm austoben, und er kann sich nicht wehren.«

»Ach! Aber ich weiß gar nicht recht, ob …«, wandte Lucy ein. »Ich glaube, ich möchte bitte doch lieber einen anderen Zauber.«

»Umtausch gibt's nicht«, sagte der Mann barsch. »Du hast bekommen, was du bestellt hast.«

»Danke«, sagte Lucy unsicher, »aber wie soll ich …«

»Das geht alles ganz von selbst«, erklärte der unfreundliche Mr. Doloro. »Keine Vorkenntnisse erforderlich.«

»Vielen Dank«, sagte Lucy. »Au …«

Sie wollte eigentlich »Auf Wiedersehen« sagen, doch stattdessen kam vor Schreck »Au weia« heraus. Das Blumengeschäft hatte sich nämlich im Handumdrehen in den vertrauten Bonbonladen verwandelt und anstelle des unfreundlichen Mr. Doloro stand plötzlich die Bonbonverkäuferin vor ihr und fragte, was sie wollte. Aber Lucy hatte ja gar kein Geld mehr, sodass sie nur antworten konnte: »Nichts.« Sie bereute bereits, dass sie ihre zwei Pennys auf diese Art ausgegeben hatte. Als sie nach Hause kam, tat es ihr erst recht Leid, denn Harry lief herbei und sagte ganz freundlich, es täte *ihm* Leid, dass er sie hereingelegt habe – er hätte ja nicht ahnen können, dass sie tatsächlich so blöd wäre – naja, also es täte ihm jedenfalls *wirklich* Leid! Lucy war ganz gerührt und fand nun erst recht, dass sie ihre zwei Pence nicht besonders geschickt angelegt hatte. Sie versuchte noch Harry davor zu warnen, was am Morgen geschehen würde, aber er sagte nur: »Erzähl keine Märchen! Billson Minor kommt gleich zum Cricket-Spielen. Du kannst den Fänger machen, wenn du Lust hast.« Lucy hatte keine Lust, aber sie wollte ihrem Bruder zeigen, dass sie seine Entschuldigung angenommen hatte und ihm nicht mehr böse war. Also machte sie den Fänger – in düsterer Stimmung und mit wenig Erfolg.

Am nächsten Morgen stand Harry zeitig auf, faltete sein Nachthemd zusammen und räumte sein Zimmer ordentlich auf – so ordentlich, dass das Hausmädchen später vor Verblüffung fast in Ohnmacht gefallen wäre. Dann schlich er mäuschenstill nach unten und lernte vor dem Frühstück noch seine Lektionen für die Schule. Lucy dagegen stand so spät auf, dass sie sich in aller Eile anziehen musste, damit sie noch Zeit hatte, einen prima Streich vorzubereiten. Gerade als die Glocke zum Frühstück läutete, rutschte sie das Geländer hinunter. Sie schlüpfte als Erste ins Zimmer und streute noch schnell etwas Salz in sämtliche Teetassen, bevor die anderen hereinkamen. Es wurde frischer Tee gekocht, und Harry bekam die Schuld. Lucy sagte: »Ich war's«, aber niemand glaubte ihr. Die Erwachsenen fanden, sie sei doch eine edle, selbstlose Schwester, dass sie ihren ungezogenen Bruder schützen wollte. Als sie Harry dann auch noch unter dem Tisch einen Tritt versetzte, fing er herzzerreißend an zu weinen. Lucy hasste sich selbst dafür, dass sie sich so benahm, aber irgendwie konnte sie einfach nicht anders.

Harry weinte auf dem Schulweg fast ununterbrochen, während Lucy unbedingt durch sämtliche Rinnsteine schlittern musste und ihn dabei hinter sich her schleifte. Im Spielzeugladen verlangte sie eine Schleuder und im Eisenwarenladen für einen Penny Reißnägel. Sie ließ beides anschreiben, und weil das noch nie vorgekommen war, bekam sie, was sie wollte.

Am oberen Ende von Blackheath Village trennten sich ihre Wege. Harry ging zurück und um den Bahnhof herum zu seiner Schule, während Lucy ihren Weg zur High School fortsetzte.

Die Aula der Blackheath High School ist ein prächtiger, weiter Saal mit einer Treppe wie aus dem Bilderbuch. Gegenüber steht eine große, schöne Frauenstatue. Die Lehrerinnen an der Schule nennen sie Venus. Ich glaube allerdings nicht, dass sie wirklich so heißt.

Lucy – die brave, sanfte, kleine Lucy, die der Liebling ihrer Klassenlehrerin war und in der ganzen Schule einen ausgezeichneten Ruf hatte – setzte sich auf diese Treppe. Ich kann mir überhaupt nicht erklären, warum sie nicht erwischt wurde, aber jedenfalls begann sie mit ihrer Schleuder Tintengeschosse auf die herrliche, weiße Frauenstatue abzufeuern. Am Ende war die Venus – sofern sie wirklich so heißt, was ich bezweifle – mit so vielen schwarzen Flecken übersät, dass sie aussah wie ein Dalmatiner.

Anschließend ging Lucy in ihre Klasse und verteilte die Reißnägel mit der Spitze nach oben auf Pulten und Stühlen. Dabei hegte sie finstere Rachegelüste gegen Blossoma Rand und Wilhelmina Marguerite Asterisk. Anschließend konstruierte sie über der Tür noch schnell eine Falle aus einem Wörterbuch, einem Wasserbottich, drei Stücken Kreide und einer Hand voll Papierfetzen. Drei andere kleine Mädchen schauten mit offenen Mündern andächtig zu. Ich spare mir hier lieber den schockierenden Bericht über den Erfolg der Falle und erzähle auch nichts von dem blutrünstigen Kampf zwischen Lucy und Bertha Kaurter, der in der Pause auf einem abgelegenen Ballspielplatz stattfand. Dora Spielman und Gertrude Rook, die beiden Sekundantinnen, waren selbst ganz aus dem Häuschen. Schließlich unterbrach Lucys Klassenlehrerin, die verehrte Miss Harter Larke, den Kampf in der fünften Runde und brachte die blutverschmierten Missetäterinnen durch die Aula und über die Bilderbuchtreppe hinauf ins Büro der Direktorin.

Die Direktorin der Blackheath High School besitzt eine ebenso subtile Autorität wie der Schulleiter in Kiplings Erzählungen von »Stalky & Co«. Mit ihrer Art zieht sie Eltern wie Kinder sanft, aber unwiderstehlich in ihren Bann. Gegen die arme Lucy – die ja von der Jungennatur ihres Bruders besessen war – wurden derart vernichtende Beweise vorgebracht, dass jeder, der über ein bisschen weniger Verstand verfügte, die Unglückliche von der Schule verwiesen hätte. Nicht so die Direktorin von Blackheath. Sie schob den Urteilsspruch auf – was, nebenbei bemerkt, das Allerschrecklichste für die Missetäterin war, die inzwischen im Büro wartete und anderthalb Stunden Zeit hatte, sich die Sache durch den Kopf gehen zu lassen – und schrieb Lucys Mutter einen vertraulichen Brief. Darin deutete sie vorsichtig an, Lucy sei wohl nicht ganz bei sich. Vielleicht brüte sie ja etwas aus. Jedenfalls sei es sicher das Beste, wenn sie ein bis zwei Tage zu Hause bliebe. Dann entließ sie Lucy. Diese brachte unterwegs noch ein kleines Mädchen auf einem Fahrrad zu Fall und trug in einem heißen Gefecht mit einem Bäckersburschen den Sieg davon.

Harry hatte unterdessen seine Tränen getrocknet und war

zur Schule gegangen. Ausnahmsweise beherrschte er sogar seine Lektionen. Der Lehrer war hocherfreut und begann schon sich Hoffnungen zu machen, die allerdings wenig später bereits gründlich zunichte gemacht werden sollten. Doch als Harry mittags in Hochstimmung die Schule verließ, fiel plötzlich Simpkins Minor über ihn her. Er versetzte Harry eine wohl gezielte, nachdrückliche Kopfnuss mit der Begründung, er, Harry, sei ein Streber. Harry versuchte gar nicht erst sich zu verteidigen, sondern brach in Tränen aus und flehte Simpkins Minor kläglich an, ihn doch in Ruhe zu lassen und nicht so gemein zu sein. Daraufhin begann Simpkins Minor ihn zu treten. Ein paar von seinen feinen, kleinen Freunden kamen dazu, und es wurde ein fröhliches Gemeinschaftstreten. Als Harry und Lucy sich später an der Ecke zur Wemyss Road trafen, war sein Gesicht kaum wieder zu erkennen. Lucy dagegen wirkte froh wie ein Schneekönig und stolz wie ein Pfau.

»Wass'n los?«, fragte sie forsch.

»Die Jungen in der Schule haben mich getreten, alle«, antwortete Harry tonlos. »Ich würd am liebsten sterben.«

»Ich auch«, erwiderte Lucy heiter. »Ich glaub, ich flieg von der Schule. Eigentlich wär das gar keine Frage, nur dass aus Versehen Bessie Jayne die Falle auf den Kopf gekriegt hat, nicht Miss Dingenskirchen, und Bessie petzt nicht. Dabei hat sie 'ne Beule wie ein Straußenei am Kopf, und klitschnass ist sie auch geworden. Jedenfalls glaub ich schon ziemlich sicher, dass sie mich rausschmeißen.«

»Ich wünschte, mich auch«, jammerte Harry und weinte in tiefster Verzweiflung. »Ich versteh gar nicht, was los ist – bei mir steht innendrin plötzlich alles Kopf. Ob man sich in was verwandeln kann, bloß weil man davon gelesen hat? Ich komme mir nämlich vor wie in einem von diesen Büchern, die der nette Pfarrer am Meer uns geliehen hat.«

»Äh, wie widerlich!«, rief Lucy. »Na, ich glaub jedenfalls, eigentlich scher ich mich keinen Pfifferling drum, ob sie mich nun rausschmeißen oder nicht. Und übrigens, Harry: Ich fühl mich, als ob ich viel stärker wär als du. Ich könnte dir bestimmt den Arm umdrehen und dann draufhauen, wie du das neulich erst bei mir gemacht hast. Du könntest gar nichts dagegen unternehmen.«

»Natürlich nicht! *Ich* kann gegen überhaupt nichts was unternehmen – alle können auf mir rumhacken, wie sie wollen, und wenn sie mich hauen, kann ich mich nicht wehren.«

Er weinte schon wieder. Und plötzlich tat es Lucy Leid, dass sie ihren fröhlichen Bruder zu so einem Waschlappen gemacht hatte – nur weil er sie in der Erde Wurzeln schlagen lassen wollte. Auf einmal wurde sie von Reue regelrecht aufgefressen.

»Hör mal, das ist alles meine Schuld!«, sagte sie. »Ich wollte dir eins auswischen für die Sache mit dem Wurzelnschlagen. Jetzt will ich's selber gar nicht mehr, aber ich kann dich nicht wieder jungenhaft und mutig machen. Trotzdem – es tut mir Leid, und ich werd für dich sorgen, Harry, alter Junge! Du könntest dich ja vielleicht verkleiden, mit Rock und langen Haaren, und mit in die High School kommen. Ich würde dann aufpassen, dass keiner auf dir rumhackt. Es ist schließlich nicht schön, wenn man so gepiesackt wird, wie?«

Harry fiel seiner Schwester um den Hals, was er niemals auf offener Straße getan hätte, wenn er nicht gerade innerlich ein Mädchen gewesen wäre.

»Scheußlich ist das«, antwortete er. »Ach, Lucy, es tut mir Leid, dass ich so hundsgemein zu dir war.«

Lucy legte die Arme um ihn, und sie gaben sich einen Kuss, obwohl es hellichter Tag war und sie gerade am Lee Park entlanggingen.

Im selben Augenblick rempelte der Zauberer Doloro de Lara die beiden auf dem Gehweg an. Lucy kreischte, während Harry zu einem mächtigen Hieb ausholte und erbost rief: »Passen Sie doch auf, wo Sie hinrennen!«

»Tz-tz-tz, jetzt hast du den Bann gebrochen, Lucy«, sagte der Zauberkünstler und rückte seinen Hut zurecht. »Küssen und sich entschuldigen, also wirklich! Sowas hält doch kein Zauber aus. Merk dir das mal für die Zukunft, mein liebes Kind.«

Dann fuhr eine Dampflock vorbei, und der Zauberer verschwand in einer weißen Wolke. Harry und Lucy standen da und sahen sich an. Harry war wieder Harry und Lucy war Lucy, durch und durch von Kopf bis Fuß. Sie gaben sich feierlich die Hand.

Am nächsten Tag ging Lucy in Sack und Asche zur High School und entschuldigte sich.

»Ich glaube, ich war gar nicht richtig ich selbst«, sagte sie zur Direktorin, die ihr völlig zustimmte. »Ich werd auch bestimmt nie wieder so!«

Das wurde sie auch nicht. Was Harry betraf – der verdrosch Simpkins Minor bei nächster Gelegenheit nach allen Regeln der Kunst. Allerdings übertrieb er es nicht, sondern ließ bei allem Kampfgeist noch einmal Gnade walten.

Das ist nämlich das Seltsame an der ganzen Geschichte: Von dem Tag an, als der Zweipenny-Zauber wirkte, war Harry netter als früher und Lucy mutiger. Ich kann es mir nicht erklären, aber es ist so. Harry hackt nicht mehr auf Lucy herum, und sie fürchtet sich nicht mehr vor ihm. Jedes Mal, wenn sie für ihn etwas Mutiges tut oder er für sie etwas Nettes, werden die beiden sich ein bisschen ähnlicher. Wer weiß – wenn sie erwachsen sind, kann man sie vielleicht kaum noch unterscheiden, sodass man Harry genauso gut Lucius nennen könnte und Lucy Harriet.

Die Erwachsenen beobachten das Ganze andächtig und bilden sich ein, dass sie mit ihrem ewigen Gerede dieses Wunder bewirkt hätten. Niemand ahnt, was es wirklich damit auf sich hat – niemand außer der Direktorin der High School. Die hat nämlich eine umfangreiche Ausbildung in Sozialmagie absolviert, und zwar bei einem besseren Lehrer als Mr. Doloro de Lara. Das ist die Erklärung dafür, dass sie alles versteht und dass sie Lucy nicht von der Schule geworfen, sondern nur gerügt hat. Inzwischen ist Harry der beliebteste Junge der Schule und Lucy eine mustergültige Sechstklässlerin. Ich wünschte nur, alle Schulleiterinnen würden in Girton die Zauberei erlernen.

***

E. NESBIT – das »E« steht für Edith – war wohl die erste richtig moderne Kinderbuchautorin. Sie schrieb zu Beginn des 20. Jahrhunderts Fantasy-Geschichten, die viele andere Schriftsteller stark beeinflussten – insbesondere auch J. K. Rowling, die sagt: »Nesbit ist die Autorin, mit der ich mich am meisten identifiziere. Sie hat von sich gesagt, sie könne sich durch eine glückliche Fügung genau daran erinnern, wie sie als Kind fühlte und dachte.« Die Geschichte von Lucy und dem Zauberer ist wohl ein gutes Beispiel dafür. Edith Nesbit fing übrigens erst spät mit der Schriftstellerei an, nachdem ihr Mann geschäftlich gescheitert war und sie ihr erstes Kind zur Welt gebracht hatte. Sie schrieb, um etwas Geld dazuzuverdienen. In den ersten Geschichten verarbeitete sie eigene Kindheitserinnerungen. Mit den Geschichten über die Bastable-Kinder – *Die Schatzsucher, Feuervogel und Zauberteppich* und *Geheimnisvolle Reisen mit Psammy* – hatte sie auf Anhieb Erfolg. *Die Eisenbahnkinder*, ein weiterer Klassiker von Nesbit, wurde in Großbritannien auch für Film und Fernsehen bearbeitet.

In jener Zeit begann Nesbit auch kleinere Fantasy-Erzählungen zu schreiben. Heute gilt sie als die erste Autorin, die anspruchsvolle Geschichten dieser Art in einem nicht allzu ernsthaften, oft humoristischen Stil schrieb. Dass sie sich ausgezeichnet mit Zauberei auskannte, zeigte sich in Büchern wie *Das verzauberte Schloss*, *Die verzauberte Stadt* und *The Magic World*, deren Helden ganz normale Kinder sind. Auch in einigen Erzählungen von Nesbit treten Zauberer auf, zum Beispiel der liebenswürdige Henry Birkbeck in »The Blue Mountain« und der eher finstere Prinz Negretti in »Der Plüschusurpator«, der mit seiner »schwarzen oder farbigen Magie keine Wäsche weiß bekommt«. Aber am besten gefällt mir Professor de Lara. Ein Tipp für alle, die ihn ebenfalls mögen: Er taucht auch in »Fortunatus Rex & Co« in *Das Herz des Zauberers* auf.

MANLY WADE WELLMAN

Die Satansschüler

Bart ist unterwegs zu seiner neuen Schule, dem traditionsreichen amerikanischen Internat in Carrington. Verständlicherweise ist er ziemlich aufgeregt. Auf der Zugfahrt von seiner Heimatstadt hinaus aufs Land hat er reichlich Zeit, sich auszumalen, was da wohl auf ihn zukommt. Dabei gehen ihm allerlei unbehagliche Gedanken durch den Kopf. Als er sich schließlich vom Bahnhof aus zu Fuß auf den Weg zur Schule macht, ist es schon fast dunkel. Plötzlich tritt ein junger Mann mit bleichem Gesicht und dunklen, durchdringenden Augen aus dem Schatten und bietet dem erschrockenen Bart an, ihm den Weg zu zeigen. Er nennt sich Hoag und stellt sich als Mitschüler vor. Doch sein feucht-kalter Händedruck und die unheimlichen Andeutungen, die er unterwegs macht, sind nur die ersten Vorboten der grässlichen, dunklen Mächte, die Bart in Carrington erwarten …

***

Bart Setwick stieg in Carrington aus dem Zug – ein sympathisch aussehender, stämmiger Bursche im Tweedanzug.

Diese kleine Stadt und ihre berühmte Schule sollten in den nächsten acht Monaten sein Zuhause sein. Nur musste er jetzt erst einmal den Weg zur Schule finden. Die Sonne war schon untergegangen, und die Schilder der gegenüber liegenden Geschäfte an Carringtons bescheidener Hauptstraße waren kaum noch zu erkennen. Bart blieb unschlüssig stehen. Da hörte er plötzlich ganz dicht neben sich eine leise Stimme:

»Suchst du die Schule?«

Bart Setwick fuhr erschrocken herum. Im grauen Zwielicht stand ein anderer Junge vor ihm, der dünn lächelte und auf eine Antwort zu warten schien. Er mochte an die 19 Jahre alt sein – für Setwick, der erst 15 war, schon fast ein Erwachsener. Der Fremde war groß, hatte ein bleiches Gesicht mit scharfsinnigen Zügen und eine krumme Haltung. Er trug einen hochgeschlossenen Pullover und eine Hose, die für die Mode der Zeit zu eng war. Bart Setwick musterte ihn mit dem raschen, abschätzenden Blick des jungen Amerikaners.

»Bin gerade angekommen«, antwortete er. »Ich heiße Setwick.«

»Und ich Hoag.« Damit streckte er Setwick seine schmale Hand entgegen. Sie war froschartig kalt, und Setwick fühlte die stahlharten Muskeln darin. »Nett, dich kennen zu lernen. Ich bin mal runtergekommen für den Fall, dass jemand mit dem Zug kommt. Du kannst mit mir zur Schule fahren.«

Hoag machte kehrt und führte seinen neuen Bekannten um das hölzerne Bahnhofshäuschen herum. Obwohl er so ungelenk aussah, waren seine Bewegungen katzenhaft geschmeidig. Hinter dem Gebäude stand halb im Schatten verborgen ein heruntergekommener Buggy mit einem schmächtigen Braunen im Geschirr.

»Steig ein«, forderte Hoag ihn auf, aber Bart zögerte noch.

Seine Generation war nicht mehr an derartige Gefährte gewöhnt. Hoag kicherte in sich hinein und erklärte: »Ach, das ist bloß so ein Schul-Altertümchen. Wir haben eben unsere Schrullen. Steig ein.«

Setwick gehorchte. »Was ist mit meinem Koffer?«

»Lass ihn hier, den brauchst du heute Abend nicht mehr.« Der größere Junge schwang sich neben ihm auf den Sitz, ergriff die Zügel und schnalzte mit der Zunge. Der Braune setzte sich in Bewegung, wendete die Kutsche und zog sie eine Straße entlang, die von Gebüsch gesäumt war. Der Hufschlag klang merkwürdig dumpf.

Es kam eine Kurve, danach noch eine und dann lag das Land offen vor ihnen. Während sie Carrington hinter sich ließen, wurde es allmählich dunkler, und in der Stadt gingen nach und nach die Lichter an. Es sah aus wie ein Sternbild, das auf die Erde gesunken war. Setwick spürte einen frostigen Hauch, der nicht zu diesem Septemberabend zu passen schien.

»Wie weit ist es von der Stadt bis zur Schule?«, fragte er.

»Sieben oder acht Kilometer«, antwortete Hoag in gedämpftem Tonfall. »Das haben die Gründer absichtlich so eingerichtet – sie wollten, dass die Schüler nicht so ohne weiteres in die Stadt gelangen, um einen draufzumachen. Da mussten wir uns notgedrungen was anderes einfallen lassen, um uns zu amüsieren.« Das bleiche Gesicht verzog sich zu einem matten, gezwungenen Lächeln. »Heute Abend sind nur ein paar von der richtigen Sorte da. Sag mal, wie hat's dich eigentlich hierher verschlagen?«

Setwick runzelte verständnislos die Stirn. »Na, ich soll halt hier zur Schule gehen. Mein Dad hat mich hergeschickt.«

»Aber warum? Weißt du nicht, dass das hier ein Erste-

Klasse-Elite-Schulknast ist? Die Hälfte von uns sind Vollidioten, denen man die Weisheit mit Gewalt eintrichtern muss, und die andere Hälfte sind Typen, die woanders in Verruf geraten sind. So wie ich.« Hoag lächelte wieder.

Setwick mochte seinen Begleiter immer weniger. Sie legten ein oder zwei Kilometer schweigend zurück, ehe Hoag die nächste Frage stellte:

»Gehst du eigentlich in die Kirche, Setwick?«

Der Neue hatte Angst, als Musterknabe dazustehen, und antwortete darum betont lässig: »Kaum.«

»Kannst du irgendwas aus der Bibel zitieren?« Hoags sanfte Stimme bekam einen angespannten Unterton.

»Nicht dass ich wüsste.«

»Gut.« Das klang geradezu herzlich. »Wie gesagt, heute Abend sind nur ein paar von uns in der Schule – nur drei, um genau zu sein. Und wir mögen keine Leute, die Bibelsprüche aufsagen.«

Setwick lachte und bemühte sich, einen überlegenen und zynischen Eindruck zu machen. »Heißt es nicht, dass sogar Satan aus der Bibel zitiert hat, als er zu seinen …«

Hoag wandte sich ruckartig zu ihm um und unterbrach ihn: »Was weißt du von Satan?« Seine dunklen, stechenden Augen durchbohrten Setwick förmlich. Dann sagte er, wie um sich die Frage selbst zu beantworten: »Reichlich wenig, will ich meinen. Möchtest du denn was von ihm erfahren?«

»Klar«, antwortete Setwick. Er hatte keine Ahnung, worauf der andere hinauswollte.

»Ich verrat dir bei Gelegenheit was«, versprach Hoag rätselhaft. Dann schwiegen sie wieder.

Der Halbmond stand schon hoch am Himmel, als eine dunkle Ansammlung von Gebäuden in Sicht kam.

»Wir sind da«, verkündete Hoag. Dann warf er den Kopf zurück und stieß ein wildes, wortloses Heulen aus, sodass Setwick fast vom Sitz gesprungen wäre. »Damit die anderen wissen, dass wir kommen«, erklärte er. »Hör mal!«

Als Antwort ertönte ein schriller, unheimlicher Laut, der wie ein fernes Echo von Hoags Geheul klang. Das Pferd scheute, doch als Hoag beruhigend schnalzte, fiel es wieder in seinen gedämpften Trab. Sie bogen in eine Auffahrt ein, die ziemlich zugewuchert war, und fuhren zwei Minuten später an der Rückseite des vordersten Gebäudes vor. Das Mondlicht tauchte es in ein fahles Grau, in dem die Fenster leere, tintenschwarze Rechtecke bildeten. Nirgendwo brannte Licht, aber als die Kutsche zum Stehen kam, sah Setwick aus einem Fenster im Erdgeschoss den Kopf eines Jungen zum Vorschein kommen.

»Schon da, Hoag?«, ertönte eine hohe, schrille Stimme.

»Ja, und ich habe einen neuen Mann mitgebracht.«

Setwick, der gerade abstieg, wurde ganz aufgeregt, dass man ihn als Mann bezeichnete.

»Er heißt Setwick«, fuhr Hoag fort. »Setwick, das ist Andoff. Ein guter Freund von mir.«

Andoff winkte zur Begrüßung und kletterte über den Fenstersims nach draußen. Er war klein und dick, noch bleicher als Hoag, hatte eine niedrige Stirn unter strähnigem, feucht aussehendem Haar und weit auseinander stehende, schwarze Augen in einem fetten, geistlos aussehenden Gesicht. Seine schäbige Jacke war ihm zu eng, und unter der abgewetzten Hose trug er nichts an den Füßen. Er hätte ebenso gut ein zu groß geratener 13-Jähriger wie ein 18-jähriger Spätentwickler sein können.

»Felcher müsste auch jede Sekunde da sein«, kündigte er an.

»Ich bring mal eben den Wagen weg. Leiste du solange Setwick Gesellschaft«, befahl Hoag.

Andoff nickte. Hoag ergriff die Zügel, hielt aber noch einmal inne. »Halt dich erst mal zurück, Andoff«, mahnte er eindringlich. »Setwick, lass dir von dem Fettwanst keine wilden Geschichten erzählen. Bin gleich zurück.«

Androff lachte schrill. »Nee, nee, Hoag, keine wilden Geschichten«, versprach er. »Die kannst du nachher selbst erzählen.«

Die Kutsche rumpelte davon. Andoff wandte sein fettes, grinsendes Gesicht dem Neuankömmling zu.

»Da kommt Felcher«, verkündete er. »Darf ich vorstellen, Felcher, das ist Setwick.«

Wie aus dem Nichts war ein weiterer Junge aufgetaucht. Setwick hatte nicht bemerkt, wie er gekommen war – ob um die Hausecke, zur Tür heraus oder durch ein Fenster. Er mochte etwa so alt sein wie Hoag, vielleicht auch älter, war aber geradezu zwergenhaft klein und noch dazu schmächtig. Das Auffallendste an ihm war die Masse an Haaren. Er hatte einen gewaltigen Schopf, der über die Ohren und weit in den Nacken fiel und ihm ungekämmt bis über die hellen, tief liegenden Augen hing. Auf Lippen und Wangen spross üppiger Flaum und aus dem offenen Kragen seines schmuddeligen, weißen Hemds ragte ein krauses Büschel hervor. Die Hand, die er Setwick entgegenstreckte, war so stark behaart und die Innenfläche so hart, dass sie der eines Affen ähnelte. Außerdem war sie kalt und feucht – wie die von Hoag, dachte Setwick.

»Wir sind so weit die Einzigen hier«, bemerkte Felcher. Seine Stimme, die für einen Winzling wie ihn überraschend tief und kräftig war, tönte wie eine große Glocke. »Ist denn nicht mal der Direktor da?«, fragte Setwick, woraufhin die beiden anderen in schallendes Gelächter ausbrachen. Andoffs schrille Stimme klang dabei wie eine Pfeife, die Felchers Glockengedröhne begleitete. Da kam Hoag zurück und fragte, was es zu lachen gebe.

»Setwick will wissen, warum der Direktor ihn nicht in Empfang nimmt«, japste Felcher.

Es folgte weiteres Pfeifen- und Glocken-Gelächter.

»Ich weiß nicht, ob Setwick die Antwort zum Lachen fände«, bemerkte Hoag und kicherte leise in sich hinein.

Setwick wurde es allmählich zu dumm. Er war bessere Manieren gewöhnt.

»Erzählt schon, damit ich mitlachen kann«, drängte er, wobei er sich bemühte, forsch zu klingen.

Felcher und Andoff warfen ihm merkwürdig durchdringende, forschende Blicke zu. Dann sahen sie Hoag an.

»Erzählen wir's ihm«, schlugen sie wie aus einem Mund vor, doch Hoag schüttelte den Kopf.

»Noch nicht. Alles zu seiner Zeit. Zuerst das Lied.«

Die drei begannen zu singen. Die erste Strophe war einfach nur obszön und dabei noch nicht einmal irgendwie komisch. Setwick war nicht zimperlich, aber das widerte ihn wirklich an. Die zweite kam ihm nicht so unanständig vor, dafür aber reichlich verworren:

Was einst gelehrt wurde hier,
bleibt jetzt unerkannt.
Nach Wissen strebten wir
mit scharfem Verstand.
Meister, jene Schreckensnacht
hat uns doch nicht umgebracht.
Nun bitten wir dich: Führ
uns Aug', Geist und Hand.

Es klang wie ein Kirchenlied, fand Setwick – aber vor welchem Altar würde man so etwas singen?

Hoag musste seine Gedanken gelesen haben. »Du hast doch unterwegs in der Kutsche von Satan gesprochen«, erinnerte er Setwick, und sein wissendes Gesicht schwebte wie eine Maske im Halbdunkel ganz dicht vor ihm. »Das war ein satanistisches Lied.«

»Tatsächlich? Von wem stammt es?«

»Von mir«, erwiderte Hoag. »Wie gefällt's dir?«

Setwick gab keine Antwort. So sehr er sich anstrengte, er konnte keine Spur von Spott in Hoags Stimme ausmachen. Schließlich fragte er: »Und was hat dieses Satanslied jetzt mit dem Direktor zu tun?«

»Viel«, ertönte Felchers tiefe Stimme, und »Viel«, quiekte auch Andoff.

Hoags Blick wanderte von einem zum anderen, und zum ersten Mal breitete sich ein Grinsen auf seinem Gesicht aus. Es sah aus, als ob er die Zähne bleckte.

»Ich glaube, wir können Setwick ruhig in das Geheimnis unseres kleinen Kreises einweihen«, verkündete er ruhig, aber bedeutsam.

Jetzt geht es wohl los, dachte Setwick – das, was man immer mit den Neuen in der Schule anstellte und worüber er schon so viel gehört und gelesen hatte. Er hatte es angespannt, beinahe eifrig erwartet, doch jetzt hätte er liebend gern darauf verzichtet. Er mochte weder die drei Gefährten noch die Art, wie sie es anfingen – was immer sie vorhaben mochten. Er wich einen oder zwei Schritte zurück, wie um den Rückzug anzutreten.

Flink wie Raubvögel waren Hoag und Andoff neben ihm und packten ihn von beiden Seiten mit ihren kalten Händen. Ihm wurde auf einmal schwindelig und übel. Was er eben noch klar und deutlich im Mondlicht gesehen hatte, wurde jetzt verschwommen und verzerrt.

»Komm, setz dich, Setwick«, forderte Hoag ihn auf. Seine Stimme klang wie aus weiter Ferne. Sie war weder laut noch grob, aber es lag dennoch etwas zutiefst Bedrohliches darin. »Setz dich dort auf die Fensterbank. Oder sollen wir dich vielleicht tragen?«

Vor allem sollten sie ihn erst mal loslassen, fand Setwick. Also ging er widerstandslos zum Fenstersims und kletterte hinauf. Hinter ihm lag ein finsteres, unbekanntes Zimmer, und dicht vor ihm bauten sich die drei auf, die ihn offenbar unbedingt in ihren Privatspaß einweihen wollten.

»Der Direktor war so ein richtiger Kirchgänger«, begann Hoag, als wäre er der Sprecher der Gruppe. »Der hatte mit Teufeln und Teufelsanbetung nichts am Hut. Hat immer bei der Andacht dagegen gewettert. Und so kamen wir auf den Trichter.«

»Genau«, bestätigte Andoff und hob sein fettes Raupengesicht. »Wenn er etwas verdammte, waren wir erst recht wild darauf. Ist doch logisch, nicht wahr?«

»Logisch und einsichtig«, stimmte Felcher ein und trommelte mit seiner haarigen rechten Hand neben Setwicks Bein auf dem Fenstersims. Im Mondschein sah sie wie eine riesige, zappelnde Spinne aus.

Hoag ergriff wieder das Wort. »Es hätte gar keine leichtere Art geben können, seine Verbote zu übertreten – und keine, die mehr Spaß gemacht hätte.«

Setwicks Mund war so trocken, dass er sich kaum mit der Zunge die Lippen befeuchten konnte. »Heißt das etwa, ihr habt Teufelsanbetung getrieben?«, fragte er.

Hoag nickte erfreut – wie ein Lehrer, wenn der Schüler ihn versteht. »Mir ist mal in den Ferien ein Buch über den Kult in die Hände gefallen. Wir drei haben es studiert und dann angefangen Rituale abzuhalten. Wir haben die Beschwörungen und Zauberformeln vorwärts und rückwärts gelernt ...«

»Rückwärts sind sie noch mal so gut«, warf Felcher ein. Andoff kicherte.

»Kannst du dir denken, Setwick« – Hoag gurrte jetzt geradezu –, »was in unserem Arbeitszimmer erschien, als wir zum ersten Mal Wein mit Schwefel verbrannten und die passenden Formeln dazu sprachen?«

Setwick wollte es gar nicht wissen. Er biss die Zähne zusammen. »Wenn ihr mir Angst einjagen wollt, dann habt ihr euch geschnitten«, brachte er mühsam hervor.

Die drei brachen erneut in Gelächter aus und beteuerten eifrig, dass sie es völlig ernst meinten.

»Das ist die Wahrheit, Setwick, ich schwör's«, versicherte Hoag. »Willst du es jetzt hören oder nicht?«

Setwick sah ein, dass ihm kaum etwas anderes übrig blieb. Er gab sich geschlagen. »Na schön, schieß los.« Zugleich dachte er über die Möglichkeit nach, rückwärts von der Fensterbank in das finstere Zimmer zu verschwinden.

Hoag beugte sich vertraulich zu ihm. »Der Direktor hat uns erwischt. In flagranti.«

»Mit offenem Buch und brennendem Feuer«, fiel Felcher in singendem Tonfall ein.

»Er hat dann große Reden geschwungen, über himmlische Vergeltung und so«, fuhr Hoag fort. »Wir haben ihm ins Gesicht gelacht. Er wurde fuchsteufelswild. Am Ende wollte er das mit der himmlischen Vergeltung dann wohl selbst in die Hand nehmen – wollte sie über uns bringen, und zwar auf reichlich primitive Art. Ist ihm aber nicht gelungen.«

Andoff hielt sich mit beiden Armen den Bauch und krümmte sich in unbändigem Gelächter. »Er dachte, er hätte es geschafft«, ergänzte er zwischen Lachsalven, »aber da hatte er sich getäuscht.«

»Uns konnte man nicht mehr töten«, fügte Felcher hinzu. »Nicht nach den Schwüren, die wir abgelegt hatten, und nach den Versprechungen, die uns gegeben worden waren.«

»Was für Versprechungen?«, fragte Setwick, während er krampfhaft dagegen ankämpfte, den dreien zu glauben. »Wer hat euch Versprechungen gemacht?«

»Die, die wir verehrten«, erklärte Felcher. Wenn seine Ernsthaftigkeit gespielt war, dann war das eine schauspielerische Meisterleistung. Als Setwick das begriff, rutschte ihm das Herz in die Hose. Er versuchte es zu überspielen und fragte weiter:

»Und wann war das alles?«

»Wann?«, wiederholte Hoag. »Ach, vor ewigen Jahren.«

»Vor ewigen Jahren«, echote Andoff.

»Lange bevor du auf der Welt warst«, versicherte Felcher.

Sie standen dicht nebeneinander mit dem Rücken zum Mond. Setwick konnte ihre Gesichter im Gegenlicht nicht richtig erkennen. Aber die Stimmen der drei – Hoags sanfte, Felchers tiefe, klangvolle und Andoffs hohe, gequetschte – klangen absolut ernst.

»Ich weiß, worüber du dir gerade den Kopf zerbrichst«, verkündete Hoag recht selbstgefällig. »Darüber, wie es sein kann, dass wir von ›vor ewigen Jahren‹ reden und dabei so jung aussehen. Ich gebe zu, das bedarf tatsächlich einer Erklärung.« Er schwieg einen Moment lang, als ob er nach den richtigen Worten suchte. »Die Zeit steht für uns still. Sie ist genau in jener Nacht stehen geblieben, Setwick – in der Nacht, als unser Direktor unserem Kult ein Ende machen wollte.«

»Und uns gleich mit«, ergänzte der dicke Andoff höhnisch. Er hatte ein prahlerisches Vergnügen daran, Hoags Worten noch eins draufzusetzen.

»Der Kult lebt weiter«, verkündete Felcher in dem gleichen Singsang, den er schon vorher angeschlagen hatte. »Der Kult lebt weiter, und wir leben auch weiter.«

»Womit wir beim Thema sind«, warf Hoag forsch ein. »Wie wär's, Setwick – willst du nicht der Vierte in unserem munteren, kleinen Bund werden?«

»O nein«, versetzte Setwick heftig.

Die anderen verstummten und wichen ein wenig zurück. Da standen sie als drei bizarre Silhouetten im fahlen Mondlicht. Ihre Gesichter lagen im Schatten, doch Setwick sah die Augen darin funkeln. Er verbarg seine Angst, sprang energisch vom Fenstersims und spürte, wie der Tau vom Gras ihm an den Knöcheln zwischen Halbschuhen und Hosensaum die Socken durchnässte.

»So, jetzt bin ich wohl mal dran mit Reden«, sagte er fest. »Um's kurz zu machen: Ihr gefallt mir nicht, und was ihr erzählt habt, das gefällt mir erst recht nicht. Und jetzt mach ich hier den Abgang.«

»Wir lassen dich nicht gehen«, sagte Hoag gedämpft, doch mit Nachdruck.

»Wir lassen dich nicht gehen«, murmelten Andoff und Felcher wie aus einem Mund – wie tausend Mal einstudiert.

Setwick ballte die Fäuste. Sein Vater hatte ihm das Boxen beigebracht. Er versetzte Hoag einen schnellen, geschmeidigen Schlag, der ihn mitten ins Gesicht traf. Sofort fielen alle drei über ihn her. Ganz ohne Schlägerei und Gerangel ging er unter dem Ansturm zu Boden. Er spürte durch die Tweedjacke hindurch, wie seine Schultern sich in den Sand gruben, und der Geruch von zerdrückten Kräutern stieg ihm in die Nase. Hoag hockte über ihm und drückte seine Arme zu Boden, wobei seine Knie sich in Setwicks Bizeps bohrten. Felcher und Andoff beugten sich über ihn.

Setwick starrte in ohnmächtiger Wut zu ihnen hinauf. Er zweifelte nicht mehr daran, dass dies kein Schülerstreich war. Niemals hätten Leute, die einen Streich machten, sich mit derartig stechenden, grünlich glühenden Augen, gebleckten Zähnen und bebenden Lippen um ihr Opfer geschart.

Hoags entblößte Reißzähne schimmerten weiß, als er mit seiner spitzen Zunge darüber fuhr.

»Messer!«, murmelte er. Felcher kramte in einer Tasche und reichte ihm etwas, das im Mondschein funkelte.

Hoag streckte seine schmale Hand danach aus, doch plötzlich zuckte er zurück. Er blickte auf und starrte an den anderen vorbei. Mit ersticktem, unartikuliertem Krächzen und Wimmern sprang er von Setwicks bebender Brust auf und trat Hals über Kopf den Rückzug an. Die anderen folgten seinem entsetzten Blick, duckten sich dann plötzlich und wichen ebenfalls zurück.

»Der Meister!«, wimmerte Andoff.

»Jawohl«, grollte eine unbekannte, barsche Stimme. »Euer alter Schulmeister – zurückgekehrt, um *euch* zu meistern!«

Setwick, der noch immer am Boden lag, stützte sich mit einem Arm auf und schaute sich um. Da stand eine hoch gewachsene, massige Gestalt in einem langen, dunklen Mantel. Das breite Gesicht unter der weißen Mähne war wutverzerrt. Aus den Augen funkelte ein kaltes, fahles Licht. Die Gestalt kam mit einem hämischen, blutrünstigen Kichern langsam und schwerfällig näher. Setwick bemerkte auf den ersten Blick, dass sie keinen Schatten warf.

»Da bin ich ja gerade zur rechten Zeit gekommen«, ließ der

Neuankömmling sich vernehmen. »Ihr wolltet den armen Jungen umbringen.«

Hoag, der den ersten Schrecken überwunden hatte, ging zur Verteidigung über. »Umbringen?«, wiederholte er mit zitternder Stimme, als ob er der bedrohlichen Erscheinung schmeicheln wollte. »Aber nein! Wir wollten ihm Leben schenken ...«

»Was ihr so Leben nennt!«, dröhnte der in dem langen Mantel. »Ihr wolltet ihm das Blut aussaugen, um eure eigenen leblosen Adern damit zu füllen – und ihn zu euresgleichen machen, ihr Elenden. Aber ich bin gekommen, um euch daran zu hindern!«

Er streckte einen riesigen, knorrigen Finger nach ihnen aus und stieß einen Wortschwall hervor. Für Setwick, der noch ganz benommen war, klang es nach etwas aus dem Neuen Testament oder vielleicht aus der Liturgie. Sofort fiel ihm ein, wie Hoag gesagt hatte, dass er so etwas verabscheute.

Die drei ehemaligen Angreifer prallten zurück wie von einem heftigen, eisigen oder glühend heißen Windstoß getroffen. »Nein, nein! Nicht!«, flehten sie kläglich.

Das breite, alte Gesicht riss den Mund weit auf und stieß ein unbarmherziges Gelächter aus. Als der knorrige Finger in der Luft ein Kreuz schlug, winselten die drei im Chor, als ob das Zeichen ihnen mit Feuer ins Fleisch gebrannt würde.

Hoag fiel auf die Knie. »Nicht!«, schluchzte er.

»Ich habe Macht«, spottete ihr Peiniger. »In all den Jahren, die ich eingesperrt war, habe ich sie gewonnen, und jetzt ist die Zeit gekommen, sie zu gebrauchen.« Wieder erscholl eine triumphierende Lachsalve. »Ich weiß, ihr seid verdammt, und man kann euch nicht töten – aber quälen kann man euch! Ich werde nicht eher von euch ablassen, als bis ihr vor mir kriecht wie die Würmer!«

Setwick rappelte sich zitternd auf. Der kantige Kopf über dem langen Mantel wandte sich ihm zu.

»Lauf!«, dröhnte die heisere Stimme in seinen Ohren. »Verschwinde hier – und danke Gott, dass du davongekommen bist!«

Setwick rannte los. Er stolperte die unkrautüberwucherte Auffahrt entlang bis zur Straße. In der Ferne schimmerten die Lichter von Carrington. Während er sich der Stadt zuwandte und seinen Schritt beschleunigte, überfiel ihn ein krampfhaftes, hysterisches Weinen, das ihm fast den Atem raubte.

Er rannte und rannte, bis er den Bahnhof erreichte. Als er auf dem Bahnsteig stehen blieb, schlug auf der anderen Straßenseite gerade eine Uhr zehn. Der tiefe Klang der Glocke war Felchers Stimme nicht unähnlich. Setwick atmete tief durch, kramte ein Taschentuch hervor und wischte sich das Gesicht ab. Dabei zitterte seine Hand wie ein Grashalm im Wind.

»Tschuldigung – du bist doch sicher Setwick!«, ließ sich eine muntere Stimme vernehmen.

Setwick fuhr erschrocken herum – zum zweiten Mal auf demselben Bahnsteig. Dicht vor ihm stand ein breitschultriger Mann um die dreißig mit Hornbrille. Er trug eine schicke, weite Jacke mit Gürtel und eine Flanellhose. Eine kurze Bruyèrepfeife ragte aus dem gutmütig wirkenden Mund.

»Collins mein Name, ich unterrichte an der Schule«, stellte er sich vor. »Wir haben uns schon Sorgen um dich gemacht, Setwick – sofern du es bist. Wir hatten dich nämlich mit dem Sieben-Uhr-Zug erwartet. Ich wollte gerade mal nachsehen, ob ich dich hier irgendwo auftreiben kann.«

Setwick kam allmählich wieder zu Atem. »Aber ich – ich war doch in der Schule«, wandte er leise ein und deutete mit der Hand, die immer noch zitterte, vage in die Richtung, aus der er gekommen war.

Collins warf den Kopf zurück und lachte. Dann entschuldigte er sich. »Tut mir Leid. Es ist natürlich gar nicht witzig, wenn du wirklich den ganzen Weg umsonst gelaufen bist. Aber die alten Gebäude sind doch schon lange verlassen. Da gab es früher so eine Art Auffangschule für Unverbesserliche aus reichem Hause. Sie wurde vor etwa fünfzig Jahren geschlossen, nachdem der Direktor in einem Anfall von Wahnsinn drei seiner Schüler umgebracht hatte. Wie's der Zufall will, ist der Direktor selbst übrigens gerade heute Nachmittag in der staatlichen Nervenklinik gestorben.«

***

MANLY WADE WELLMAN wurde durch seine Geschichten von übersinnlichen Vorgängen berühmt, die zu den besten dieses Genres zählen. Die Schauplätze sind ländliche Gegenden Amerikas. Da er mit der Landschaft und den dortigen Überlieferungen vertraut ist, gelingt es ihm, seinen Erzählungen eine besonders authentische Atmosphäre zu verleihen. Man kann sich gut vorstellen, dass es irgendwo in der Wildnis North Carolinas, wo der Autor viele Jahre lang lebte und arbeitete, ein reales Vorbild für die gruselige Schule von Carrington gibt. Manly Wade Wellman wurde in Afrika geboren, wo sein Vater Sanitätsoffizier war, besuchte jedoch ein amerikanisches College. Später arbeitete er als Zeitungsreporter. Seine Faszination für Übernatürliches gab den Anstoß zu seinen ersten Geschichten, die in dem berühmten Horror-Magazin *Weird Tales* veröffentlicht wurden und bei den Lesern großen Anklang fanden. Manley Wade Wellman schrieb eine Reihe von Geschichten um die Hauptfigur John

Thurnstone, einen Geisterdetektiv. Dazu gehört auch der Klassiker *The School of Darkness*, in dem es ebenfalls um eine Schule geht, in die sich längst nicht jeder wagen würde. Ihr Furcht erregender Direktor hat eine gewisse Ähnlichkeit mit dem, der uns in der nächsten Geschichte begegnen wird.

Gillian Cross

Der unheimliche Direktor

Wie er in Wirklichkeit heißt, weiß niemand – alle nennen ihn nur den »Direktor«. Wenn er seine dunkle Brille abnimmt, kann man sich diesen riesigen, grünen Augen einfach nicht entziehen. Er hypnotisiert mit seinem Blick jeden, der sich ihm widersetzt. Da hilft auch kein Zittern, wenn er – sei es zu Kindern oder zu Erwachsenen – den berüchtigten Satz spricht: »Ich hoffe doch, wir haben hier nicht etwa jemanden, der nicht mit mir kooperieren will!« Die Schule dieses unheimlichen Direktors wird gewöhnlich nicht beim Namen genannt; angeblich heißt sie jedoch St. Campions. Während er dort seine unheilvolle Macht ausübt, schmiedet er gleichzeitig Pläne, die Weltherrschaft an sich zu reißen. Er ist eine moderne Ausgabe des »verrückten Professors«. Das Einzige, was seinen Plänen noch im Weg steht, ist eine Gruppe cleverer Schüler, die sich zu einem Verein zusammengeschlossen haben, um das Verhängnis aufzuhalten. Die Gruppe nennt sich SPLAT *– Society for the Protection of our Lives Against Them. Der unheimliche Direktor steht in der Rangfolge der zauberkräftigen Lehrer ziemlich weit oben. In dieser Geschichte setzt der Mann mit den bösen, grü-*

nen Augen seine Kraft gegen diejenigen ein, die er ganz besonders innig hasst: Leute, die sich amüsieren ...

***

Der große Mann von gegenüber stand bei Bernadine vor dem Haus und studierte das Schild im Fenster.

Letztes Karnevalsvorbereitungstreffen
Hier!!!
Heute Abend um 19.30 Uhr
Jeder ist willkommen!
Hereinschauen – mitmachen!!!

»Ich gehe als Feuervogel!«, sagte Bernadine. Sie war so aufgeregt, dass sie es jedem erzählen musste.

Der Mann blickte sie durch seine dunkle Brille hindurch finster an. »Karneval ist chaotisch und macht Lärm.«

Bernadine schnitt eine Grimasse, wich ihm aus und lief zur Hintertür. Es sollte jeden Moment losgehen. Die Leute drängten sich schon in der Küche. Bernadines Mutter hielt einen Kassettenrekorder hoch.

»Ich nehme alles auf Tonband auf! Damit ich nachher weiß, wer was versprochen hat!«

Alle lachten. Als sie das Gerät einschaltete, ging die Hintertür auf, und der Mann mit der dunklen Brille stolzierte herein. Bernadine starrte ihn an. Was wollte der denn?

»Benimm dich!«, zischte ihre Mutter.

Ihr Vater stieß sie an. »Hör auf zu gaffen! Lauf lieber rüber zu Stevie und hol dein Kostüm.«

Das Feuervogel-Kostüm! Bernadine vergaß augenblicklich den Mann mit der dunklen Brille und schlüpfte durch den Hinterausgang hinaus. Als sie die Tür hinter sich zuzog, verstummte der Lärm in der Küche schlagartig. Seltsam – bei Karnevalstreffen war es eigentlich nie still. Sie spähte durch die Scheibe um zu sehen, was los war.

Alle in der Küche starrten reglos den großen Mann an. Er nahm langsam die Brille ab. Seine Augen sahen merkwürdig aus – sie waren meerwassergrün und leuchteten irgendwie.

»Ihr seid alle ganz müde«, murmelte er – und plötzlich fingen die anderen allesamt an zu gähnen. *Unheimlich*, dachte Bernadine. Sie hätte ja gern noch eine Weile zugesehen, wie es weitergehen würde. Aber dann konnte sie es einfach nicht mehr erwarten, bei ihrem Vetter Stevie das Kostüm anzuprobieren. Was scherte sie schon so ein Typ mit dunkler Brille?

Als Bernadine zurückkam, war es still im Haus. Sie öffnete die Hintertür und sah ihre Eltern allein in der Küche sitzen.

»Was ist los?«, fragte sie. »Ist das Karnevalstreffen etwa schon zu Ende?«

»Karneval findet nicht statt«, sagte ihre Mutter matt und tonlos.

»Was?!«

Ihr Vater nickte. »Keine Kapellen. Keine Umzüge. Kein Straßentanz.« Seine Stimme klang ebenso eintönig. »Karneval ist zu nichts gut. Reine Zeitverschwendung.«

Bernadine riss die Augen auf. »Karneval soll ausfallen?«

»Karneval findet nicht statt«, sagten ihre Eltern wie aus einem Mund. »Keine Kapellen. Keine Umzüge. Kein Straßentanz. Karneval ist zu nichts gut. Reine Zeitverschwendung.«

Mehr war nicht aus ihnen herauszubekommen. Sie sagten

nur immer wieder dasselbe. Schließlich ging Bernadine ins Bett, doch ihr war so elend zu Mute, dass sie nicht einschlafen konnte.

Um ein Uhr früh fiel ihr plötzlich der Kassettenrekorder ein. Sie stand leise auf und schlich in die Küche. Da stand er noch. Sie spulte das Band zurück, stellte das Gerät leise und drückte auf START.

Zuerst hörte sie undeutlich Gelächter und fröhliches Stimmengewirr. Plötzlich wurde es still. Dann sprach der Mann mit der dunklen Brille.

Ihr seid alle ganz müde …

Was hatte er vor?

Sein Ton änderte sich schlagartig, und er fauchte: *Ihr werdet alle tun, was ich sage, verstanden?*

Verstanden, antworteten lauter tonlose, automatenhaft klingende Stimmen. Bernadine schauderte. Genauso hatten ihre Eltern gesprochen.

Karneval findet nicht statt, sagte der große Mann. *Keine Kapellen. Keine Kostüme. Keine Umzüge. Kein Straßentanz. Karneval ist zu nichts gut. Reine Zeitverschwendung.*

Die leblosen Stimmen wiederholten die Worte.

Bernadine setzte sich ganz benommen hin. Jetzt begriff sie: Der Unbekannte hatte alle hypnotisiert, damit der Karnevalsumzug ins Wasser fiel.

Aber was sollte sie tun?

Sie blieb eine Stunde lang so sitzen und grübelte. Als sie schließlich wieder ins Bett ging, hatte sie einen Plan.

Am nächsten Morgen in der Schule waren alle ganz niedergeschlagen.

»*Karneval findet nicht statt*«, grollte Stevie. »Das ist alles, was aus meinem Vater rauszukriegen ist.«

Sein Freund Nathan nickte. »*Kein Straßentanz. Karneval ist zu nichts gut. Reine Zeitverschwendung.*«

Stevie seufzte. »Wird wohl nichts mit dir als Feuervogel, Bernie.«

»Von wegen!« Bernadine warf entschlossen den Kopf zurück. »Wir schaffen die Karnevalsvorbereitungen auch ohne unsere Eltern. Wir wissen doch, was zu tun ist!«

»Wir können die Wagen zurechtmachen und die Lautsprecher aufbauen«, sagte Nathan. »Aber fahren können wir nicht und Musik machen auch nicht.«

Bernadine lächelte geheimnisvoll. »Überlasst das mal Stevie und mir.« Sie nahm Stevie beiseite. »Meinst du, du könntest daran was tricksen?«, murmelte sie …

Und dann holte sie das Tonband hervor.

Am Festtag zog Bernadine das Feuervogel-Kostüm an und lief nach unten.

Ihr Vater runzelte die Stirn. »Karneval findet nicht statt …«

»O doch«, widersprach Bernadine.

Als ihre Mutter sie aufhalten wollte, schlug sie einen Haken und huschte hinaus. Überall in der Straße entwischten verkleidete Kinder ihren Eltern. Bernadine winkte zu Stevie hinüber und gab ihm über die Straße ein Zeichen. Als er das Tonband einschaltete, schallte Bernadines Stimme aus den Lautsprechern:

»KARNEVAL!«

Sie spähte zu dem Haus des großen Mannes hinüber. *Komm schon!*, dachte sie.

KARNEVAL!, dröhnte es vom Tonband.

Gegenüber ging ein Fenster im Obergeschoss auf. Der Mann mit der dunklen Brille sah spöttisch hinaus.

»Ihr habt mit diesen Wagen bloß eure Zeit vergeudet«, sagte er. »Karneval findet nicht statt.« Er nahm die Brille ab.

Stevie warf Bernadine einen Blick zu, doch sie schüttelte den Kopf. *Noch nicht*.

Der Mann starrte einen Moment lang auf die Menge hinunter, ehe er in barschem Ton rief: »Alle mal herhören!«

Alles drehte sich zu ihm um. Bernadine nickte Stevie zu: *Jetzt!*

Stevie drückte die Taste. Als der Mann zu sprechen begann, wurde er übertönt – von seiner eigenen Stimme. Aus allen Lautsprechern schallten die Worte, die er bei dem Vorbereitungstreffen gesagt hatte. Doch Stevie hatte sie ein wenig überarbeitet.

KARNEVAL FINDET ... STATT ... KAPELLEN ... KOSTÜME ... UMZÜGE ... STRASSENTANZ.

Der Mann funkelte Bernadine an. Sie sah, dass er den Mund öffnete, aber es war aussichtslos. Die Lautsprecher posaunten ohrenbetäubend über seine Stimme hinweg.

KARNEVAL IST ... GUT.

Überall in der Straße holten die Erwachsenen ihre Kostüme hervor. Andere ließen die Wagen an. Wieder andere griffen nach ihren Instrumenten.

KARNEVAL FINDET ... STATT ...

Mit schallender Blasmusik und ausgelassenem Tanz setzte der Festumzug sich in Bewegung. Der große Mann knallte empört das Fenster zu. Bernadine grinste. Dann tanzte sie hinter der Kapelle her – der fröhlichste Feuervogel, den es je zu Karneval gegeben hatte.

***

GILLIAN CROSS hat selbst an einer Schule gearbeitet und weiß daher aus Erfahrung, wie es im Unterricht, aber auch außerhalb des Klassenzimmers zwischen Schülern und Lehrern zugeht. Das ist nur einer der Gründe für den großen Erfolg ihrer Bücher über den Unheimlichen Direktor, die in Großbritannien auch als Vorlage zu einer Fernsehserie und einem Musical dienten. Gillian Cross, die in Oxford studierte, hat unter anderem als Kinderbetreuerin und als Assistentin eines Parlamentsabgeordneten gearbeitet, bevor sie mit den Büchern, die sie in ihrer Freizeit schrieb, die ersten Preise gewann. Die Figur des bösen Schuldirektors war ursprünglich eine Idee von Gillians Tochter Elizabeth. Die Autorin überlegte sogar einmal, aus Harvey, einem Mitglied der SPLAT-Gruppe, einen Gestaltwandler zu machen, der sich beispielsweise in eine Teekanne, einen Kassettenrekorder und alle möglichen anderen Gegenstände verwandeln könnte. Der Erfolg der Bücher, zum Beispiel *Der Code des Ministers*, *Der unheimliche Direktor* und *Die Rache des Direktors*, beruht unter anderem auf Cross' Fähigkeit, Fantastisches mit Realem zu verbinden und vorzuführen, was man mit List und Klugheit selbst gegen die schlimmsten Widersacher ausrichten kann – und dass das Alter dabei keine Rolle spielt.

Humphrey Carpenter

Burg zu bespuken

Die Walpurgisnacht ist keine Nacht wie jede andere – und Mr. Majeika ist kein Zauberer wie jeder andere. Es ist die Nacht auf den ersten Mai, in der Hexen und Zauberer nach alter Tradition zu einem großen Fest zusammenkommen. Die berühmteste Walpurgisfeier der Welt findet alljährlich im Harz statt. Dazu reisen Zauberkundige von weither auf ihren Besenstielen an. Mr. Majeika hat sein Zauberexamen noch nicht abgeschlossen und muss sich seinen Lebensunterhalt darum als Klassenlehrer der dritten Klasse in der St. Barty's-Schule verdienen. Die Schüler lieben ihn – besonders Thomas Grey und seine Freundin Melanie Brace-Girdle, die als Einzige in sein Geheimnis eingeweiht sind. Nur der leidige Hamish Bigmore bildet eine Ausnahme. Tom und Melanie sind ein bisschen wie Harry Potter und die großartige Hermine Granger und glauben, dass jeder, der auch nur einen Teller Fritten herbeizaubern oder einen Menschen in einen Frosch verwandeln kann, gleich ein ebenso versierter Zauberer ist wie Professor Snape in Hogwarts. (J. K. Rowling hat übrigens selbst gesagt, dass Halloween ihr Lieblingsfeiertag ist und dass sie für Professor Snape einen ihrer eigenen Lehrer zum Vorbild genommen hat. Sie verrät aller-

dings nicht, welchen!) In dieser Geschichte hat Mr. Potter, der Direktor von St. Barty's, einen Schulausflug zur Burg Chutney Castle geplant – und zwar in der Walpurgisnacht. Da Mr. Majeika mit von der Partie ist, lassen Zauberei und andere Überraschungen natürlich nicht lange auf sich warten …

***

Der arme Mr. Majeika! Es war das erste Mal, dass er in der Walpurgisnacht nicht zu Hause in Walpurgis war. Diesmal würde er ganz allein feiern müssen. Dort oben im Himmel, im Land der Hexen und Zauberer, war die Walpurgisnacht *das* Ereignis des Jahres. Kein Walpurgianer hätte es sich freiwillig entgehen lassen, diesen Abend in der Heimat zu verbringen. Die herrlichen Feiern durfte man einfach nicht versäumen – den Tanz um das Ewige Feuer, das Festessen mit Markknochen und Bromid und vor allem den unvergesslichen Anblick der Hexen-Strickrunde beim Sieben-Spinnweben-Tanz. Der arme Mr. Majeika! Für *ihn* gab es in diesem Jahr keine Hoffnung, das Fest in Walpurgis mitzuerleben. Er war nach Britannien verbannt worden, wo er sich als Lehrer durchschlagen musste, bis er sich würdig erwiesen hätte, nach Hause zurückzukehren und die Abschlussprüfungen für das Zauberexamen abzulegen.

»Der arme Majeika!«, murmelte der Ehrenwerte Magier vor sich hin, als er daran dachte, wie schwer der kleine Kerl es dort unten in Britannien hatte. »Der Arme! So ganz allein – und das in der Walpurgisnacht.«

»Ich Armer!«, dachte Mr. Majeika dort unten bei seiner Windmühle. »So ganz allein – und das in der Walpurgisnacht.« Doch er hatte beschlossen, selbst eine Walpurgisfeier auf die Beine zu stellen und so zu tun, als ob er in Walpurgis bei all den anderen Hexen und Zauberern wäre. Er hatte einen gewaltigen Scheiterhaufen errichtet, dafür an Feldrändern Wildblumen mit eigenartigen Namen und seltsame Kräuter gesammelt und sich selbst eine Krone aus Sumpfkraut gebastelt, wie man sie oben in Walpurgis trug. Am Abend, wenn er aus der Schule kam, würde er das Feuer anzünden, im Mondschein darum herumtanzen und walpurgische Gesänge anstimmen.

Er konnte es gar nicht erwarten!

»Nun, Majeika«, sagte Mr. Potter, als Mr. Majeika an dem Morgen mit seinem Dreirad vor der Schule vorfuhr, »heute ist ja ein ganz besonderer Tag, nicht wahr?«

»O ja, Mr. Potter«, bestätigte Mr. Majeika eifrig. »Woher wissen Sie das denn?« Er überlegte kurz, ob man in Much Barty wohl auch Walpurgisnacht feierte. Wie aufregend das wäre! Er sah es schon vor sich, wie Mrs. Brace-Girdle und die Damen aus dem Dorf um den Scheiterhaufen tanzten. Das wäre bestimmt fast so ein denkwürdiger Anblick wie die Hexen-Strickrunde.

»Woher ich das weiß, Majeika?«, fragte Mr. Potter verwirrt. »Na, ich habe das Ganze doch schließlich selbst organisiert.«

»Sie haben es organisiert, Mr. Potter?«

»Aber ja, Majeika – unseren alljährlichen Schulausflug. Den haben Sie doch nicht etwa vergessen? Diesmal geht es doch nach Chutney Castle.«

»Ach, wirklich?«, sagte Mr. Majeika. »Das klingt aber spannend, Mr. Potter.« Vielleicht nicht ganz so spannend wie die Walpurgisnacht, aber auch nicht zu verachten. Er hatte noch nie eine britische Burg gesehen. In Walpurgis hatte er allerdings schon ein paar einsame Burgen besichtigt. Sie waren meist von gefährlichen Riesen und Ungeheuern bewohnt.

»Chutney Castle steht schon seit dem zehnten Jahrhundert, Majeika«, verkündete Mr. Potter feierlich.

»Tatsächlich!«, entgegnete Mr. Majeika. »Möchte es sich denn nicht lieber mal setzen?«

»Der arme Majeika«, sagte der Ehrenwerte Magier noch einmal. Diesmal sprach er laut, und zwar zu Magier Thymes, einem der Obermagier. »Wenn wir ihn nur irgendwie an unserem Walpurgisnachtfest hier oben teilhaben lassen könnten ...«

Magier Thymes kratzte sich mit seinem Zauberstab am Kopf. »Hmm ...«, machte er nachdenklich. »Vielleicht könnte jemand ihn dort unten besuchen?«

Der Ehrenwerte Magier schauderte. »Jedenfalls keiner von *uns*«, sagte er entschieden. »Ich war schon. Es war grässlich.« Er dachte an all das Dorngestrüpp und an den fürchterlichen Wind auf dem Weg nach unten.

»Möglicherweise ein junger Walpurgianer?«, überlegte Magier Thymes. »Einer, der Lust hätte, sich mal ein bisschen frischen Wind um die Nase wehen zu lassen und was von der weiten Welt zu sehen?«

Vor der St. Barty's-Schule stand ein großer Reisebus mit der Aufschrift: *Jolly Jaspers muntere Mittelalter-Touren.* »Alles startklar?«, rief Mr. Potter. »Wir fahren mit dem Bus zum Bahnhof und dann – als besondere Attraktion – mit einer Dampflok bis zur Anschlussstelle Chutney. Von dort holt uns ein anderer Bus ab und bringt uns zur Burg Chutney Castle. Und jetzt alle Mann an Bord!«

»Kann noch nicht losgehen«, sagte der Fahrer. »Jolly Jasper, der Chef, ist noch nicht da.«

»Aber wir haben schon zehn Uhr«, protestierte Mr. Potter. »Wenn das so weitergeht, verpassen die Kinder noch das wunderbare Mittagessen in Chutney Castle.«

»Wissen Sie was?«, warf die Rätin Mrs. Brace-Girdle ein, die ihre Tochter Melanie zum Bus gebracht hatte. »Ich warte hier auf diesen Jolly Jasper und bringe ihn mit dem Auto hinterher. Seinetwegen braucht ja nicht gleich der ganze Tag ins Wasser zu fallen.«

»Das ist aber wirklich nett von Ihnen, Bunty«, sagte Mr. Potter. »Mrs. Brace-Girdle ist mal wieder unsere Retterin in der Not. Und auf geht's, allesamt! Nächster Halt: Bahnhof.«

»Bahnhof?«, fragte Mr. Majeika. »Was ist denn ein Bahnhof?«

Der Ehrenwerte Magier hatte eine Walpurgianer-Vollversammlung einberufen. Er sprach kurz über den armen, einsamen Majeika und fragte dann: »Also, wer möchte unseren Zaubergesellen Majeika dort unten mit einem kleinen Besuch beglücken – nur mal kurz über Nacht – und mit ihm Walpurgisnacht feiern?«

Es meldete sich niemand. (Wilhelmina Worlock war verhindert; sie befand sich gerade auf einem Tagesausflug zur Rückseite des Mondes.)

»Tja, wie ich sehe, gibt es keinen Freiwilligen«, sagte der Ehrenwerte Magier und wandte sich an Magier Thymes. »Da haben wir wohl ein kleines Problem.«

Magier Thymes kratzte sich wieder einmal am Kopf. »Nun, schließlich sind auch nicht alle hier«, sagte er. »Wissen Sie, ich denke da an jemand Bestimmten … der sich *möglicher-*

weise bereit erklären *würde*. Wir müssten dazu allerdings in die Katakomben hinunter ...«

»So, jetzt wissen Sie, wie ein Bahnhof aussieht«, sagte Melanie zu Mr. Majeika. Die beiden standen auf dem Bahnsteig und warteten auf den Sonderzug mit der Dampflok.

»Das schon«, erwiderte Mr. Majeika und schaute sich skeptisch um. »Aber wozu er da ist, weiß ich immer noch nicht.«

»Ich erklär's Ihnen«, sagte Thomas. »Also ...«

Doch da schrillte schon eine Pfeife, und der Dampfzug kam angeschnauft.

Mr. Majeika schrie entsetzt auf und nahm die Beine in die Hand. »Ein Drache! Da kommt ein Drache!«

Thomas und Melanie liefen ihm nach und zerrten ihn aus dem Wartesaal hervor, in den er sich geflüchtet hatte. »Das ist kein Drache«, sagte Melanie energisch. »Das ist bloß ein Zug.«

Der Zug fuhr in den Bahnhof ein. Als die Lok vorbeidampfte, sah man im Führerhäuschen das Feuer lodern. Mr. Majeika bebte vor Angst am ganzen Körper. »Da! Feuer, Feuer! Und Dampf und Rauch!«, schrie er. »Was Dampf und Rauch speit und so ein Feuer im Bauch hat, das kann nur ein Drache sein.«

Da kam Mr. Potter den Bahnsteig entlang. »Ah, da sind Sie ja, Majeika. Dann mal hinein mit Ihnen.«

»Ich reite nicht auf einem Drachen, Mr. Potter«, stammelte Mr. Majeika.

»O doch«, sagte Melanie energisch. »Alles einsteigen!«

Die walpurgischen Katakomben sind der finsterste, gespenstischste und schaurigste Ort in ganz Walpurgis. Sie sind von einem unheimlichen, grünlichen Licht erfüllt, und überall hängen Spinnweben. Selbst dem Ehrenwerten Magier war nicht ganz wohl in seiner Haut, als er und Magier Thymes sich durch einen engen Gang vorwärts tasteten.

»Sind Sie sicher, dass wir hier richtig sind, Thymes?«, fragte der Ehrenwerte Magier besorgt. »Ich möchte hier unten um nichts in der Welt vom Weg abkommen – man weiß nie, was einen erwartet.«

»Allerdings nicht«, antwortete Magier Thymes. »Aber diese Kammer hier müsste es eigentlich sein. Wenn ich mich recht entsinne, haust er da drin in einem gläsernen Sarg.« Er duckte sich unter einem niedrigen Torbogen hindurch und führte den Ehrenwerten Magier in eine ganz besonders gruselig aussehende Höhle.

»In einem gläsernen Sarg?«, wiederholte der Ehrenwerte Magier. »Sagten Sie *Sarg?*«

»Nun, Kinder, ist das nicht aufregend?«, fragte Mr. Potter und blickte sich in dem Chaos um, das im Zug herrschte.

Sobald die Pfeife geschrillt und der Zug den Bahnhof von Much Barty hinter sich gelassen hatte, war unter den Drittklässlern Streit ausgebrochen. Ein paar waren ins Gepäcknetz geklettert, und die übrigen kämpften um die Fensterplätze.

»Ah, Majeika!«, rief Mr. Potter, als er Mr. Majeika verschreckt den Gang entlangstolpern sah. »Übernehmen Sie doch mal die Aufsicht.« Damit verschwand Mr. Potter und schloss sich auf der Toilette ein.

»Die A-aufsicht ü-übernehmen, Mr. Potter?«, stotterte Mr. Majeika ängstlich und spähte aus dem Fenster. »W-wie Sie wünschen. Aber sollte nicht lieber jemand den Drachen im Auge behalten? Der speit nämlich immer noch Feuer.«

Thomas und Melanie suchten nach Sitzplätzen, bis sie auf ein leeres Abteil stießen. Das heißt, leer bis auf Hamish Bigmore, der ganz allein dort saß und gerade eine Tüte Chips in sich hinein stopfte.

»Stört's dich, wenn wir uns zu dir setzen, Hamish?«, fragte Melanie.

»Allerdings stört mich das«, antwortete Hamish Bigmore. »Ich hab die Dauerkarte von meinem Vater, und der fährt immer erster Klasse. Verschwindet, bevor ich den Schaffner rufe!« Er deutete auf das Schild an der Scheibe: *Nur für Reisende mit Fahrausweisen erster Klasse*.

Magier Thymes hatte den gläsernen Sarg gefunden und klopfte dagegen. »Komm heraus, komm heraus, wer immer du seist!«, stimmte er an.

Das Glas war verdreckt, sodass der Ehrenwerte Magier nicht sehen konnte, wer oder was in dem Sarg steckte. »Ob das wirklich so klug ist?«, fragte er besorgt.

»Mit dieser Beschwörung kann man sie hervorlocken«, erklärte Magier Thymes und stimmte erneut an: »Komm heraus, komm heraus, wer immer du seist!«

Der gläserne Sargdeckel hob sich quietschend.

Mr. Majeika fand sich allmählich damit ab, per Drachen zu reisen. Immerhin hatte das grässliche Ungeheuer noch niemanden verschlungen. Aber er konnte sich ausmalen, wie das wäre. Ein riesiges Maul würde sich öffnen, dann würde es plötzlich stockfinster, und man wäre im Bauch des Drachen.

In diesem Augenblick wurde es plötzlich stockfinster.

Mr. Majeika schrie auf.

»Alles in Ordnung, Mr. Majeika!«, rief Melanie.

»Der Drache hat uns verschlungen!«, brüllte Mr. Majeika.

»Aber nein«, beruhigte Thomas ihn. »Wir fahren bloß durch einen Tunnel, weiter nichts.«

Mr. Potter verließ die Toilette. »Ah, Majeika, wie ich sehe, amüsieren Sie sich«, stellte er fest. »Es geht doch nichts über so einen netten Erholungsausflug, nicht wahr?«

»Nein, Mr. Potter«, stammelte Mr. Majeika.

»Komm heraus, komm heraus, wer immer du seist!«, sang Magier Thymes noch einmal und ließ die Spitze seines Zauberstabs aufleuchten, sodass es in der grünlich schimmernden Höhle ein wenig heller wurde.

»Verschwinde«, ertönte ein Stimmchen durch die Spalte unter dem Sargdeckel. »Ich kann Licht nicht ausstehen. Es macht mich nervös.«

»Komm heraus, komm heraus, wer immer du seist!«, wiederholte Magier Thymes.

»Nö«, widersprach das Stimmchen.

»O doch!«, befahl Magier Thymes energisch und steckte die Hand in die Spalte. »Heraus mit dir!«

Und hervor kam – äußerst widerwillig – ein mageres, zitterndes, kleines Gespenst mit langem, grauem Haar. Sein Gesicht war weiß wie ein Laken.

»Das ist Phil Spectre«, sagte Magier Thymes zu dem Ehrenwerten Magier.

Das blasse Gesichtchen starrte zu ihnen empor.

»Phil Spectre, du bist auserkoren einen Ausflug nach Britannien zu unternehmen«, verkündete der Ehrenwerte Magier.

»O bitte, nein!«, flehte das Gespenst und wollte sich wieder in dem gläsernen Sarg verkriechen.

Aber Magier Thymes packte es am Genick. »Das ist ein Befehl.«

»Nein!«, kreischte das Gespenst und wand sich so heftig, dass sein Kopf herunterfiel. »Das macht er immer, wenn ich mich fürchte«, erklärte es und steckte den Kopf wieder auf den Hals.

»Hör zu, Spectre«, befahl der Ehrenwerte Magier energisch. »Du kannst nicht für den Rest deines Lebens – ich meine deines Todes – in diesem elenden Sarg herumlungern. Komm raus und tu, was man dir beigebracht hat. Leute erschrecken, das ist schließlich dein Job.«

»Das stimmt, Spectre«, bekräftigte Magier Thymes. »Es ist höchste Zeit, dass du spuken gehst.«

»Aber ich will keine Leute erschrecken, Sir«, widersprach Phil Spectre kläglich. »Ich bin einfach zu ... zu schüchtern. Ich habe mal ganz im Stillen so ein bisschen vor mich hingespukt, aber dabei habe ich mich dauernd vor mir selbst zu Tode erschrocken. Darum hause ich in diesem Versteck, wo nur ab und zu ein paar andere Gespenster vorbeihuschen.«

»Du bist doch wahrhaftig ein jämmerliches Kerlchen, wie?«, stellte der Ehrenwerte Magier fest. »Fühlst du dich denn nie einsam?«

»Doch, hin und wieder schon ein bisschen, Sir«, gestand Phil Spectre.

»Na also. Siehst du, und der Zaubergeselle Majeika dort unten in Britannien, der ist sogar *sehr* einsam. Und du bist dazu ausersehen, hinzugehen und ihn ein bisschen aufzuheitern. Nur für eine Nacht – die Walpurgisnacht.«

»Ja, aber ...«

»Keine Widerrede, Spectre. Los, setz dich in Marsch!« Doch das Gespenst sträubte sich immer noch. Schließlich mussten Magier Thymes und der Ehrenwerte Magier den armen Phil Spectre durch das Loch schubsen, das von Walpurgis in den Himmel und von dort nach Britannien hinunterführt. Die armselige Kreatur stürzte schreiend in die Tiefe.

Wenn Phil Spectre ein weißes Laken um seinen Körper

geschlungen hätte, wie Gespenster es oft tragen, dann hätte er es als Fallschirm benutzen können. Doch er stammte aus der Zeit Heinrichs VIII., gehörte also zum mittelalterlichen Gespenstertyp. Sein Wams und die eng anliegende Hose konnten den Fall nicht bremsen. Nach einem rasanten Flug landete er unsanft auf einem Feld ganz in der Nähe von Much Barty. Da Gespenster kein Gewicht haben, hatte er sich nicht verletzt, aber das Ganze war ein entsetzlicher Schock gewesen.

»Muuuh!«, machte eine Kuh dicht hinter ihm. Der arme Phil Spectre wäre vor Schreck aus der Haut gefahren, wenn er eine gehabt hätte. So stieß er nur einen kurzen Schrei aus. Dabei fiel ihm das *Handbuch für Walpurgianer im Lande der Briten* aus der Tasche.

Das hätte er beinahe vergessen – in dem Buch sollte er nachlesen, was er zu tun hatte. »Nach der Ankunft in Much Barty sofort Kontakt zum Zaubergesellen Majeika aufnehmen«, las er. »Er ist gewöhnlich in der St. Barty's-Schule anzutreffen.«

Phil Spectre machte sich auf den Weg, immer die Straße entlang.

*

»Jetzt reicht's mir, ich hau ab!«, brummelte Mrs. Brace-Girdle, stieg in ihr Auto und knallte die Tür zu. »Was denkt sich dieser Jolly Jasper eigentlich, hier einfach nicht aufzutauchen und mich vergeblich warten zu lassen. Nicht mit mir!«

Gerade als sie den Gang eingelegt hatte, sah sie eine mittelalterlich gekleidete Gestalt die Straße entlangkommen.

»Da sind Sie ja endlich!«, schnaubte sie, noch während sie das Fenster herunterkurbelte. »Das wurde aber auch langsam Zeit. Steigen Sie hinten ein, die Tür ist offen.«

Das stimmte, doch Phil Spectre hatte es gar nicht nötig, Türen zu öffnen. Er glitt einfach durch sie hindurch, materialisierte sich auf der anderen Seite und nahm auf dem Rücksitz von Mrs. Brace-Girdles Wagen Platz. In seinem Handbuch stand zwar nichts über diese Britin, aber Mrs. Brace-Girdle sah aus wie jemand, der keinen Widerspruch duldete.

»So, das werden wir gleich haben«, verkündete Mrs. Brace-Girdle und fuhr los. »Jetzt sind Sie im Handumdrehen in Chutney Castle.«

Der Burgherr, Lord Reg Pickles, starrte trübsinnig aus dem Fenster. Draußen stieg gerade die Schülergruppe von St. Barty's aus dem Bus. »Nicht schon wieder so eine verflixte Schulklasse«, murmelte er vor sich hin.

»Mach dir nichts draus, Schatz«, sagte seine Frau, Lady Lillie. »Irgendwie müssen wir doch über die Runden kommen, nicht wahr, Reg?«

Draußen klärte Mr. Potter Mr. Majeika über die Geschichte von Chutney Castle auf. »Heute gehört die Burg Lord Reg Pickles, dem Gründer von Bartyshires berühmter Einlegefabrik *Prachtzwiebeln und Gourmet-Gürkchen*. Sie haben diese Köstlichkeiten sicher selbst schon des Öfteren genossen, nicht wahr, Majeika?«

»Ich? Nein, Mr. Potter«, antwortete Mr. Majeika.

»Da kommt er, Kinder!«, rief Mr. Potter, als Lord Reg durch den Torbogen trat. »Ein leibhaftiger Angehöriger des britischen Hochadels! Ein echter, lebendiger Lord!«

»Liebe Kinder, es ist mir ein Vergnügen, euch hier willkommen zu heißen«, sagte Lord Reg, der ein Glas Prachtzwiebeln im Arm hielt. »Darf ich vorstellen? Das ist meine Frau, Lady Lillie.«

»Alle mal herhören«, schrie Lady Lillie. »Der Andenkenladen ist da drüben. Macht euer Geld locker!«

Die ganze Horde stürmte los.

»Ist es nicht herrlich, Majeika?«, fragte Mr. Potter. »Wahrhaftig ein Stück Geschichte.«

»Ja, Mr. Potter«, stimmte Mr. Majeika pflichtschuldig zu.

»Ach ja, Majeika, würden Sie sich wohl darum kümmern, dass das Gepäck für die Nacht ausgeladen wird?«

»Gepäck? Welches Gepäck, Mr. Potter?«

»Na, die Koffer eben. Mein Lieber, jetzt sagen Sie bloß nicht, Sie haben keinen! Sie wussten doch wohl, dass wir hier übernachten?«

»Nein, das wusste ich nicht«, murmelte Mr. Majeika niedergeschlagen. Dabei dachte er an sein Walpurgisnachtsfeuer, aus dem nun nichts werden würde.

Mrs. Brace-Girdle war immer noch so wütend, dass sie recht rasant fuhr. Als sie um eine Kurve bog und plötzlich eine rote Ampel vor sich sah, musste sie eine Vollbremsung machen. Das Auto kam mit einem Ruck zum Stehen, und Phil Spectre fiel der Kopf herunter.

Mrs. Brace-Girdle sah einen Polizisten an der Ampel stehen. Sie kurbelte das Fenster herunter und fragte: »Herr Wachtmeister, können Sie mir sagen, wie ich nach Chutney Castle komme?«

Der Polizist trat zu ihr und erklärte ihr den Weg. Dann wurde die Ampel grün, und während der Wagen davonfuhr, wurde auch der Polizist ziemlich grün. Die Person auf dem Rücksitz hatte ihren Kopf auf dem Schoß gehalten. Und der Kopf hatte sich umgedreht und ihn angeschaut.

Lady Lillie Pickles führte – oder besser gesagt: schleifte – die Kinder auf einem Rundgang durch die Burg. Vor allem Hamish Bigmore schleifte sie regelrecht hinter sich her, weil er sämtliche »Bitte nicht anfassen«-Schilder ignorierte.

»Hier entlang, Kinder«, rief sie. »Und denkt dran: nichts anfassen.«

Als sie Hamish gerade den Rücken kehrte, hob er eine antike Vase hoch. Auf dem Schild stand: »China, Ming-Dynastie«.

»Was für'n Krempel – mein Dad hat viel schönere Sachen«, sagte Hamish.

Ladie Lillie fuhr herum. Als sie sah, dass er die Vase hochgehoben hatte, fauchte sie: »*Nichts anfassen*, hab ich gesagt!«, und schlug ihm auf die Hand.

Dann stolperte ein anderes Kind über ein Absperrseil, sodass Lady Lillie abgelenkt war. Hamish ließ die Vase fallen, und sie zersprang in tausend Scherben.

»O nein!«, hauchte Thomas.

Doch Mr. Majeika, der die Nachhut bildete, bemerkte die Katastrophe. Er zwirbelte schnell eine Haarsträhne. Augenblicklich setzte die Vase sich wie von Geisterhand wieder zusammen und schwebte an ihren Platz auf dem Tisch.

Thomas und Melanie waren die Einzigen, die es gesehen hatten. Sie warfen sich einen Blick zu.

»Er kann immer noch ...«, begann Melanie.

»... zaubern«, ergänzte Thomas.

»Prächtig, nicht wahr, Majeika?«, sagte Mr. Potter, als sie in den Großen Saal traten.

»Sehr hübsch, Mr. Potter«, antwortete Mr. Majeika. »Aber

wissen Sie, ich habe auch mal in so einer Burg gewohnt. Genauso groß wie die hier.«

»Nein! Wirklich?«, rief Lord Reg beeindruckt. »Sie meinen … mit lauter echten Lords und Ladies und so?«

»Nein«, antwortete Mr. Majeika, »mit lauter echten Hexen und Zauberern – das heißt … ich meine … es war ganz zauberhaft dort.«

»Ach ja?«, sagte Lord Reg. »Wissen Sie, wir sind ja nicht als Lord und Lady geboren.«

»Was? Euer Lordschaft überraschen mich«, sagte Mr. Potter.

»Nix«, sagte Lord Reg. »Als ich meine Holde kennen lernte, da war sie Zwiebeleinlegerin in Poplar.«

»Was Sie nicht sagen«, staunte Mr. Potter. »Das hätte ich nie gedacht. Sie etwa, Majeika?«

»Niemals, Mr. Potter«, bestätigte Mr. Majeika.

»Klar, jetzt haben wir ja auch richtig Klasse«, sagte Lord Reg. »Wirklich toll, wie weit man's mit Zwiebeln bringen kann, Mr. Potter.« Er rülpste laut.

»Ach«, machte Mr. Potter höflich.

»Jawoll«, sagte Lord Reg und klopfte sich auf den Bauch. »Naja, wenn das mit den Zwiebeln erst mal so richtig in Schwung kommt, da kann man schon ganz ordentlich Wind mit machen.« Er rülpste wieder.

»Ich muss schon sagen, dafür, dass Sie sich Jolly Jasper nennen, sind Sie erstaunlich schweigsam«, bemerkte Mrs. Brace-Girdle, während sie dem Hinweisschild *nach Chutney Castle* folgte.

Phil Spectre war auf dem Rücksitz gerade damit beschäftigt, sich den Kopf wieder auf die Schultern zu setzen. Er antwortete nicht.

»Und *davon* lässt du auch die Finger«, fauchte Lady Lillie und zerrte Hamish Bigmore von einem mittelalterlichen Folterwerkzeug weg. Er hatte gerade versucht, den Fuß eines kleinen Drittklässlers darin einzuspannen.

»Hier fehlt es ja wirklich an nichts, Euer Lordschaft«, staunte Mr. Potter, während er sich in dem Verlies umsah.

»An fast nichts, Mr. Potter«, schränkte Lord Reg ein. Er öffnete das Einmachglas, das er immer noch unter dem Arm trug, und bot Mr. Potter eine eingelegte Zwiebel an. »Nur an einem ... wenn wir das noch hätten, das wär sozusagen das Sahnehäubchen auf den Silberzwiebeln.«

»Und was wäre das, Lord Pickles?«, erkundigte sich Mr. Majeika.

»Ein Burggespenst«, sagte Lord Reg Pickles und steckte sich eine Zwiebel in den Mund.

Mrs. Brace-Girdle parkte bei der Zugbrücke, stieg aus dem Auto und knallte die Tür zu. »Sie warten am besten erst mal hier. Ich sage inzwischen den anderen Bescheid, dass Jolly Jasper eingetroffen ist«, sagte sie. »Nicht dass Sie noch im falschen Moment da reinplatzen.«

Sie ging durch den Torbogen über die Haupttreppe in den Großen Saal. Lord Reg, Mr. Potter und Mr. Majeika kamen gerade aus dem Verlies zurück.

»Da sind Sie ja, Mr. Potter!«, rief Mrs. Brace-Girdle. »Ich habe ihn mitgebracht. Kann ich ihn gleich reinschicken?«

»Wen denn, Bunty?«, fragte Mr. Potter verständnislos.

»Na, Jolly Jasper, den Munteren Minnesänger«, antwortete Mrs. Brace-Girdle.

»Jolly Jasper?«, wiederholte Mr. Potter verwirrt. »Aber der ist doch schon seit Stunden hier. Er hat uns an der Anschlussstelle Chutney in Empfang genommen und mit dem

Bus heraufgebracht. Jetzt spielt er unten im Hof auf seiner Laute.«

Mrs. Brace-Girdle klappte die Kinnlade herunter. »Und wen habe ich dann in meinem Auto sitzen?«

Unten bei der Zugbrücke stand Lady Lillie an der Kasse des Andenkenladens, wo auch die Eintrittskarten verkauft wurden. Sie hörte das Drehkreuz quietschen. Offenbar kam jemand herein.

»Ja, bitte? Erwachsenen-, Kinder- oder Seniorenticket?«, fragte sie.

Phil Spectre, der ziemlich klein war, nahm mit einer Hand den Kopf von den Schultern und hielt ihn in die Höhe, sodass er über den Thekenrand schauen konnte. »Gespensterticket, bitte«, sagte der Kopf.

Lady Lillie kreischte.

»So, Kinder!«, rief Mr. Potter. »Jetzt wird es Zeit, dass wir uns die Ritterrüstungen in der Großen Galerie ansehen. Dieser Teil der Burg ist besonders düster und unheimlich – also hütet euch vor Gespenstern!« Zu Mr. Majeika gewandt fügte er hinzu: »Nur ein kleiner Scherz von mir, Majeika. Ich glaube nicht an Gespenster.«

»Nicht?«, fragte Mr. Majeika unbehaglich. Er wusste von Walpurgis her bestens über Gespenster Bescheid. Diese unliebsamen Gesellen hausten in den Katakomben, von denen sich auch die meisten Hexen und Zauberer tunlichst fern hielten. Er selbst war noch nie einem Gespenst begegnet und war auch jetzt nicht erpicht darauf.

»Keine Bange, Mr. Majeika«, sagte Melanie, die ihm seine Befürchtungen ansah. »Wir beschützen Sie schon vor den Gespenstern.«

»Pah, Gespenster!«, schnaubte Hamish Bigmore. »Solche Märchen sind doch Babykram!«

*

Phil Spectre fand, dass die Burg von innen ganz hübsch aussah – eigentlich ideal zum Spuken, wenn man dazu aufgelegt war. Bloß machte es ihn schrecklich nervös, dass er ständig von irgendwoher Stimmen hörte. Es klang, als ob da … *Menschen* wären.

Manche Gespenster glaubten nicht an Menschen, aber Phil Spectre wusste Bescheid. Seine Gespenster-Oma unten in den Katakomben von Walpurgis hatte ihm schaurige Geschichten von Menschen erzählt, die nachts kamen, um arme, kleine Gespenster zu erschrecken – Menschen, die Türen öffneten, statt einfach durch das Holz zu gleiten; Menschen, die Treppen hinauf- und hinunterstiegen, statt durch die Luft zu schweben; Menschen, die Wörter sprachen, statt zu stöhnen und zu kreischen; Menschen, die statt einer hübschen, gemütlichen Kette mit Eisenkugel so grässliches Zeug wie Fotoapparate, Kassettenrekorder und Radios mit sich herumtrugen; Menschen, die aus Fleisch und Blut bestanden statt aus einem Hauch Ektoplasma oder einem klappernden Gerippe. »Aber keine Angst, mein armes, kleines Gespensterchen«, hatte sie zu ihm gesagt. »Wenn du Glück hast, triffst du vielleicht nie einen … Menschen!«

Doch jetzt, in Chutney Castle, wurde dem armen Phil Spectre klar, dass er von Menschen *umzingelt* war. Wo könnte er sich nur verstecken?

Er entdeckte einen Raum voller Ritterrüstungen. So eine war doch genau das Richtige für ihn.

»Nun, Kinder, da sind wir«, sagte Mr. Potter, als sie die Rüstungskammer betraten. »Die meisten Rüstungen hier stammen aus der Zeit Heinrichs VIII. Ist das nicht großartig?«

»'n Haufen verrosteter Schrott«, sagte Hamish Bigmore. »Ha, die hätte man mal besser alle eingeschmolzen und zu Bohnendosen verarbeitet!« Und dann packte er die größte Rüstung und rüttelte daran, dass es nur so schepperte.

Drinnen wurde der arme Phil Spectre fürchterlich durchgeschüttelt. Seine Oma hatte Recht gehabt – Menschen waren grässlich! Ihn packte das blanke Entsetzen – und außerdem eine riesige Wut. Was nahm diese Kreatur sich eigentlich heraus, einfach anzukommen und ihn derart zu erschrecken? Dem würde er es zeigen!

Hamish Bigmore kehrte der Ritterrüstung den Rücken. »Jawoll, Bohnendosen«, höhnte er. »So 'ne Dose Bohnen wär mir jetzt viel lieber. Aaautsch!«

Die Ritterrüstung hatte ihm einen kräftigen Tritt ins Hinterteil verpasst.

Thomas und Melanie, die es gesehen hatten, lachten, bis ihnen die Tränen über die Gesichter liefen. »Das war bestimmt ein Gespenst, Hamish!«, rief Thomas.

Hamish Bigmore funkelte sie wütend an. »Die hat bloß gewackelt und mich dabei zufällig angestoßen«, sagte er. »Gespenster – solche Märchen sind doch Babykram!«

»Wa-war das wirklich ein Gespenst?«, fragte Mr. Majeika Thomas und Melanie, als sie wieder im Großen Saal waren.

»Was fragen Sie uns?«, antwortete Thomas. »Irgendwas da drin hat Hamish jedenfalls getreten.«

»Und wir waren es ganz bestimmt nicht«, fügte Melanie

hinzu. »Es würde mich kein bisschen wundern, wenn sich in so einer alten Burg ein Gespenst herumtriebe.«

»Ach, d-du meine Güte«, stammelte Mr. Majeika.

Phil Spectre hatte einige Mühe, wieder aus der Rüstung herauszukommen. Er überlegte, wie er ein wirklich sicheres Versteck auftreiben könnte. Doch dann fiel ihm ein, dass er sich eigentlich gar nicht verstecken sollte. Er war doch auf der Suche nach Mr. Majeika. Wie hatte es ihn nur in diese elende Burg verschlagen? Er hätte in Much Barty sein sollen, um Mr. Majeika in der Schule ausfindig zu machen.

Plötzlich hörte er draußen auf dem Gang eine Stimme. Er erstarrte. Das war ja zum Fürchten – schon wieder ein *Mensch!*

»Mr. Majeika!«, rief die Stimme (es war die von Thomas). »Mr. Majeika! Unsere Zimmer sind oben. Kommen Sie rauf, sich Ihr Schlafzimmer ansehen?«

Phil Spectre traute seinen Ohren nicht. Was für ein Glückstreffer – Mr. Majeika war hier in der Burg! Jetzt musste er diesen walpurgischen Landsmann nur noch finden und sich ihm vorstellen. Wenn er das bloß bewerkstelligen könnte, ohne dabei schon wieder auf irgendwelche *Menschen* zu stoßen ...

Ganz vorsichtig steckte er den Kopf durch die Tür und blickte sich um. Offenbar war die Luft rein. Leise schwebte er hinaus und die Treppe hinauf in Richtung Schlafzimmer.

Mr. Majeika war inzwischen in seinem Zimmer. Er zwirbelte kurz eine Haarsträhne und schon stand da eine Tasche mit allem, was er für die Nacht brauchte: Nachthemd, Zahnbürste und Schlafmütze. »So, das dürfte reichen«, sagte er.

»Mannomann«, staunte Thomas.

»Na dann, schlafen Sie gut, Mr. Majeika«, sagte Melanie. »In Wirklichkeit gibt es hier ganz bestimmt keine Gespenster – und wenn doch, dann werden sie Sie sicher nicht behelligen.«

»Ho-hoffentlich nicht«, antwortete Mr. Majeika.

Draußen tastete Phil Spectre sich ängstlich den dunklen Flur entlang. Welche Tür sollte er probieren?

Lady Lillie Pickles nahm gerade zum Schlafengehen das Gebiss heraus, als sie hörte, wie hinter ihr die Schlafzimmertür aufging. »Bist du's, Reg?«, fragte sie, ohne sich umzudrehen. »Sei ein Schatz, mach uns eine Tasse Kakao, ja? Ich habe Blähungen bekommen von den vielen Gourmet-Gürkchen, die es zum Abendessen gab.«

Es kam keine Antwort. Lady Lillie warf einen Blick in den Spiegel – und sah ein gespenstisch bleiches Gesicht, das sie vom Türrahmen her beobachtete. Sie kreischte.

Phil Spectre war nach der Begegnung mit der Lady, die ihre Zähne herausnehmen konnte, völlig verstört – kein Gespenst hatte diesen Trick jemals beherrscht. Als er sich wieder beruhigt hatte, schwebte er weiter den Flur entlang. »Mr. Majeika«, rief er leise – für den Fall, dass der Zaubergeselle ihn irgendwie hören könnte. »Mr. Majeika!«

Mr. Majeika war schon beinahe eingeschlafen, als er plötzlich glaubte zu hören, wie jemand seinen Namen rief. Ob das Thomas oder Melanie war? Er kletterte gähnend aus dem Bett und schlich auf Zehenspitzen zur Tür. Diese ganze Burg war ihm immer noch unheimlich. Warum waren sie nur an diesen schaurigen, Furcht erregenden Ort gekommen – noch dazu ausgerechnet in der Walpurgisnacht, wo er viel lieber zu Hause um sein Feuer herumgetanzt wäre?

Er öffnete die Tür. Auf dem Flur war niemand.

Doch da hörte er wieder die Stimme. »Mr. Majeika!«, rief sie leise.

Zitternd vor Kälte und Angst ging Mr. Majeika tapfer in die Richtung, aus der er die Stimme zu hören glaubte.

»Mr. Majeika!«, rief Phil Spectre verzweifelt. Er war allmählich mit den Nerven am Ende. Wenn er diesen Zaubergesellen nicht bald aufgetrieben hätte, würde er sich in Walpurgis melden und verlangen, dass man ihn sofort zurückholte. Vielleicht wäre er sogar noch rechtzeitig wieder dort, um etwas von den berühmten Walpurgisnachtfeiern mitzuerleben. Er hatte schon eine Menge davon gehört, war aber noch nie dabei gewesen.

Alles war völlig still und weit und breit niemand zu sehen. Ja, jetzt würden sie ihn bestimmt wieder nach Hause kommen lassen.

Er bog um eine Ecke – und prallte geradewegs mit Mr. Majeika zusammen. Er kreischte, und sein Kopf fiel herunter.

Mr. Majeika stieß einen Schrei aus – und dann gleich noch einen, als er den Kopf über den Boden rollen sah.

Phils Körper rannte in die eine Richtung, während sein Kopf in die andere kullerte.

Mr. Majeika machte kehrt und nahm die Beine in die Hand, doch er fand sein Zimmer nicht wieder. Er verlor in der Dunkelheit die Orientierung und brauchte geschlagene zehn Minuten, bis er sich endlich den Rückweg zu seinem Zimmer ertastet hatte.

Phil hatte inzwischen seinen Kopf wieder gefunden. Er nahm sich nicht die Zeit, ihn aufzusetzen, sondern brachte sich eiligst in Sicherheit – hinter der erstbesten offenen Tür, die er fand.

Und diese offene Tür führte zufällig (was er nicht wusste) ausgerechnet in Mr. Majeikas Schlafzimmer.

»Uff! Endlich wieder in meinem Zimmer«, murmelte Mr. Majeika. Er stolperte zum Bett, schlug die Decke zurück und ließ sich hineinfallen.

Aus dem Bett starrte Phil Spectre entsetzt zu Mr. Majeika hinauf.

Als Thomas und Melanie die Schreie hörten, liefen sie im Schlafanzug in Mr. Majeikas Zimmer. Sie blinzelten noch ganz verschlafen. »Da ist ja *wirklich* ein Gespenst!«, japste Mr. Majeika und deutete mit zitterndem Finger auf Phil.

»Ja, das sehen wir«, sagte Thomas. »Und Gespenster sind doch auch Walpurgianer, nicht wahr?«

Mr. Majeika nickte.

»Na also«, fuhr Thomas fort. »Dann sollten Sie beide sich ja wohl erst mal anständig begrüßen.«

Phil Spectre starrte erst Thomas und dann Mr. Majeika an, und seine Miene hellte sich langsam auf. »Zaubergeselle Majeika?«, fragte er ängstlich.

Mr. Majeika begann ebenfalls zu lächeln und nickte. »Spukgeselle …?«

»Spectre«, stellte Phil Spectre sich vor. Dann zupften er und Mr. Majeika einander an der Nase, denn so begrüßen sich echte Walpurgianer.

»Aber was beim Walpurgis treiben Sie denn hier unten – noch dazu in der Walpurgisnacht?«, fragte Mr. Majeika.

»Das alles war bloß die Idee vom Ehrenwerten Magier«, erklärte Phil Spectre. »›Los, Abmarsch‹, hat er gesagt, ›geh und muntere Majeika ein bisschen auf.‹«

»Wirklich? Das hat er gesagt?«, fragte Mr. Majeika aufgeregt.

»Nur damit Sie in der Walpurgisnacht nicht allein sind.«

»So, so.« Plötzlich hatte Mr. Majeika eine Idee. »Sagen Sie mal, Spukgeselle Spectre, Sie hätten nicht zufällig Interesse an einem Job?«

»An einem Job, Zaubergeselle Majeika?«, fragte Phil Spectre aufgeregt.

»Es geht um einen Spuk-Job«, erklärte Mr. Majeika. »Eine Dauerstellung als Gespenst in einer prächtigen, alten Burg. Sie hätten sie ganz für sich allein – und jede Menge echte Menschen zum Erschrecken. Na?«

»Eine Burg? Menschen?«, wiederholte Phil Spectre ängstlich. »O nein … nein, vorerst nicht. Ich bin noch zu jung.«

»Wie alt sind Sie denn?«, fragte Thomas.

»Vierhundertdreißig«, antwortete Phil Spectre.

»Na, also ich finde, dann wird es langsam Zeit, dass Sie anfangen, richtig zu spuken«, bemerkte Mr. Majeika. »Und zwar hier in Chutney Castle.«

Lord Reg und Lady Lillie waren etwas überrascht, als sie mitten in der Nacht geweckt wurden – und erst recht, als Mr. Majeika erklärte, er wolle ihnen ein Gespenst vorstellen. Doch nachdem Lady Lillie den ersten Schrecken überwunden hatte, begann sie sich für Phil zu begeistern.

»Sag, ist er nicht niedlich, Reg?«, flötete sie.

»Das ist er, meine kleine Lilienzwiebel«, bestätigte Lord Reg. »Und stell dir vor, was für Scharen von Besuchern er anlocken wird. Herrlich! Ich sehe schon die Plakate vor mir: Das Gespenst von Chutney Castle!«

»Aber ich bin ein schüchternes Gespenst«, sagte Phil ängstlich zu Mr. Majeika. »Erklären Sie denen, dass ich schüchtern bin.«

»Als ich Lehrer wurde, war ich auch schüchtern, Phil«, entgegnete Mr. Majeika. »Aber das Leben hier in Britannien wirkt Wunder. Sie werden begeistert sein.«

Phil überlegte kurz. »Kann ich denn in einem Turm schlafen?«, fragte er hoffnungsvoll.

»Natürlich«, sagte Lord Reg.

»In so einem richtig muffigen, alten Turm, wohin sich kein *Mensch* wagen würde?«

»Der Westturm ist voll gestopft mit schimmligen Zwiebeln, die nicht zum Einlegen taugen«, sagte Lady Lillie. »Da setzt keiner je einen Fuß hinein.«

»Ach, denken Sie nur, Mr. Majeika«, strahlte Phil Spectre. »Ein richtiger Turm, ganz für mich allein. Da kann ich im Mondschein geistern und mit den Fledermäusen draußen umherfliegen. Ich kann es kaum erwarten!«

*

»Scheint, als ob Phil Spectre nicht zurückkommt«, sagte der Ehrenwerte Magier. »Majeika hat eine unbefristete Abwesenheitsgenehmigung für ihn beantragt. Er hat einen richtigen Spuk-Job.«

»Prächtig«, sagte Magier Thymes. »Das sollten wir Majeika als Pluspunkt anrechnen. Er macht sich dieses Jahr wirklich gut.«

»Und offenbar haben er und Phil Spectre sich in der Walpurgisnacht großartig amüsiert. Zum Festessen gab es – was hat er noch gesagt? – eingelegte Zwiebeln.«

»Igitt!«, rief Magier Thymes. »Diese Briten haben aber

auch einen Geschmack – da lob ich mir doch ein anständiges Sumpfkraut-Sandwich.«

***

HUMPHREY CARPENTER bringt eine Menge Wissen über die Welt der Zauberei in seine Geschichten ein. Er hat Biografien über zwei der berühmtesten Fantasy-Autoren geschrieben: J. R. R. Tolkien und C. S. Lewis. Angeregt von ihren Büchern, erfand er den kleinen Zauberer Mr. Majeika, dessen Abenteuer inzwischen nicht nur in gedruckter Form, sondern in Großbritannien auch durch Fernsehfilme berühmt geworden sind. Carpenter, der in Oxford geboren wurde, besuchte – passenderweise – die Dragon School und spielte eine Zeit lang in einer Band, die sich *Vile Bodies* nannte. Später arbeitete er für den britischen Radiosender BBC, bevor er die Schriftstellerei zum Hauptberuf machte. 1984 erschien die erste Geschichte über Carpenters berühmteste Figur. Sie hieß einfach *Mr. Majeika*. Später folgten ein Dutzend weitere Titel, darunter *Herr Abrakadabra und das Spukhotel* und *Mr. Majeika and the Ghost Train*. Nebenher fand Carpenter noch Zeit für die Leitung einer Jugend-Theatergruppe, die *Mushy Pea Theatre Company*, und sein Hobby: das Erkunden verfallener Bahnanlagen. Humphrey Carpenter verfügt über einen wunderbaren Humor, kann sich ausgezeichnet in Kinder hineinversetzen und findet selbst, dass er durchaus einiges mit Mr. Majeika gemeinsam hat. »Er ist ich. Er steht zwischen der Kinder- und der Erwachsenenwelt und neigt instinktiv dazu, die Partei der Kinder zu ergreifen. Ich würde ihn nicht unbedingt antiautoritär nennen, aber er hat schon seine Freude daran, wenn die Autorität mal ein bisschen ins Wanken gerät.«

Alan Garner

St. Mary's Clyffe

In den Geschichtsbüchern ist von einer ganzen Reihe böser Zauberer die Rede, und auch in der Literatur gibt es einige Furcht erregende Gestalten. Da ist zum Beispiel das grausame Wesen in Der Wurm Ouroboros *von E. R. Eddison, Grimnir, die Ausgeburt des Bösen, in Alan Garners* Feuerfrost: Die phantastische Geschichte des Zaubersteins von Brisingamen, *und natürlich Voldemort, der Luzifer unter den Zauberern, der in der Vorgeschichte zum ersten Harry Potter-Band,* Harry Potter und der Stein der Weisen, *die Eltern des Helden umgebracht hat und von dem auch die blitzförmige Narbe auf der Stirn des Jungen stammt. Er wird dem jungen Zauberer in den weiteren Fortsetzungen sicher noch öfter nach dem Leben trachten. Auch »Grimnir, der Kapuzenmann« war früher einmal ein Weiser, ehe er in Versuchung geriet und sich den verbotenen Künsten der schwarzen Magie verschrieb. Jetzt ist er ganz von seinem boshaften Streben besessen. Wie so viele Zauberer, die auf die schiefe Bahn geraten sind, hat auch Grimnir ein Bündnis mit einer nicht weniger verschlagenen Hexe geschlossen. Sie heißt Selina Place, ist die Oberhexe der Morthsippe und als »alte Gestaltwandlerin« berüchtigt und ge-*

fürchtet. In dieser Geschichte haben die beiden den Stein Feuerfrost an sich gebracht und wollen ihn in einen Zauberkreis bannen, um sich seine Macht dienstbar zu machen. Was sie allerdings nicht wissen: Colin und Susan, zwei clevere Kinder, sind ihnen auf der Spur. Ihnen wurde der tropfenförmige Stein gestohlen. Die beiden haben von dem großen Zauberer Cadellin Silberbraue bereits eine ganze Menge über schwarze und weiße Magie erfahren. Gerade haben sie die bösen Zauberer in St. Mary's Clyffe, Selinas trostlosem, heruntergekommenem Haus, ausfindig gemacht, wo gleich furchtbare Mächte entfesselt werden …

***

Der hohe, lang gestreckte Raum war ganz mit Wandteppichen und Vorhängen aus schwarzem Samt ausgekleidet. Die Decke war ebenfalls schwarz, und der nackte Holzfußboden hatte eine dunkelrote Färbung. Auf einem Tisch lag eine Rute, die an einem Ende gegabelt war. Außerdem stand da noch ein Silberteller mit einem Häufchen roten Pulvers. Neben dem Tisch befand sich ein Lesepult mit einem großen, alten Pergamentfolianten darauf und auf der anderen Seite ein Kohlenbecken voller Glut. Weitere Möbel gab es nicht.

Grimnir sah der Gestaltwandlerin äußerst missmutig bei ihrem Vorbereitungsritual zu. Er hatte nichts für Hexerei übrig: Elementargeister und schwelender Hass, das war ihm alles viel zu plump und träge. Da zog er doch den Blitzschlag der Angst und die dunklen Geisteskräfte entschieden vor.

Aber zugegeben: Diese rohe Form der Zauberei hatte ihr Gewicht. Sie baute ihre Kraft allmählich auf wie eine anschwellende Flutwelle und überschwemmte ihr Opfer schließlich – langsam, aber unwiderstehlich. Wenn das Ganze nur etwas schneller gegangen wäre! Nastrond hatte bereits

Verdacht geschöpft. Es konnte gar nicht mehr lange dauern, bis er der Sache nachging, und dann ... Als Grimnir daran dachte, krampfte sein Herz sich zusammen. Ja, wenn dieser mächtige Stein ihm erst zu Willen wäre – dann sollte Nastrond mal sehen, was ein wahrhaftiger Geist der Finsternis vermochte. Dann wäre Ragnarök und alles darin für ihn nichts weiter als ein Graben mit lästigem Gewürm, das man achtlos in den Staub trat. Aber wie konnte er den Stein unter seinen Willen zwingen? Alle seine Vorstöße waren vergeblich gewesen – ja, sie hätten ihn einmal sogar um Haaresbreite das Leben gekostet. Jetzt war die Hexenkunst dieses Morthweibs die letzte Hoffnung. Allerdings musste man der Frau auf die Finger schauen – schließlich sollte der Stein nicht *ihr* Sklave werden. Sie traute Grimnir nicht mehr über den Weg, als man erwarten durfte. Aber im Augenblick gab es Dringenderes, als sich zu überlegen, wie er die Hexe loswerden sollte, wenn sie ihm nicht mehr von Nutzen war. Grimnir sah im Geiste Nastronds Schatten bedrohlich wachsen. Nur ein schneller Erfolg konnte ihn jetzt noch retten.

Die Gestaltwandlerin streute mit schwarzem Sand aus einer Lederflasche einen Kreis mit komplizierten Mustern auf den Boden. Zwischendurch hielt sie immer wieder inne, beschrieb mit der Hand Zeichen in der Luft, murmelte etwas vor sich hin und knickste, ehe sie fortfuhr. Sie trug ein schwarzes Gewand mit einer scharlachroten Kordel als Gürtel und an den Füßen spitze Schuhe.

Die Morrigan war so in ihre Arbeit vertieft und Grimnir so in Gedanken versunken, dass keiner von beiden die zwei Augenpaare bemerkte, die verstohlen am Rand des Fensters auftauchten.

Der Kreis war vollendet. Die Gestaltwandlerin ging zum Tisch und ergriff die Rute.

»Jetzt ist zwar nicht die rechte Stunde, um die Helfer zu beschwören, die wir brauchen«, sagte sie, »aber wenn in dem, was Ihr gehört habt, auch nur ein Fünkchen Wahrheit steckt, dann sehen wir wohl, dass wir auf der Stelle handeln müssen. Allerdings hätten wir schon gewünscht, dass Ihr ein bisschen diskreter vorgegangen wäret.« Sie wies auf die graue Wolke, die draußen vor dem Fenster hing. Von den beiden Augenpaaren war jetzt nichts mehr zu sehen. »Am Ende ruft Ihr noch ungebetene Gäste auf den Plan.«

Wie um ihre Befürchtungen zu bestätigen, brach im selben Moment auf der anderen Seite des Hauses ein Tumult los. Es war das schaurige Gebell von Jagdhunden.

»Da haben wir es! Sie sind unruhig: Da *ist* etwas, und sie wittern es. Vielleicht wäre es klug, sie loszulassen, damit sie es aufspüren. Sie werden uns schon wissen lassen, wenn es etwas ist, womit sie es nicht aufnehmen können – was durchaus möglich ist! Wenn Ragnarök und Fundindelve nicht über uns hereinbrechen, noch ehe der Tag zu Ende geht, dann haben wir das jedenfalls nicht Euch zu verdanken.«

Selina Place stapfte ums Haus herum zu dem Nebengebäude, von dem der Lärm kam. Sie fühlte sich unbehaglich und war verstimmt. Grimnir mochte große Fähigkeiten haben, aber was konnte er doch für ein Narr sein! Und welche Risiken er einging! War er denn noch bei Trost, mit so einer Angelegenheit derart auffällig umzugehen? Er und seine Magie konnten sich nicht am Zauberstein von Brisingamen messen. Sie lächelte. Ja, um *dem* beizukommen, brauchte es die alte Hexenkunst. Das wusste er ganz gut, auch wenn er sich in Llyn-dhu so aufgespielt hatte.

»Ist ja gut, ist ja gut! Wir kommen schon! Reißt nicht gleich die Tür aus den Angeln!«

Zwei Schatten lösten sich hinter ihr aus dem Nebel, glitten an der Wand entlang und schlüpften durch die offene Tür.

»Wohin jetzt?«, flüsterte Susan.

Sie standen in einer engen Eingangshalle und hatten drei Türen zur Auswahl. Eine davon stand einen Spalt offen. Dahinter schien eine Garderobe zu sein.

»Hier hinein, dann sehen wir ja, welche Tür sie nimmt.«

Sie hatten keine Zeit zu verlieren. Schon ertönten aus dem Nebel Selina Places schwere Schritte.

»Dann wollen wir uns mal sputen und sehen, was wir ausrichten können«, sagte sie zu Grimnir, als sie wieder zu ihm stieß. »Vielleicht ist es gar nichts Gefährliches, aber wir werden uns nicht sicher fühlen, solange wir nicht die Macht über den Stein haben. Gib ihn jetzt heraus.«

Grimnir band ein Säckchen von seinem Gürtel los und zog Susans Armband hervor. Daran hing Feuerfrost. Ein milchiger Schleier verbarg seine strahlende Tiefe.

Die Morrigan nahm das Armband und legte es in der Mitte des Kreises auf den Boden. Sie verschloss Fenster und Türen mit Vorhängen und stellte sich dann neben das Kohlenbecken, dessen schwaches Glühen kaum die Finsternis zurückdrängen konnte. Sie nahm eine Hand voll Pulver von dem Silberteller, streute es über die Kohlen und rief dabei laut:

»Demoriel, Carnefiel, Caspiel, Amenadiel!!«

Eine Flamme loderte zischend auf und erfüllte den Raum mit rubinrotem Licht. Die Gestaltwandlerin schlug das Buch auf und las:

»Vos omnes it ministri odei et destructiones et seratores discorde …«

»Was hat sie vor?«, fragte Susan.

»Keine Ahnung, aber ich krieg' Gänsehaut davon.«

»… eo quod est noce vos coniurase ideo vos conniro et deprecur …«

»Colin, ich …«

»Pst! Sei still!«

»… et odid fiat mier alve …«

In den hintersten Winkeln des Raumes sammelten sich Schatten in den Falten der samtenen Wandbehänge.

Volle dreißig Minuten lang mussten Colin und Susan in ihrem unbequemen Versteck ausharren. Noch ehe die Hälfte der Zeit vergangen war, hatte ihre Begeisterung sich restlos verflüchtigt. Dass sie überhaupt dort waren, wo sie jetzt waren, das hatten sie einem Impuls zu verdanken, einem inneren Drang, der sie vorwärts getrieben hatte, ohne dass sie auch nur einen Gedanken an die Gefahr verschwendet hätten. Doch jetzt hatten sie Zeit zum Nachdenken, und Untätigkeit hat dem Mut noch nie auf die Sprünge geholfen. Sie hätten sich wohl davongestohlen und auf die Suche nach Cadellin gemacht, wenn da nicht immer wieder dieses grässliche Schnüffelgeräusch unter dem Garderobenfenster gewesen wäre. Aber so hielten sie es für äußerst unklug, die Tür nach draußen zu öffnen.

Und die ganze Zeit ertönte ununterbrochen der Gesang der Gestaltwandlerin, der sich in Abständen zu heftigen, gebieterischen Schreien steigerte.

»Haborym, komm herbei! Haborym, komm herbei! Haborym, komm herbei!«

Plötzlich spürten die Kinder eine trockene Hitze, die schon bald schier unerträglich wurde. Sie legte sich drückend auf die beiden, bis das Blut ihnen in den Ohren hämmerte, das Zimmer sich um sie drehte und ihnen ganz übel wurde.

»Orobas, komm herbei! Orobas, komm herbei! Orobas, komm herbei!«

War das möglich? Einen Atemzug lang hörten die Kinder Hufschlag auf nackten Dielen und ein wildes Gewieher erscholl hoch unter dem Dach.

»Nambroth, komm herbei! Nambroth, komm herbei! Nambroth, komm herbei!«

Ein Windstoß packte das Haus an den Giebeln und zerrte daran, als wollte er es aus seinem Sandstein-Fundament reißen. Etwas sauste von tosenden Winden getragen vorbei. Die verlorenen Stimmen der Luft riefen einander durch die leeren Räume, und der Nebel hing da und rührte sich nicht.

»*Coniuro et confirmo super vos potentes in nomi fortis, metuendissimi, infandi* …«

Gerade als Susan kurz davor war, in Ohnmacht zu fallen, ließ die erstickende Hitze ein wenig nach – genug, dass die beiden wieder richtig atmen konnten. Zugleich erstarb der Wind, und eine drückende Stille senkte sich über das Haus.

Nach minutenlangem brütendem Schweigen ging eine Tür, und die Kinder hörten Selina Places Stimme draußen vor der Garderobe. Sie war völlig außer Atem.

»Wenn *wir* es sagen … der Stein ist … in Sicherheit. Nichts kann ihn … von außen erreichen. Kommt … weg hier … das ist ein gefährliches … Gebräu. Wenn es überkocht … und wir … in der Nähe sind, das wäre … unser Ende. Schnell … die Kraft nimmt zu … es ist riskant zuzuschauen.«

Grimnir folgte ihr voller Misstrauen und sah sich immer wieder verstohlen um. Die beiden verschwanden durch die Tür auf der anderen Seite der Halle, und ihre Schritte verklangen.

»So, und wie kommen wir jetzt aus *diesem* Schlamassel wieder raus?«, fragte Colin. »Sieht aus, als ob wir hier festsitzen, bis sie diese Viecher zurückruft. Wenn sie noch mehr von diesem Zeug auf Lager hat, dann habe ich allerdings keine Lust, darauf zu warten.«

»Wir können jetzt nicht einfach abhauen, Colin! Mein Tropfen ist da drin. So eine Chance bekommen wir nie und nimmer wieder!«

Die Luft war jetzt wesentlich kühler. Die schaurigen Geräusche waren verstummt, und es herrschte völlige Stille. Susan spürte tief in ihrem Herzen wieder diesen unwiderstehlichen Drang, den sie schon bemerkt hatte, als sie von der Bahnhofsbrücke auf den Nebel starrte. Er hatte sie alle Versprechen und alle Vernunft vergessen lassen.

»Aber Sue, hast du nicht gehört, wie die alte Place gesagt hat, dass es da drin riskant ist? Wenn *die* schon Angst hat, dort zu bleiben, dann muss es wirklich gefährlich sein.«

»Ist mir egal, ich muss es versuchen. Kommst du mit? Sonst geh ich nämlich allein.«

»Naja … also gut! Aber wir werden uns noch wünschen, wir wären hier geblieben.«

Sie schlichen aus der Garderobe und öffneten vorsichtig die linke Tür.

Im trüben Licht war zuerst nicht viel zu erkennen. Immerhin sahen sie den Tisch, das Lesepult und in der Mitte auf dem Boden eine schwarze Säule.

»Die Luft ist rein!«, flüsterte Susan.

Sie schlichen auf Zehenspitzen in den Raum, schlossen die Tür und blieben reglos stehen, bis ihre Augen sich an die Dunkelheit gewöhnt hatten. Dann sahen sie es.

Die Säule lebte. Sie stieg aus dem Kreis auf, den Selina Place so mühevoll gezeichnet hatte – ein aufrechter Wirbel aus zähem Rauch, in dem sich seltsame Gestalten tummelten. Sie waren nur schemenhaft zu erkennen, aber das reichte schon aus, dass die Kinder sich weit weg wünschten.

Der ganze Spektakel steigerte sich vor ihren Augen zum Höhepunkt. Immer schneller wirbelte die Säule, immer dichter zogen die Dämpfe sich zusammen, der Boden begann zu beben, und ganz plötzlich erfüllten klagende Stimmen wie aus weiter, schauerlicher Ferne die Köpfe der Kinder. Schattenflecken schwirrten aus den Wandbehängen hervor, summten wie Fliegen durch die Luft und wurden in den Rauchwirbel gesogen. Dann verfärbte das untere Ende der Säule sich schlagartig blau. Das Summen schwoll zu einem irren Gewimmer an – und verstummte. Ein Schauder durchfuhr die ganze strudelnde Masse, als ob jemand abrupt eine Bremse gezogen hätte. Der Wirbel verlor an Schwung, erschlaffte und sank wie ein mächtiger, morscher Baum in sich zusammen. Silberne Blitze zuckten darin empor; die Säule schwankte, knickte ein und ging in einem Feuerball auf. Ein Wimmern zog dicht an den Kindern vorbei und hinter ihnen zur Tür hinaus. Das blaue Leuchten erlosch, und an seiner Stelle lag Feuerfrost inmitten der zerstörten Überreste des Zauberkreises.

Colin und Susan standen wie gebannt da. Dann ging Susan ganz langsam auf den Stein zu – sie wagte kaum zu atmen oder den Blick von ihm abzuwenden, als ob sie fürchtete, er könnte dann verschwinden – und hob ihn auf.

In der Stille öffnete Susan den Verschluss und legte das Armband an. Sie konnte es noch gar nicht glauben – all die Monate hatte sie immer wieder von diesem Augenblick geträumt und beim Aufwachen jedes Mal eine bittere Enttäuschung erlebt.

Selina Place und Grimnir warteten in der obersten Dachkammer. Ihre Nerven waren zum Zerreißen gespannt. Sie wussten ganz gut, was auf dem Spiel stand. In den letzten tausend Jahren hatte ihresgleichen es nicht gewagt, sich Nastrond zu widersetzen. Sie hatten alle früher oder später einmal in den Vorhallen von Ragnarök gestanden und einen Blick in den Abgrund geworfen. So sicherte Nastrond sich den Gehorsam der bösen Mächte.

»Jetzt kann es nicht mehr lange dauern«, sagte die Morrigan. »In fünf Minuten muss der Stein …«

Eine Rauchschwade zog unter der Tür hindurch und schwebte durch den Raum. Dazu ertönte ein schluchzendes Geräusch. Die Morrigan sprang von ihrem Stuhl auf. Ihre Augen funkelten wild, und der Schweiß stand ihr auf der Stirn.

»Non licet abire!« Sie breitete Einhalt gebietend die Arme aus. *»Coniuro et confirmo super …«* Doch der Rauch ringelte sich an ihr vorbei zum Herd und huschte ins Ofenrohr. Ein Windstoß seufzte klagend an den Fenstern, dann wurde es still.

»Nein! O nein«, murmelte sie und tastete nach der Tür, doch Grimnir hatte sie schon aufgestoßen und rannte die Korridore entlang zur Treppe. Als er halb den ersten Absatz hinunter war, hörte man Glas splittern, und es wurde dunkel auf der Treppe. Eine finstere Gestalt verdeckte das Fenster am oberen Rand. Die Morrigan stieß mit ihrer rauen Stimme einen Schreckensschrei aus. Grimnir fuhr herum – blitzschnell und drohend wie eine hungrige Spinne.

Der Lärm riss Colin und Susan aus ihrer Benommenheit. Wieder kreischte die Morrigan.

»Los, weg hier!«, rief Colin und zog seine Schwester hinter sich her in die Halle. »Sobald wir draußen sind, renn, was du kannst! Ich bleib dir dicht auf den Fersen.«

Oben brach ein wahres Tohuwabohu los. Es klang wirklich

äußerst unerfreulich, aber immerhin ließ der Lärm die anderen Schrecken weniger entsetzlich erscheinen – bis Colin die Tür öffnete. Da ertönte ein heiseres Grollen, und aus dem Nebel tauchte eine Gestalt auf. Die Kinder stolperten rückwärts wieder ins Haus. Noch ehe sie die Tür zuschlagen konnten, war der Hund der Morrigan schon über die Schwelle. Zum ersten Mal sahen die beiden die Bestie leibhaftig vor sich.

Der Hund sah aus wie ein Bullterrier, nur dass er eine Schulterhöhe von gut einem Meter zwanzig hatte und das Fell an den Ohren nicht weiß war wie der Rest des Körpers, sondern borstig und rot. Was ihn jedoch von allen anderen unterschied, war die Tatsache, dass an Kopf und Schnauze von den spitzen Ohren bis zu den hochgezogenen Lefzen gar nichts war. Er hatte keine Augen.

Die Bestie blieb stehen und schnupperte geifernd und mit bebenden Nüstern nach allen Seiten. Als sie die Kinder gewittert hatte, steuerte sie so zielsicher auf sie zu, als ob sie sehen könnte. Colin und Susan stürmten durch die nächstbeste Tür und landeten in einem Raum, der offenbar eine Küche war. Von dort gab es nur einen Ausweg – eine weitere Tür.

»Wir müssen's drauf ankommen lassen«, sagte Susan. »Das Ding da hält keine Sekunde mehr.« Sie traute dem wackeligen Riegel nicht, der unter dem Ansturm der Krallen bereits wie wild klapperte. Aber noch während sie sprach, hörten die beiden ein weiteres Geräusch: Schritte, die sich schnell der anderen Tür näherten! Und dann gab der Riegel tatsächlich nach, und der Hund stürmte herein.

Colin packte einen Küchenstuhl. »Stell dich hinter mich«, flüsterte er.

Als die Bestie seine Stimme hörte, erstarrte sie – aber nur für einen Moment. Jetzt wusste sie, wo ihre Beute war.

»Kommen wir irgendwie ans Fenster?« Colin wagte es nicht, den Hund aus den Augen zu lassen, der zielstrebig auf sie zusteuerte.

»Nein.«

»Gibt es sonst einen Ausweg?«

»Nein.«

Der Hund ging zum Angriff über. Colin wehrte ihn mit dem Stuhl ab, aber der war schwer, und von dem Gewicht schmerzten ihm schon die Arme.

»Hinter uns ist ein Besenschrank oder so was. Die Tür ist nur angelehnt.«

»Was hilft uns das?«

»Ich weiß nicht, vielleicht merkt Grimnir ja nicht, dass wir da sind, oder der Hund geht auf ihn los oder – na, jedenfalls ist alles besser als das hier!«

»Ist er groß genug?«

»Reicht bis an die Decke.«

»Gut. Dann nichts wie rein.«

Susan schlüpfte in den Schrank und hielt Colin die Tür auf, während er rückwärts darauf zuging. Der Hund biss in die Stuhlbeine und versuchte sie mit den Pfoten herunterzudrücken. Das Holz knirschte, Splitter flogen, und der Stuhl in Colins Händen neigte sich schon bedenklich, doch dann war es geschafft. Colin schleuderte der fauchenden Bestie den Stuhl entgegen und stürzte rücklings in den Schrank. Susan sah schon die rote Zunge aus dem aufgerissenen Maul fahren und die gebleckten Reißzähne weiß funkeln, als sie im letzten Moment die Tür zuschmetterte. Gleichzeitig hörte sie, wie die Küchentür aufgerissen wurde. Dann wurde sie ohnmächtig.

Jedenfalls *glaubte* sie, dass sie ohnmächtig würde. Ihr Magen drehte sich um, ihr Kopf schwirrte, und sie hatte das Gefühl, in eine bodenlose Finsternis zu stürzen. Aber *war* sie wirklich ohnmächtig? Als Colin versuchte sich aufzurappeln, stieß er sie an – das spürte sie. Und auch den Druck der Schrankwand im Rücken. Sie kniff sich in den Arm – nein, sie war nicht ohnmächtig.

Colin und Susan standen stocksteif nebeneinander, darauf gefasst, dass jeden Moment die Tür aufginge. Doch es herrschte eine geradezu unnatürliche Stille im Raum.

»Was ist los?«, flüsterte Colin. »Da draußen stimmt was nicht – ich hör nichts.«

»Pssst!«

»Ich finde hier nirgendwo ein Schlüsselloch – siehst du eins? Es muss doch irgendwo sein.« Er tastete danach.

»Autsch!!«

Colin schrie vor Schreck und Schmerz auf. Diesmal wäre Susan *wirklich* fast in Ohnmacht gefallen.

»Sue! Da ist gar keine Tür!«

»Wa ...was?«

»Keine Tür! Das fühlt sich an wie glatter Felsen, der ganz schnell vorbeirast. Ich hab mir die Hand aufgeschürft. Darum habe ich so einen Druck auf den Ohren! Wir sind in einem Aufzug!«

Noch während er sprach, schien es den beiden plötzlich so, als ob der Boden sich gegen ihre Füße presste. Ein frostiger, klammer Luftzug schlug ihnen entgegen. Es war so vollkommen still, dass sie ihren eigenen Herzschlag hören konnten.

»Wo in aller Welt sind wir?«, fragte Colin.

»Tja, wahrscheinlich wirklich *in* aller Welt!«

Susan kniete sich auf den Schrankboden und streckte die Hand in die Richtung aus, wo die Tür gewesen war. Nichts. Als sie weiter nach unten tastete, stieß sie auf feuchten Stein.

»Einen Boden gibt es jedenfalls. Lass uns die Fahrradlampen rausholen, damit wir sehen können, wo wir hier gelandet sind.«

Sie nahmen die Rucksäcke ab und kramten zwischen Limonadenflaschen und Butterbroten herum.

Im Schein der Lampen sahen sie, dass sie sich am Eingang zu einem Tunnel befanden, der sich nach hinten in der Dunkelheit verlor.

»Und was machen wir jetzt?«

»Zurück können wir ja wohl nicht mehr, selbst wenn wir wollten, wie?«

»Nein«, sagte Susan. »Bloß … hier gefällt's mir ganz und gar nicht.«

»Mir auch nicht. Aber uns bleibt wohl kaum was anderes übrig. Komm!«

Sie schulterten die Rucksäcke und machten sich auf den Weg in den Tunnel, doch Sekunden später ließ ein leises Geräusch sie herumfahren. Das Herz schlug ihnen bis zum Hals.

»Ab die Post!«, sagte Colin und starrte dem Schrank hinterher, der wieder den Schacht hinauf verschwand. »Jetzt sind sie uns in null Komma nichts auf den Fersen.«

Die beiden liefen los, so schnell sie konnten. Sie stolperten über den unebenen Boden und stießen sich an den Wänden. Die Luft war muffig, sodass sie schon nach einer Minute keuchten, als ob sie kilometerweit gelaufen wären. Trotzdem hasteten sie weiter. Sie hatten nur zwei Gedanken im Kopf: dem, was sie verfolgte, zu entkommen – was immer es sein mochte – und Cadellin zu finden …

***

ALAN GARNER wurde mit den beiden Fantasy-Klassikern *Feuerfrost: Die phantastische Geschichte des Zaubersteins von Brisingamen* und der Fortsetzung *Der Mond von Gomrath* berühmt. Er verarbeitete darin die Legende vom »Zauberer von Alderley«, einem Ort in der Grafschaft Cheshire, wo seine Familie seit Generationen lebte. Garners Ruf als einer der Meister des Genres gründet sich auf diese beiden Titel sowie die später entstandenen Fantasy-Bücher *Elidor*, *Eulenzauber*, das mit der Carnegie Medal ausgezeichnet wurde, und *Rotverschiebung*, das fünf Jahre später für das britische Fernsehen verfilmt wurde. Alderley Edge wurde dadurch zur Touristenattraktion; Besucher aller Altersgruppen kommen auf den Spuren der Legende dorthin. In Nether Alderley gibt es sogar ein Gasthaus »Zum Zauberer«. Alan Garner legt großen Wert darauf zu betonen, dass er seine Geschichten nicht erfindet, sondern sich von der Landschaft und uralten Artefakten inspirieren lässt – insbesondere von denen in seiner Heimat Cheshire.

Russell Hoban

Schwarze Oliven

Zu den unerfreulichen Dingen an der Schule gehören die Rüpel. Sie hacken oft grundlos auf anderen Kindern herum, beschimpfen und quälen sie, ohne dass ihre Opfer überhaupt wissen, womit sie sich die Feindschaft eingehandelt haben. Auch denjenigen, die über magische Kräfte verfügen, ergeht es nicht anders – allerdings gibt es für sie vielleicht eher Mittel und Wege, sich die Plagegeister vom Leib zu halten. In der folgenden Geschichte hat Oliver unter einem größeren Jungen namens Geoffrey zu leiden. Oliver ist zehn, und der zwei Jahre ältere Geoffrey macht sich einen Spaß daraus, ihm den Arm umzudrehen und ihn brutal an den Haaren zu reißen. Geoffrey findet das alles furchtbar komisch und hat sich ein kleines Liedchen ausgedacht, um Oliver zu ärgern: »Olivenöl – ach du Schreck! – hat auf dem Hintern einen Fleck!« Aber Oliver ist nicht wie andere Jungen. Er träumt merkwürdige Dinge. Als er in den Ferien mit seinen Eltern auf die griechische Insel Paxos fährt, werden die Träume noch seltsamer. Etwas wartet dort auf ihn – etwas, das ihn in die Wunderwelt der Zauberei einführen und zugleich sein größtes Problem lösen wird …

***

In Olivers Träumen erschien oft ein Gesicht, grün wie kaltes Feuer und schwarz wie Erde und Asche. Es war riesig, dieses Gesicht, und es umgab ihn auf allen Seiten wie eine endlose Röhre, die sich langsam um ihn herum drehte, während er ins Bodenlose fiel. Und eine Trauer war da, ein Kloß im Hals, ein Verlust. Wie lautete der Name, den man rufen musste? Wer wurde da vermisst? Oliver war zehn.

Der Schulhof war für Oliver ein grauer, trostloser Ort, beherrscht von Wut und Jungenschweiß und Geoffrey. Geoffrey, der zwei Jahre älter und zehn Zentimeter größer war, drehte Oliver den Arm um und zog ihn brutal an den Haaren. Oliver versuchte sich zu wehren, doch er blieb der Verlierer. Geoffrey nannte ihn »Olivenöl«. Geoffrey sang:

»Olivenöl – ach du Schreck! –
hat auf dem Hintern einen Fleck!«

In den Sommerferien flog Oliver mit seinen Eltern nach Korfu. Von dort aus ging es mit dem Schiff weiter zur Insel Paxos, wo sie ein Haus gemietet hatten. Am Bug des Schiffes stand in griechischen Buchstaben der Name: PERSEPHONEIA.

Die Luft war klar, die Sonne brannte, der Schiffsmotor dröhnte, das Sonnenlicht tanzte in blendenden Funken über die blaue See. An der bergigen Küste gab es steinerne Festungen; auf dem Oberdeck spielte ein Mann auf einer Busuki. Das Schiff war voller Menschen, die aßen, tranken, rauchten oder Karten spielten. Lichtreflexe strichen langsam über die Gläser und Flaschen mit Bier oder trüber Limonade an der Bar. Auf dem unteren Deck standen ein Lastwagen, zwei Autos und ein Motorrad; eine Ziege war da, ein Esel und auch ein Hahn mit bronzefarbenen, grünen und roten Federn, der die Berge ansah und krähte. Olivers Vater stand an der Reling und blickte auf das Wasser hinunter, das sich vor dem Bug teilte, rechts und links am Schiffsrumpf entlangglitt und sich am Heck mit dem schäumenden Kielwasser vereinte. Olivers Mutter saß auf einer Lukenklappe, las und rauchte. Ihre Füße, die in Sandalen steckten, und die nackten Beine waren schon gebräunt von den Nachmittagen im Hurlingham-Club.

Oliver hörte über das Dröhnen des Schiffsmotors, das Rauschen der Bugwelle und das Klimpern der Busuki hinweg; er lauschte dem silbrigen Spiel der Olivenbäume in der Sonne, der Olivenbäume auf der Insel. Es dauerte so lange, sie zu erreichen – Stunden um Stunden fuhren sie übers Meer bis zu der Insel.

Als das Schiff im Hafen von Gaios anlegte und die Ankertrosse rasselnd hinabgelassen wurde, blickte Oliver über die roten Ziegeldächer der Stadt hinweg zu den Hügeln und Terrassen auf. »Was sind das für Bäume?«, fragte er. »Die silbrigen da.«

»Das sind Olivenbäume«, antwortete seine Mutter.

»Persephoneia«, flüsterte Oliver.

»Was flüsterst du da?«

»Nichts.«

Das Haus sah aus, als wäre es vor langer Zeit einmal mit Granatapfelsaft gefärbt worden. Es hatte ein rotes Ziegeldach und einen gefliesten Hof. In einer Weinlaube stand ein Tisch; es gab Orangenbäume und einen Granatapfelbaum. Oliver staunte über die Granatäpfel – darüber, dass er diese Früchte, von denen er in Märchen gelesen hatte, tatsächlich hier vor sich an einem Baum wachsen sah. Er hatte zu Hause schon Granatapfelkerne gegessen, aber jetzt, als er die orangerote Frucht in der Hand hielt, war sie eine ganz eigene, fremde Welt.

Olivers Vater hatte einen Granatapfel zerteilt und bot der Mutter ein Stück an. Sie warf ihm einen Blick zu, während sie hineinbiss, sagte aber nichts. Einen Augenblick lang lagen die anderen Teile zwischen roten Safttropfen auf dem weißen Teller. Aus der Ferne ertönte gewaltiges Eselsgebrüll. Es klang in Olivers Ohren nach Ausgeschlossensein, nach etwas, das von aller Freude abgeschnitten war. Ein dunkler Klang, der mit den Granatapfelstücken und den roten Safttropfen auf dem weißen Teller lag.

»Persephone hat im Totenreich sieben Granatapfelkerne gegessen«, sagte Oliver. »Darum muss sie jedes Jahr drei Monate unten bei Hades bleiben, und solange sie weg ist, bleibt die Erde unfruchtbar.«

»Wie viele Kerne hast du gegessen?«, fragte der Vater die Mutter.

»Zu viele«, antwortete sie.

An manche Einzelheiten erinnerte Oliver sich noch Jahre später, als er andere längst vergessen hatte. Er sah noch die Büchsen mit NOYNOY-Milchpulver vor sich. Auf dem Etikett war eine junge Holländerin abgebildet, die ein Kind stillte, und im Hintergrund eine Gracht und Windmühlen. Er erinnerte sich an die Ginflaschen von fremdartigen Marken, doch die Namen wusste er nicht mehr; Pistazien, schrumpelige, schwarze Oliven, Ziegenkäse, die Räucherspiralen aus irgendeinem grünen, gepressten Zeug, das man anzündete, um die Mücken fern zu halten. Sie verströmten beim Abbrennen den dunklen Feiertagsgeruch verlorener Kindheit.

Er erinnerte sich an einen winzigen, toten Skorpion auf dem Boden eines Schrankes. Er erinnerte sich an einen Borstenwurm: Das klare Wasser hatte den Wurm wie eine Lupe vergrößert, und er hatte geheimnisvoll ausgesehen: rosa- und purpurfarben mit schwarzen Borsten rundherum, mit denen er über die bleichen Steine wanderte; allein die Erinnerung daran war beeindruckend.

Da waren drei junge Schwedinnen mit üppigen Brüsten, die oben ohne schwimmen gingen. Zu dritt im Wasser sahen sie aus wie ein Sternbild am Himmel.

Eines Tages fing eine junge Frau im schwarzen Taucheranzug mit dem Speer einen Tintenfisch. Sie löste ihn von der Spitze, packte ihn an den Fangarmen und schlug ihn auf einen flachen Felsen, bis er tot war. Das Salzwasser spritzte bis zu Oliver. Jedes Mal, wenn der Tintenfisch auf dem Felsen aufschlug, suchte er mit den freien Fangarmen Halt. Beim Losreißen gab es ein Geräusch wie von Küssen.

Oliver und seine Mutter gingen jeden Tag an den Strand, der Vater seltener. Olivers Mutter schwamm, sonnte sich, rauchte, schrieb Briefe, las Krimis, während der Vater in der Weinlaube am Tisch saß, Marlowes *Doctor Faustus* las und sich Notizen für sein nächstes Buch machte. Abends tranken die beiden bei Kerzenschein Gin.

Jeden Tag gab es ungetrübten Sonnenschein, wie auf einer Postkarte. Schwarz gekleidete alte Frauen saßen vor den Läden und strickten. Am Hafen sahen die alten Schiffer von ihren Booten auf, wenn die halbnackten Frauen des Sommers oben an der Kaimauer entlanggingen.

Das Wasser für ihr Haus kam aus einer Zisterne – einem kleinen, würfelförmigen Gebäude, das die gleiche Farbe hatte wie das Haus. Ein paar Stufen führten zum flachen Dach hinauf. Das Regenwasser wurde von den Dachrinnen durch ein langes Rohr in die Zisterne geleitet. Jedes Mal, wenn man den Wasserhahn aufdrehte oder die Toilettenspülung zog, setzte die Pumpe in der Zisterne sich ächzend und keuchend in Bewegung, um das Wasser dorthin zu befördern, wo es gebraucht wurde.

Nachts, wenn Oliver im Bett lag, hörte er einen Hahn krähen, während die Pumpe in der Dunkelheit heulte. Er dachte an das Eselsgeschrei, das nach Verdammnis klang, an den roten Saft des Granatapfels, an das grünschwarze Gesicht aus seinem Traum. Bei Nacht war dieser Monat August wie ein großes Tier von unbekannter Gestalt und Farbe, das sich wand und wand und entwand.

Überall auf der Insel gab es trockene Steinmauern. Sie dienten zur Befestigung der Erdterrassen an den Hängen; manchmal waren auch einzeln stehende Olivenbäume damit eingefasst. Überall lagen Steinbrocken und flache, glatte Bruchstücke, die sich gut mit Filzstiften bemalen ließen. Manche waren sandbraun, manche grau, manche weiß. Manche sahen wie steinerne Vorhänge aus, manche wie Trümmer von Ruinen. Auf dem Strand und im Wasser kauerten riesige, abgeschliffene und ausgehöhlte alte Steingestalten. Sie hatten Rock-'n'-Roll-Musik aus Radios gehört und sie hatten Orpheus gehört. Oliver legte sich ins Wasser, hielt sich an ihnen fest und ließ sich von den Wellen schaukeln. Manchmal brachte er Stunden damit zu, am Strand über seinen eigenen Schatten gekauert handgroße, glatt geschliffene Steine in unterschiedlichen Formen zu sammeln. Manche passten auf merkwürdige Weise zusammen.

Anfangs bemalte Oliver manche Steine mit Monstern und Drachen, später fing er an, darauf zu schreiben. Auf manche von den länglichen, runden schrieb er spiralförmig immer rundherum ein einziges Wort: Hinab hinab hinab hinab hinab hinab … oder Grün grün grün grün … Er schrieb auch in griechischen Buchstaben, wie er sie auf dem Schiff gesehen hatte, den Namen Persephoneia.

Die Straße, die aus den Bergen in den Ort hinunterführte, verlief zwischen Terrassen mit Olivenhainen. Überall lag Abfall herum – die Leute warfen ihren Müll einfach in die Landschaft. In den Olivenhainen lagen blaue Plastik-Mineralwasserflaschen verstreut zwischen weggeworfenen Kochern, die vor sich hin rosteten. Viele der Bäume waren vor langer, langer Zeit gepflanzt worden, als es so etwas wie Plastik-Mineralwasserflaschen noch nicht gab. Ihre Wurzeln schlängelten sich in den steinigen Boden der mauergestützten Terrassen, und in ihrem silbrigen Laub flüsterten die wechselnden Winde, das Licht von Jahrhunderten.

An einem ganz bestimmten Olivenbaum ging Oliver nie vorbei, ohne ihn anzusehen. Oft war ein schwarzer Esel daran angebunden, manchmal war auch eine schwarzweiße Ziege in der Nähe. Der Esel war derselbe, den Oliver gehört hatte, als er in der Weinlaube den Granatapfel gegessen hatte. Wenn er mit weit aufgerissenem Maul sein I-ah ausstieß, erschien der Klang viel zu gewaltig für ein Tier von seiner Größe. Der Esel war offenbar ein Medium. Etwas anderes sprach durch ihn – eine Stimme, die sagte: Dies ist meine Botschaft; was ich zu verkünden habe, ist so grauenhaft, dass es keine Worte dafür gibt, und die Stimme, mit der ich spreche, findet kein Gehör.

Der Baum stand nicht weit vom Haus entfernt. Eines Nachmittags ging Oliver allein hin. Der Esel hatte seine Leine viele Male um den Stamm gewickelt und stand jetzt still da. Die Ziege blickte Oliver ruhig an. Ihre Augen waren merkwürdig: wie ockergraue Steine mit darin eingelegten länglichen, schwarzen. Zwischen den blauen Plastik-Mineralwasserflaschen krähte ein Hahn.

Der Baum war lebendig: Seine silbrigen Blätter wisperten im Sonnenschein, er trug schwarze Oliven. Doch der Stamm war leer – wie die uralte Hülle eines Baumes; eine hohle, gewundene Form, von Finsternis erfüllt. Die dicke, grünlich graue, zerklüftete Rinde klaffte auf wie von Händen auseinander gerissen. Der Baum hatte nicht die Gestalt einer Frau, aber irgendwie war er doch frauengestaltig – wie ein Kleid, aus dem die Frau, die es getragen hatte, herausgestiegen war.

Wo sie wohl jetzt ist?, überlegte Oliver. Sein Blick fiel auf die Ohren des Esels. Worauf lauschten sie? Sein Blick fiel auf die Augen der Ziege. Was sahen sie, das er nicht sah? Der Hahn krähte wieder.

»Hier?«, sagte Oliver.

Die Blätter flüsterten.

»Fort?«, sagte Oliver.

Der hohle Baum bot ihm seine Finsternis offen dar. Der Esel ließ sein mächtiges I-ah ertönen, die Ziege sah Oliver an, der Hahn krähte zum dritten Mal. Oliver trat dichter an den Baum heran. Er glaubte Musik zu hören, doch er hätte den Klang nicht beschreiben können. Vielleicht war es nur die Vorstellung von Musik in seinem Kopf.

Oliver war in dem Baum, ohne zu wissen, wie er hineingelangt war. Einen Augenblick lang sah er noch die Steinmauern und die Olivenbäume auf der anderen Straßenseite, silbrige Blätter und blauen Himmel, grüne Schatten und goldenes Sonnenlicht, einen gelben Plastik-Fleischwolf, der am Straßenrand lag. Dann verschwand das alles rasend schnell nach oben, und er fiel … fiel mit einem flauen Gefühl im Magen. Ein tiefes Seufzen umgab ihn und erfüllte ihn; er dachte an die Augen der Ziege, die Ohren des Esels.

Tiefer, tiefer – die Finsternis drang in Olivers Inneres, als sei ein schwarzer Frosch in ihn hineingesprungen – er begann zu weinen, aber nicht vor Angst, sondern vor Traurigkeit. Er spürte einen schmerzenden Kloß im Hals; er weinte um einen schrecklichen Verlust, ohne zu wissen, was es war, das ihm so furchtbar fehlte. Und die ganze Zeit fiel er unaufhörlich und fragte sich dabei, wann er wohl am Boden zerschmettert würde wie ein Ei, das aus dem Nest gefallen war.

Ein Name dröhnte und tobte in seinem Inneren: PERSEPHONEIA. Er glaubte, es müsse ihm den Schädel sprengen und die Knochen brechen. Er fiel immer noch, er war nirgendwo, es gab nichts als Schwärze, und in dieser Schwärze tauchte die Vorstellung von dem Gesicht auf, das er manchmal im Traum sah. Dachte er es – oder dachte es ihn? Es umgab ihn auf unerklärliche Weise, während er fiel. Größer und größer wurde es, schwarze Flecken auf blassem Grün, wie ein Pausbild auf grünem Papier. Doch das Grün glich eher bleichem, kaltem Feuer. Kalt, ja – es war bitterkalt, eisig kalt, und es wehte ein frostiger Wind.

Es dämmerte Oliver, dass um ihn herum das Gesicht des Hades war. Endlos drehten seine steinerne Schwärze und sein kaltes, grünes Feuer sich um ihn – eine Röhre, die sich drehte, drehte und geradewegs in die Tiefe führte. Oliver fiel hindurch, tiefer und tiefer und immer tiefer, während die Lippen des Hades sich langsam bewegten und sein Mund einen lautlosen Schrei formte: PERSEPHONEIA.

Der Gedanke an Hades und Persephone überschwemmte Oliver, wie das Meer bei Flut in eine Höhle strömt. Er war erfüllt von der Vorstellung, dass das, was auf der Erde grüngoldener Sommer war, für Hades Winter bedeutete – seine schwarze Zeit, tote Zeit, leere und sinnlose Zeit ohne Persephone. Persephone, die alles Schöne verkörperte, war fort, oben in der Welt der Sonne, die in den Olivenhainen flüsterte. Wie konnte Hades wissen, ob sie je zu ihm zurückkehren würde? Welchen Grund hätte sie, als seine dunkle Königin wieder in die Schattenwelt der Toten hinabzusteigen? Der Herrscher des Totenreiches tobte und heulte vor Grauen, und immer drehte sich das Gesicht seiner Raserei, drehte und drehte sich langsam unter der Welt.

Noch immer fiel Oliver, und noch immer glitt dieses Gesicht zu allen Seiten aus der Tiefe herauf an ihm vorbei und drehte sich langsam um ihn, während er fiel. Der Gedanke war zu hart und schwer, als dass sein Geist ihn hätte fassen können, und der Schmerz war größer, als er ertragen konnte. »Ich glaube, ich sterbe daran«, sagte er. Doch er starb nicht.

Dann fiel er nicht mehr. Das sich langsam drehende Gesicht des Hades war verschwunden. Oliver sah die Augen der Ziege, er sah, wie der Esel mit zurückgelegten Ohren lauschte. Er hörte das Krähen des Hahnes, das Flüstern im Laub der Olivenbäume. Er war im gründämmrigen Schatten des Olivenhains. Vor ihm stand der frauengestaltige Baum und bot ihm seine Höhlung dar. War vielleicht gar nichts geschehen?

Ein Stein lag in Olivers Hand und füllte sie mit einer angenehmen Schwere aus. Es war ein hellbraunes Bruchstück mit scharfen Kanten und unregelmäßigen Seiten, dessen schmales Ende eine dreieckige Grundfläche bildete. Es sah aus wie ein abstraktes Monument – wie ein Gedenkstein. Olivers Daumen schmiegte sich in eine kleine Delle. Als er den Daumen wegzog und den Stein in einem bestimmten Winkel zum Licht hielt, erschien in dieser Höhlung der Schatten eines gewaltigen Vogels aus dem Totenreich, der mit dem Rücken zu ihm stand. Er wusste, dass es ein Vogel der Macht war – ein Vogel des Verlustes, die geflügelte Trauer um unwiederbringlich Verlorenes. Die Vorstellung war plötzlich überwältigend, und Oliver weinte.

Er nannte den Stein in Gedanken seinen Hades-Stein. Er

trug ihn tagsüber in der Tasche und legte ihn nachts unter sein Kopfkissen. Er schrieb oder malte nicht darauf; mit dem Daumen tastete er die Form des Schattenvogels ab. Er malte sich aus, wie der Vogel seine dunklen Schwingen ausbreitete, und versuchte sich das abgewandte Gesicht vorzustellen.

*

Als Oliver mit seinen Eltern von Paxos nach London zurückkehrte, wirkten die Straßen der Stadt grau und schäbig.

»Hades«, flüsterte Oliver.

»›Die Höll' ist grenzenlos‹«, sagte sein Vater, »›geschlossen nicht in *einem* Raum, – denn Höll' ist, wo wir sind, und wo die Höll' ist, sind auch ewig wir.‹«

»Du vielleicht«, sagte Olivers Mutter.

Als die Schule wieder anfing, nahm Oliver den Hades-Stein in der Hosentasche mit. Er schmiegte sich in seine Hand; der Daumen passte genau in die Höhlung.

Es war ein kalter September, die Luft war grau, die Straßen waren grau, der Asphalt auf dem Schulhof war hart unter Olivers Füßen.

Da war Geoffrey wieder. »Hallo, Olivenöl«, sagte er.

Oliver sagte nichts. Er sah vor sich den Olivenbaum, wie er ihm seine dunkle Höhlung darbot; mit dem Daumen fühlte er die Gestalt des Schattenvogels, dessen Gesicht er nicht kannte.

»Was ist los?«, fragte Geoffrey. »Hat's dir die Sprache verschlagen?«

Oliver nahm den Stein aus der Tasche. »Weißt du, woher der ist?«

»Nein. Woher denn?«

»Das wirst du noch früh genug erfahren. Die Hölle ist grenzenlos – wusstest du das? Sie ist überall, wo wir sind.«

»Ich glaub, dir ist der Verstand abhanden gekommen, Olivenöl!«

»Vielleicht kommst du auch bald abhanden.« Oliver wollte auf etwas hinaus: Er wollte, dass Geoffrey die gleiche unerklärliche Trauer spürte wie er selbst. »In dem Baum ist Finsternis«, sagte er.

»Hört sich eher so an, als ob in deinem Kopf Finsternis wäre.«

»Nichts ist für immer – der Sommer kommt, der Sommer geht. Geoffrey kommt …«

»Aber er denkt gar nicht dran zu gehen, Olivenöl.«

Oliver ging drei Schritte rückwärts. Er lauschte mit schief gelegtem Kopf auf die gewaltige Stimme, die durch den Esel sprach. »Die Finsternis wartet; der Esel sagt, geh.«

»Der Esel bist du. Du brauchst wohl mal 'ne ordentliche Tracht Prügel.«

Oliver ging drei Schritte nach links. Er machte seine Augen zu ockergrauen Steinen, in die längliche, schwarze Steine eingelegt waren. »Die Ziege sagt: ›Geh!‹«

»Mä…ä…äh«, machte Geoffrey. »Komm nur her, dann werden wir ja sehen, ob ich gehe.«

Oliver ging drei Schritte vorwärts. Er formte hinten im Hals ein lautloses Krähen. »Der Hahn sagt: ›Geh!‹ Denn es ist Zeit.«

»Es ist sogar allerhöchste Zeit, Olivenöl«, sagte Geoffrey. Er holte mit der Faust aus.

Oliver hielt den Hadesstein so, dass der große Schattenvogel erschien. Er sah, wie der Vogel sich hoch in die Luft erhob; er sah sein Gesicht, das schwarz war wie Erde und Asche und grün wie kaltes Feuer. »Zeit, dass du gehst«, sagte er zu Geoffrey, als der Schattenvogel hinabstieß.

Oliver war ganz allein. Er fiel endlos, während dieses Gesicht zu allen Seiten aus der Tiefe herauf an ihm vorbeiglitt und sich dabei langsam um ihn drehte. Nicht endlos – das Fallen hatte aufgehört, und das Gesicht der Schulschwester, die ihm ein Fläschchen unter die Nase hielt, drehte sich nicht, als er japsend zu sich kam. Der Hades-Stein war nicht mehr in seiner Hand.

»Bist du wieder da?«, fragte die Krankenschwester.

»Was ist passiert?«

»Scheint, als ob du nach deinem Kraftakt ohnmächtig geworden bist.«

»Was für ein Kraftakt?«

»Geoffrey hat gesagt, du wolltest ihm einen Judo-Griff zeigen.«

»Wo ist Geoffrey jetzt?«

»Man hat ihn ins Krankenhaus gebracht. Er muss am Kopf genäht werden. Judo-Übungen gehören auch wirklich nicht auf den Schulhof. Das hätte böse ausgehen können.«

»Kommt nicht wieder vor.«

»Das will ich auch hoffen.«

»Da hast du deinen Stein wieder«, sagte Geoffrey später. »Weißt du, das ist vielleicht ein komisches Ding. Als du ihn mir an den Kopf geknallt hast, hab ich überall um mich rum so ein riesiges Gesicht gesehen. Es war grün und schwarz und hat sich immer gedreht.«

»Das Gesicht hab ich auch schon gesehen«, sagte Oliver.

»Wo? Und wann?«

»Letzten Monat, auf der Insel Paxos.«

»Und wie kam das?«

»Kann ich nicht erzählen.«

»Ich biete dir eine Iron-Maiden-Kassette für den Stein.«

»Bedaure, nein.«

»Da ist Blut von mir dran.«

»Ich hab noch einen prima Stein von Paxos, vom Strand. Den kann ich dir geben. Aber dann musst du auch aufhören, mich Olivenöl zu nennen.«

»Geht in Ordnung.«

Das Wintertrimester lief gut für Oliver; die anderen Jungen gingen irgendwie anders mit ihm um als früher. Als in der Schule ein Stück über König Artus aufgeführt wurde, bekam er die Rolle des Merlin.

***

RUSSELL HOBAN hat mit *The Mouse and His Child* eines der besten modernen Kinderbücher geschrieben. Es handelt von einem Aufzieh-Mäuserich und seinem Sohn, die eine neue Heimat suchen, wo sie nicht mehr aufgezogen werden müssen. Insgesamt schrieb Hoban fast fünfzig Geschichten für Kinder und Jugendliche sowie eine ganze Reihe Fantasy-Romane für Erwachsene. Er stammt eigentlich aus Amerika, siedelte aber nach dem Zweiten Weltkrieg nach Großbritannien über. Bevor er sich als Buchautor und -illustrator einen Namen machte, arbeitete er in der Werbung und beim Fernsehen. Sein Interesse für Zauberei zeigt sich beispielsweise in *The Mole Family's Christmas*, worin einem Maulwurf der Wunsch nach einem Teleskop zum Sternegucken erfüllt wird, und in *Das kleine Meerwesen*, worin sprechende Tiere vorkommen – insbesondere ein Krebs mit einem unheimlichen

Gesicht. Russell Hoban schlüpft gern in die Rolle des Sprachzauberers, der ankündigt: »Dieses Kunststück ist unmöglich«, um es dem Leser gleich anschließend vorzuführen – so auch in »Schwarze Oliven«. Diese Geschichte erinnert mich an Master Oliver, den jungen Zauberer aus dem 17. Jahrhundert, den ich in »Die Welt der Zauberei« erwähnt habe.

Joan Aiken

Finder-Lohn

Denzil Gilbert ist der Neue in Candlemakers, einer urtümlichen, alten Schule bei Norwich. Er ist dünn und pickelig und schielt etwas, sodass man nie genau weiß, ob man selbst angesprochen ist oder jemand, der hinter einem steht. Denzil ist ein ziemlicher Aufschneider und erfindet in einem fort Geschichten über angebliche Berühmtheiten in seiner Familie. Da wundert es niemanden, dass die meisten Mitschüler ihn nicht besonders mögen – was Denzil jedoch nicht allzu viel auszumachen scheint. Nach einer Weile stellt sich allerdings heraus, dass Denzil ein echtes Talent hat: Gruselgeschichten erzählen. Wenn er im dunklen Schlafsaal von Zauberei und anderen geheimnisvollen Dingen anfängt, stehen allen die Haare zu Berge. Eines Tages besuchen die Schüler das kleine Volkskunde-Museum in Strand-next-the-Sea. Mit einem Ausstellungsstück, das der »Finder« genannt wird, geschehen merkwürdige Dinge – und plötzlich weiß niemand mehr, ob der »Finder« tatsächlich übernatürliche Kräfte besitzt oder ob es nur wieder eine von Denzils abenteuerlichen Geschichten ist …

***

In der Mitte des Frühjahrstrimesters unternimmt unsere Schule immer einen Ausflug ins Museum der nächstgelegenen Stadt, Strand-next-the-Sea. Die Schule heißt Candlemakers. Sie ist nicht weit von einem Dorf namens Far Green entfernt, das aber kaum der Rede wert ist – nur drei Häuser und ein Teich. Im Zweiten Weltkrieg wurde die Schule aus London heraus in ein viktorianisches Landhaus verlegt – eine große, rote, zugige Ruine, die vor Luftangriffen sicher war, weil die Deutschen sie niemals gefunden hätten. Sie liegt tatsächlich so versteckt, dass Eltern, die zu Besuch kommen, sich oft verfahren und stattdessen in Staithe Cross oder Watchett landen. Das Gebäude steht mitten in einer Art Miniaturwald, der es mit seinen dichten Ulmen wie ein Schutzgürtel umschließt. Viele der Bäume wurden vom Ulmensterben befallen, sodass sie wie düstere, alte Gerippe da stehen, aber zwischen ihnen ist ein ganzer Hain junger Platanen nachgewachsen.

Abgesehen von den Bäumen um die Schule herum ist die Landschaft flach. Meistens ist es windig. Vom Kirchturm von Far Green aus kann man bei klarem Wetter angeblich in die eine Richtung bis nach Norwich sehen, und in der anderen Richtung soll bei Nebel der Kirchturm von Losthope Minster zu erkennen sein, der bei der großen Sturmflut 1609 im Meer verschwand.

Das Frühjahrstrimester ist immer trostlos. Der Wind von der Nordsee peitscht übers Land, und an fünf von sechs Tagen regnet es in Strömen. Die Sportplätze sind meist überschwemmt, sodass dauernd Geländelauf angesagt ist, an einem stürmischen, verregneten Tag nach dem anderen. Wenn das Trimester halb herum ist, freuen sich alle auf den Ausflug nach Strand, auch wenn es nur eine triste, kleine Stadt ist und das Museum nicht mehr zu bieten hat als drei Räume voll mit wertlosem Plunder, den irgendein Pfarrer im 19. Jahrhundert mal zusammengetragen hat, weil er nichts Besseres zu tun hatte. Wenigstens hat man ein Dach über dem Kopf. Wir fahren mit dem Schulbus hin, und es ist immerhin eine kleine Abwechslung. Nach ein paar Jahren in der Schule kennt man dann allerdings allmählich das ganze Museum so gut wie den eigenen Schreibtisch.

In dem Trimester, von dem ich hier erzähle, gab es einen Neuen. Er hieß Denzil Gilbert und war eine dünne, blassäugige, pickelige Gestalt mit einer Haut wie Schmirgelpapier. Auf dem linken Auge schielte er etwas, sodass man nie recht wusste, wen er eigentlich ansah – ob man selbst gemeint war oder ob noch jemand hinter einem stand. Niemand mochte ihn besonders, aber das schien ihn nicht zu stören. Er war unglaublich selbstherrlich und konnte endlos von sich erzählen, sobald ihm irgendwer zuhörte. Viele seiner Geschichten waren schlichtweg gelogen: Er behauptete, sein Vater habe den Literaturnobelpreis bekommen und seine Großmutter sei eine berühmte Schauspielerin gewesen, die mit Sir Henry Irving auf der Bühne gestanden und die Lady Macbeth gespielt habe; sein Großvater sei Lordkanzler von England gewesen und seine Familie sei mit den Normannen nach England gekommen. Man brauchte nur im Who's Who oder im Lexikon nachzuschlagen, um festzustellen, dass das meiste, was er erzählte, einfach nicht stimmte – bis auf ein Fünkchen Wahrheit irgendwo tief am Grund. Als das Trimester halb herum war, nahm kaum noch jemand seine Prahlerei zur Kenntnis.

Denzil war einer von denen, die sich Ansehen verschaffen, indem sie sich mit außergewöhnlichen Dingen umgeben, weil sie selbst vollkommen uninteressant sind. Zu den Besitztümern, mit denen Denzil prahlte, gehörten ein Satz

Maundy-Münzen* – ein winziger Silberpenny, ein Zwei-, ein Drei- und ein Vierpenny-Stück – sowie ein Pulverhorn aus Metall, das über und über mit Türkissplittern und roten Korallenstückchen besetzt war. Er behauptete, es habe König James I. gehört (meiner Meinung nach hätte das Pulverhorn von James I. – sofern er eins besaß – allerdings schon etwas prunkvoller sein müssen als Denzils). Er hatte ein Fossil, das angeblich vom Mars stammte, und eine große Kaurimuschel, in der man den Indischen Ozean rauschen hören sollte; außerdem ein kleines Tintenfass aus Speckstein, das (laut Denzil) einem alten chinesischen Dichter namens Li Po gehört hatte und jedem, der es benutzte, die Fähigkeit verlieh, erstklassige chinesische Gedichte zu schreiben. Dann besaß er noch einen malaiischen Kris, ein Stück Rosenquarz, ein Blatt von einem Taubenbaum und eine Menge hübscher, alter, grüner Murmeln.

Die Leute lachten natürlich über Denzils Geschichten, aber sie hörten trotzdem zu und ließen sich seine Schätze zeigen. Denzil freute sich immer, wenn er sie vorführen durfte. Doch schon nach kurzer Zeit – man weiß ja, wie es in Schulen so geht, vor allem wenn jemand nicht besonders beliebt ist – kamen einige der Sachen abhanden, insbesondere die kleinen Maundy-Münzen. Denzil regte sich furchtbar darüber auf. Sie waren aus einer winzigen, silbernen Schnupftabakdose verschwunden, die auf seiner Kommode im Schlafsaal stand.

Natürlich kam die Angelegenheit dem Direktor Jasper zu Ohren. Er sprach nach der Andacht darüber und fragte, ob jemand wüsste, wo die Münzen geblieben seien. Niemand sagte

---

* silberne Sondermünzen, ursprünglich traditionelles königliches Gründonnerstagsalmosen (Maundy Thursday = Gründonnerstag); *Anm. d. Übers.*

ein Wort. Jasper war ziemlich wütend – zum Teil auch auf Denzil. Er nannte es eine große Dummheit, so etwas Wertvolles auf der Kommode aufzubewahren, und sagte, damit führe man andere unnötig in Versuchung. Das Ende vom Lied war, dass eine neue Regel aufgestellt wurde: Alle Wertgegenstände mussten Sally Lunn, der Hausmutter, übergeben werden. Denzil blieb nichts anderes übrig, als sich von seinem Quarzkristall und seinem Tintenfass zu trennen. Die Kaurimuschel und das Fossil vom Mars behielt er allerdings. Es glaubte sowieso niemand, dass sie das waren, wofür er sie ausgab.

Das Ganze war eine peinliche und unangenehme Angelegenheit, und wie man sich vorstellen kann, wurde Denzil dadurch nicht gerade beliebter.

Eins musste man ihm allerdings lassen: Er konnte herrliche Gruselgeschichten erzählen – nach der Hausaufgabenzeit, wenn wir alle im Esszimmer um den Ofen hockten, oder abends im dunklen Schlafsaal. Uns standen die Haare zu Berge, wenn er erzählte, wie die dänischen Krieger im Saltwagon-Moor von der Flut überrascht wurden und ertranken, weil ein Dorfjunge sie absichtlich in die Irre geleitet hatte. Er sagte, jedes Jahr in der letzten Mainacht stiegen die Dänen tropfnass aus ihrem feuchten Grab im Moor herauf und suchten nach dem Jungen, um Rache zu nehmen – also seid auf der Hut! Die Geschichte von dem versunkenen Wald von Losthope war auch gut – wie die grässlichen Wald-Wesen sich manchmal während der Winterstürme heraufschlängeln, wenn die Wogen so gewaltig und die Wellentäler so tief sind, dass man heute noch die verrotteten oder versteinerten Baumstümpfe sehen kann. So wird es jedenfalls erzählt. Und dann gab es noch eine Geschichte über riesige afrikanische Bienen, die in schwarzen Schwärmen zu Millionen nordwärts durch Europa ziehen und alles auf ihrem Weg töten.

Doch keine der Geschichten, die Denzil Gilbert uns erzählte, konnte seltsamer sein als das, was ihm selbst zustieß.

An dem Samstag, von dem hier die Rede ist, kündige Sally Lunn beim Frühstück an, dass wir nach dem Mittagessen nach Strand-next-the-Sea fahren würden. Diejenigen, die schon vier- oder fünfmal dort gewesen waren, stöhnten wie üblich gelangweilt auf. Denzil dagegen bekam strahlende Augen und sah richtig begeistert aus. Biddy Frazer war so unvorsichtig, ihn nach dem Grund zu fragen. Ich wunderte mich darüber, denn sonst gehörte sie immer zu den Ersten, die ihm einen Dämpfer verpassten. Sie war Vertrauensschülerin, kam aus Schottland und hatte keinen Sinn für Hirngespinste. Sie nannte Denzils Geschichten albernen Blödsinn.

Denzil sagte: »Mein Vater wurde in Strand-next-the-Sea geboren. Dort steht unser alter Familiensitz.«

»Und warum wohnst du dann nicht zu Hause?«

Biddys sehnsüchtiger Ton verriet, was sie dachte: täglich einige Stunden weniger mit Denzil …

»Mein Großvater hat das Haus verkauft. Außerdem waren wir immer im Ausland. Mein Vater ist Professor für Englisch an der Universität von Addis Abeba.« Das stimmte tatsächlich – ausnahmsweise einmal etwas, das Denzil sich nicht ausgedacht hatte.

Nach dem Mittagessen kam der klapprige, alte, blaue Bus die Schotterauffahrt vor dem Hauptgebäude der Schule heraufgerumpelt. Wir stapften durch den Regen und kletterten hinein – wie üblich unter Stöhnen, Grummeln und derben Witzen darüber, wohin wir lieber gefahren wären.

Niemand wollte neben Denzil sitzen, sodass er am Ende auf dem Platz neben Tom Oakenshaw, dem Englischlehrer, landete. Der konnte ganz schön sarkastisch sein, ging aber recht geduldig mit Denzil um – wahrscheinlich weil der noch so neu war. Er ließ die abenteuerlichen Geschichten über sich ergehen, ohne seinen Unglauben allzu deutlich zu zeigen.

Der alte Bus pflügte unter dem weiten, grauen, regnerischen Sturmhimmel durch die flache Moorlandschaft, dass rechts und links das Wasser aufstob. Ich saß hinter Denzil und Oakie und hörte, wie Denzil ein Gespräch begann, indem er eine Bemerkung über seine Familie fallen ließ.

»Die Gilberts waren vom zwölften Jahrhundert an in Strand-next-the-Sea ansässig.«

»Ich fürchte, im zwölften Jahrhundert gab es Strand noch nicht«, sagte Oakie nachsichtig. »Weißt du, damals war noch ein großer Teil des Landes hier vom Meer überflutet.«

Denzil machte schnell einen Rückzieher: »Naja, jedenfalls haben die Gilberts seit damals in dieser Gegend gelebt. Manche sind von hier aus zu Kreuzzügen aufgebrochen. Einer meiner Vorfahren wurde im Losthope Minster beigesetzt – Sir Geoffroi de Guilbert. Es gibt ein Bild von seinem Grabmal in dem Buch *Verlorene Schätze der ostanglischen Architektur.*«

»Ach, tatsächlich«, sagte Oakie. »Ich habe das Buch in der Schule. Wenn wir zurück sind, werde ich mal nachschlagen, was da über deinen Vorfahren steht.«

Biddy, die mit mir hinter den beiden saß, verbiss sich krampfhaft das Lachen und stieß mich in die Rippen, als wollte sie sagen, an Denzils Geschichte sei garantiert kein wahres Wort dran und Oakie werde schon sehen. Doch Denzil verzog keine Miene.

Gleich darauf kamen wir in den Ortskern von Strand, wo es immer unwirtlich und windig war. Von dem Platz in der Mitte gingen vier kurze, breite Straßen ab. Eine führte direkt zu einer Reihe Wanderdünen, eine andere zum Hafen; an einer weiteren lagen ein paar Geschäfte und an der vierten Wohnhäuser, die Kirche und das Museum.

»Zuerst ins Museum«, sagte Oakie. »Anschließend könnt ihr euer Taschengeld ausgeben und ein bisschen am Strand herumlaufen, wenn es nicht zu sehr regnet.«

Wir trotteten in Zweierreihen die Staithe Street entlang zum Museum, das im so genannten Acre House, einem roten, georgianischen Ziegelbau, untergebracht war. Sobald Denzil es erreicht hatte, warf er sich in Pose und rief theatralisch: »Das Haus meiner Vorfahren!«

Die meisten kicherten spöttisch, dann drängte Oakie uns hinein.

Es gibt, wie gesagt, drei Räume. Einer ist mit alten Landwirtschafts- und Haushaltsgeräten voll gestopft – Pflügen und Butterfässern, Modeln und Wäschemangeln. Sämtliche Metallteile sind verrostet, und das Holz ist wurmstichig. Man muss schon ein echter Geschichtsfan sein, um das Ganze nicht reichlich öde zu finden.

In einem anderen Raum stehen lauter ausgestopfte Vögel, Kübel mit einheimischen Pflanzen und ein großes, maßstabgetreues geologisches Modell der Umgebung. Dahin gehe ich am liebsten.

Im dritten Raum gibt es Kleider und Trachten, ein riesiges, altes Puppenhaus und Original-Zeitungen aus dem 18. Jahrhundert. Die meisten Mädchen bleiben die ganze Zeit dort.

Biddy verschwand im Trachtenraum, nachdem sie mir zugeflüstert hatte, dass sie in zehn Minuten in Ohnmacht fallen würde. Biddy ist blass und rothaarig. Sie kann sich selbst ohnmächtig machen, indem sie sich Löschpapier in die Schuhe steckt und sich dann ganz fest konzentriert. Sie macht das nicht allzu oft, damit die Lehrer ihr nicht auf die Schliche kommen, aber diesmal fand sie, sie hätte Acre House allmählich oft genug besichtigt, und wollte lieber das Geburtstagsgeld von ihrer Mutter ausgeben. Sie sagte, wenn sie ohnmächtig würde, dann dürften wir vielleicht zum Teetrinken ins Polly's Plat gehen. Das ist das einzige Café, das auch im Winter geöffnet ist.

Denzil ging schnurstracks in den Trachtenraum. Ich wanderte etwa fünf Minuten später hinüber, um bei Biddys Ohnmachts-Nummer zuzusehen.

Die alte Miss Thorpe, die Direktorin, waltete ihres Amtes. Sie sieht aus wie eine getrocknete Litschipflaume, ganz braunrosa und verschrumpelt. Sie muss ungefähr eine Million Bücher gelesen haben, denn sie kann über alles und jedes im Museum endlose Vorträge halten.

»Dies ist das Gewand eines Pilgers«, erklärte sie gerade. »Seht ihr, hier die Herz- oder Kamm-Muscheln auf dem Hut – daran erkennt man, dass er den Schrein des Heiligen Jakob in Compostela besucht hat. Und das Stückchen Palmblatt bedeutet, dass er auch im Heiligen Land gewesen ist. Der Haken hier am Stab diente dazu, den Beutel daran zu tragen.

Hier haben wir nun das Gewand eines Kreuzritters. Er trug einen Kettenpanzer und darüber einen weißen Umhang zum Schutz vor der glühenden Sonne. Wie ihr seht, ist auf dem Umhang ein rotes Kreuz. Diese Kleidungsstücke stammen von Sir Geoffroi de Guilbert, dessen Familie in Gippesvicum – dem heutigen Ipswich – ansässig war und dessen Nachfahren dieses Haus im 18. Jahrhundert erbauten.«

»Na bitte!«, quiekte Denzil stolz an Jane Hall gewandt, die gerade neben ihm stand. »Ich hab's doch gleich gesagt: Dies ist das Haus meiner Vorfahren!«

Als Miss Thorpe das hörte, wandte sie sich ihm zu und fragte höchst interessiert: »Wie ist denn dein Name, mein Junge?«

Als er sagte, er heiße Denzil Gilbert, freute sie sich wie ein Schneekönig.

»Der Sohn von Professor Robert Gilbert? Ja, ist es nicht herrlich! Ich hatte noch nie das Vergnügen, ein Mitglied der Familie hier zu begrüßen.«

Man kann sich wohl vorstellen, dass Denzil strahlte wie die Morgensonne. Endlich hatte er einmal Gelegenheit zu beweisen, dass eine seiner Geschichten wahr war. Er sah aus, als hätte er nicht vor, uns das so bald wieder vergessen zu lassen.

Doch Miss Thorpe war noch nicht fertig.

»Als Mitglied der Familie steht dir das Privileg des *filius donationis* zu – das ist noch nie da gewesen, solange ich das Museum hier leite. Ach, wie schön – einfach famos!« Wenn Miss Thorpe sich aufregt, redet sie manchmal wie eine Jugendzeitschrift, Jahrgang 1920.

»Was bedeutet *filius donationis?*«, erkundigte sich Mr. Oakenshaw, der beinahe so eifrig wurde wie die alte Dame selbst.

»Nun, es ist so: Als das Haus mit einem Teil des Inventars für das Museum gestiftet wurde, gab es unter anderem die Auflage, dass jeder Nachfahre des Spenders – Sir Giles Gilbert ...«

»Das war mein Großvater«, krähte Denzil begeistert dazwischen.

»... dass jeder Nachfahre von Sir Giles, der hierher käme, das Recht hätte, die Gegenstände, die dort drüben in der Vitrine eingeschlossen sind, herauszunehmen.«

Alle Köpfe fuhren herum; alle Blicke richteten sich auf die verschlossene Vitrine. Sie war nicht besonders groß und enthielt einige kleine, unscheinbare Gegenstände: Ketten, Schnallen, Siegel, Münzen, Scharniere und ein paar angelaufene Löffelchen.

Denzil ließ sich die Gelegenheit natürlich nicht entgehen.

»Darf ich die Sachen bitte herausnehmen?«, fragte er.

»Aber natürlich, mein Junge. Einen Moment, ich hole nur eben den Schlüssel.«

Denzil spähte furchtbar wichtigtuerisch durch die Scheibe. Diejenigen, die es interessierte, drängten heran, um auch einen Blick hineinzuwerfen.

»Auf dem Löffel da steht was geschrieben … auf Latein«, sagte ein Mädchen namens Tansy Jones.

»Heißt bestimmt ›Grüße aus Norwich‹«, witzelte Bill Humphrey.

»Salutes ex Norvicio«, schlug Jane vor.

»Nein, das heißt es nicht«, sagte Miss Thorpe, die gerade mit dem Schlüssel erschien. »Das sind römische Silberlöffel, die bei den Ausgrabungen eines Faunus-Tempels gefunden wurden. Der Gott Faunus ist, wie ihr vielleicht wisst, die gleiche Gottheit wie der britische Vaun und der griechische Pan – die Buchstaben V, F und P sind austauschbar.« Miss Thorpe war jetzt richtig in Fahrt.

»Und was heißt das, was da steht?«, fragte Tansy.

»So etwas wie ›Vergnügt euch im Wald‹.«

»Viel Spaß beim Picknick«, murmelte Bill.

»Damals war hier natürlich noch überall Wald. Der Tempel war an der Stelle, wo heute eure Schule steht. Dann haben wir hier noch diese Glassplitter aus der Römerzeit«, fuhr Miss Thorpe fort und händigte sie Denzil aus, der sich krampfhaft bemühte, ein interessiertes Gesicht zu machen. »Und das hier sind alte britische Pfeilspitzen. Und dieses kleine Ding hier hat eine merkwürdige Geschichte – man nennt es den Finder.«

Es handelte sich um ein Metallfigürchen, das einen dicken, grinsenden, kleinen Mann darstellte. Er war haarig und bärtig und trug eine spitze Kappe. Seine Füße zeigten nach hinten.

»Warum Finder?«, fragte Denzil.

»Weil er helfen soll, verlorene Gegenstände wieder zu finden. Die Figur stellt den Waldgott Faunus – oder Vaun – dar.«

»Und warum soll der verlorene Sachen wieder finden?«

»Naja, wahrscheinlich, weil im Wald einfach viel verloren geht. In den Zeiten der Römer und Briten ging es wohl meist um Kinder – oder Hunde oder Schweine oder Vieh –, und sie glaubten, wenn man dem Vaun etwas opferte, würde er einem helfen, das Verlorene zurückzubekommen. Später brachten die Leute dann statt der Opfergaben solche Figürchen in den Tempel. Das hier wurde im 17. Jahrhundert von einem Bauern ausgegraben. Man nannte es Finder, weil die Leute auch damals noch daran glaubten, dass es die Kraft hätte, verlorene Gegenstände aufzufinden. Es wanderte hier in der Gegend von Hand zu Hand und geriet schließlich in den Besitz deines Ur-Urgroßvaters, Sir Neville Gilbert«, erzählte Miss Thorpe Denzil.

»Mensch, wenn das meins wär«, sagte er. »Sowas könnte ich verflixt gut brauchen.«

Genau in dem Moment inszenierte Biddy ihren Ohnmachtsanfall. Es war wirklich eine künstlerische Glanzleistung: Sie wurde kreidebleich, schwankte und fiel dann mit einem mächtigen Rumms auf den Holzfußboden.

»O mein Gott!«, rief Miss Thorpe, schloss hastig die Vitrine ab und steckte den Schlüssel in die Tasche ihrer Strickjacke. Sie und Oakenshaw hoben Biddy auf und legten sie auf eine breite, alte Ledercouch im vorderen Raum. Als sie nach einer Minute die Augen aufschlug, sah sie sich benommen um und fragte: »Was ist los? Wo bin ich?«

»Bleib ganz ruhig liegen, Schätzchen, ich hol dir ein Glas Wasser«, sagte Miss Thorpe.

»Eine Tasse Tee wär mir lieber«, sagte Biddy.

»Ich kann ja mit ihr ins Polly's Plat gehen«, schlug ich vor.

Aber Oakie machte uns einen Strich durch die Rechnung. Er sagte, Biddy müsse sich schonen und im Bus bleiben, solange wir anderen mit unserem Taschengeld einkaufen gingen. Dann begleitete er Biddy hinaus und überließ sie der Obhut des Busfahrers, Gus Beadle, der sich nie die Mühe machte auszusteigen, sondern einfach sitzen blieb und seine Sportzeitung las.

Biddy gab mir Geld mit, damit ich ihr Pfefferminzkonfekt kaufte, und ich zog los in Richtung Bonbonladen. Denzil ging mit. Er strahlte immer noch wie ein Honigkuchenpferd – wohl wegen der vielen Aufmerksamkeit, die er bekommen hatte, dachte ich.

Ich holte etwas Knabbergebäck und das Pfefferminzkonfekt für Biddy und stellte mich an der Kasse an. Vor mir kaufte gerade ein alter Kerl ein Päckchen Pfeifentabak und ein paar extrastarke Pfefferminzbonbons. Plötzlich kramte er ganz hektisch in sämtlichen Taschen herum und wurde fast so bleich wie Biddy.

»Was ist los, Väterchen?«, fragte die Verkäuferin.

»Mein Fünfpfund-Schein is' weg«, sagte der Alte. »Ja, hol mich doch … Wo is' das verdammte Ding nur abgeblieben? Ich weiß gar nich', wie ich das meiner Holden …«

Der alte Mann sah sich hilflos in dem überfüllten Laden um. Da sagte Denzil plötzlich ganz ruhig: »Sie stehen drauf.«

Tatsächlich – da war der Schein. Der Alte hatte ihn wohl versehentlich aus der Tasche gezogen und nicht bemerkt, dass er hinunterfiel, und dann den Fuß darauf gestellt. War der erleichtert!

Er bezahlte seine Sachen, und ich kaufte meinen Kram. Denzil nahm ein paar Marshmallows – ekelhaftes Zeug. Er kaufte es bestimmt nur, weil niemand sonst es mochte, sodass er nichts davon abzugeben brauchte. Anschließend gingen wir zum Bus zurück. Inzwischen nieselte es nicht mehr, sondern regnete förmlich Bindfäden. Dazu kam ein scharfer Nordwind. Wahrhaftig nicht der richtige Tag für einen Ausflug in die Dünen!

Denzil und ich kamen als Letzte zurück. Ich gab Biddy ihre Pfefferminz. Sie saß neben Oakie und sah aus, als ob sie sich selbst Leid täte. Die Sommersprossen hoben sich wie Rostflecken von ihrem bleichen Gesicht ab. Ich fragte mich allmählich, ob die Ohnmacht vielleicht doch echt gewesen war.

Gus Beadle ließ den Motor an, aber noch ehe er anfahren konnte, wurde die Bustür aufgerissen. Das Unwetter war rasend schnell aufgezogen. Das kommt in dieser Gegend öfter vor – erst völlige Windstille und fünf Minuten später schon ein Sturm, dass Kaminkappen und Dachziegel über die Straße fliegen.

»Bill, mach mal bitte die Tür wieder zu«, rief Oakie.

Bill saß am nächsten an der Tür. Er knallte sie zu, doch sie sprang sofort wieder auf. Am Ende band Gus sie mit einer Kordel zu, und Bill musste sie auf dem Rückweg die ganze Zeit festhalten. Zwischendurch wäre ein paar Mal beinahe der ganze Bus von der Straße abgehoben. Es war der reinste Orkan.

Denzil saß neben mir. Er grinste immer noch triumphierend vor sich hin. Einmal stieß er mich in die Rippen und flüsterte: »Du, hör mal! Soll ich dir was verraten?« Aber ich beachtete ihn nicht. Stattdessen hörte ich zu, wie Oakie, der wieder vor mir saß, sich mit Biddy und ein paar anderen Mädchen über den Finder unterhielt.

»Vor acht oder neun Jahren hat ein Archäologe namens Murray Parkin ihn sich mal von dem Museum ausgeliehen. Er hoffte, mit seiner Hilfe einen versunkenen Schatz aus der

Sachsenzeit zu finden, so etwas wie das Schiffsgrab von Sutton Hoo.«

»Und? Hat's geklappt?«

»Soweit ich weiß nicht. Es sei denn, er wäre mit dem Schatz durchgebrannt. Vielleicht funktioniert es auch nicht, wenn man den Finder nur geliehen hat. Der Aberglaube aus dem 17. Jahrhundert besagt, dass er entweder verschenkt oder gestohlen werden muss.«

»Vielleicht haben seine Kräfte auch nachgelassen, weil er seit dreihundert Jahren nicht mehr benutzt wird«, vermutete Jane Hall. »Wie bei einer Taschenlampenbatterie.«

»Das kann ich mir eigentlich nicht vorstellen.« Oakie ging völlig ernsthaft darauf ein. »Ich vermute eher das Gegenteil: dass die Kraft mit der Zeit zunimmt. Vaun – Faunus – war ein Waldgott. Richtig kraftvoll und wild. Was meint ihr wohl, wie man sich als Gott so fühlt, wenn man nicht mehr verehrt wird? Wenn man in Vergessenheit gerät und niemand sich mehr um einen kümmert? Und das jahrhundertelang?«

»Das ist bestimmt nicht schön«, sagte Tansy.

»Da muss man doch wütend werden«, sagte Jane. »Vor allem, wenn sich *doch* mal jemand erinnert und der dann nichts weiter will, als dass man seinen entlaufenen Aberdeen-Terrier wieder findet …«

Biddy zitterte. »Ich fühl mich ganz scheußlich, Mr. Oakenshaw!«, jammerte sie. »Mein Kopf tut weh, und mir ist so furchtbar kalt …«

»Du bekommst wahrscheinlich eine Grippe«, sagte er. »Wenn wir zurück sind, musst du gleich zur Hausmutter.«

Dass wir überhaupt zurückkamen, grenzte an ein Wunder. Der Wind zerrte so heftig an den Ulmen und Platanen, die um die Schule standen, dass es aussah, als würden sie jeden Moment entwurzelt. Als Bill die Kordel losband, flog die

Bustür auf und knallte so heftig gegen die Seitenwand, dass eine Scheibe zersprang. Oakie und ich halfen Biddy beim Aussteigen. Sie zitterte und sah schon beinahe nicht mehr weiß, sondern eher grün aus. Bei dem Anblick wurde mir selbst ein bisschen übel.

Wir rannten durch den peitschenden Regen ins Haus. Und dann konnten wir die Haupteingänge nicht mehr richtig schließen. Die beiden großen, zweiflügeligen Türen sind aus schwerem, eisenbeschlagenem Eichenholz, doch der Wind riss sie immer wieder auf, als wären sie aus Pappe. Oakie und der alte Gus mussten sie abschließen und die Riegel vorschieben, damit sie endlich hielten. Selbst dann rappelten und bebten sie noch, als ob ein Dinosaurier dagegen hämmerte.

Sally Lunn brachte Biddy auf die Krankenstation.

»Kann ich nicht noch eben in mein Zimmer gehen und mir ein Buch holen?«, fragte Biddy.

»Nein, du kommst jetzt mit mir. Nachher kann eine Freundin dir was zu lesen bringen«, bestimmte die Hausmutter.

Wir anderen gingen zum Tee – samstags gibt es immer Schoko-Biskuitrolle.

Denzil ließ sich auf den Stuhl neben mir plumpsen.

»He! Guck mal, was ich habe!«, sagte er und öffnete kurz die Faust.

Ich konnte nur einen flüchtigen Blick darauf werfen, aber was er da in der Hand hielt, das sah dem kleinen, schwarzen Finder verdächtig ähnlich.

»Heiliger Strohsack!«, sagte ich. »Das ist doch nicht dein Ernst – klaust du so einfach den …«

»Pssst! Nicht so laut. Ich hab ihn nicht geklaut.«

»Ich hab aber nicht gehört, dass du die alte Thorpe um Erlaubnis gefragt hättest.«

»Ich geb ihn ja zurück – vielleicht«, sagte er gönnerhaft. »Sobald er mir geholfen hat, meine verlorenen Sachen wieder zu finden.« Er trank hastig seinen Tee aus. »Komm schon – willst du mal sehen, wie er funktioniert?«

Ich wollte eigentlich nicht; mir war gar nicht wohl bei der ganzen Sache. Und das Wetter tat ein Übriges: Es war viel dunkler, als es um diese Nachmittagszeit hätte sein sollen; der Wind heulte unablässig wie eine Kettensäge, und dauernd sprangen irgendwo im Haus Türen auf.

»Wenn der alte Jasper rauskriegt, was du angestellt hast, macht er dir die Hölle heiß«, sagte ich. »Im Museum klauen!«

»Jetzt spiel hier bloß nicht den Moralapostel!«, fauchte Denzil. »Im Übrigen hab ich ein Recht drauf. Er hat schließlich meinem Ur-Urgroßvater gehört.«

»Und wer weiß, wie *der* an das Ding gekommen ist?«

Denzil antwortete nicht, sondern ging schnurstracks aus dem großen Speisesaal und stieg die Treppe hinauf. Dabei hielt er das kleine, schwarze Ding in der Hand. »Er führt mich«, sagte er.

Ich folgte ihm nur widerstrebend. Außer mir gingen noch zwei oder drei andere mit, die irgendwie mitbekommen hatten, dass etwas im Busch war.

»Also *ehrlich,* hör mal, ich finde, du solltest das lassen«, schrie ich gegen das Sturmgetöse an. »Das gibt unter Garantie Ärger. Und … hast du gehört, was Oakie im Bus gesagt hat … wenn du so ein Ding benutzt … dann ziehst du Kräfte auf dich … von denen man besser die Finger lässt. Das ist, als ob man ein Stromkabel anfassen würde. Du gibst dich in seine Gewalt …«

»Ach, Quark«, sagte Denzil. »Du hast ja bloß Angst, dass ich meine Sachen finde, weil du dir denken kannst, *wo* sie auftauchen.« Er ginste mich höhnisch über die Schulter an. Wie immer war ich nicht sicher, ob er mich oder jemand anderen ansah. »Ich frag mich nur, was *das* jetzt soll«, sagte er beim Weitergehen. »Er will höher rauf.«

Denzil stieg die nächste Treppe hoch, die zu den Mädchenschlafsälen führte.

»He! Man darf nicht einfach in die Zimmer von anderen Leuten gehen«, protestierte Tansy, die hinterhertrottete. Denzil hörte nicht auf sie. Er ging in das große Zimmer, das Biddy Frazer sich mit Jane und zwei anderen teilte. Es war niemand darin. Als Denzil eintrat, sprang ein Fenster auf, und der Wind riss die Vorhänge, mit denen der Raum unterteilt war, zur Seite, dass sie wie Fahnen flatterten. Von den Kommoden hagelte es Postkarten und Taschenbücher.

Ich mühte mich damit ab, das Fenster zu schließen und den Riegel vorzulegen, während Tansy die Karten sortierte und wieder an ihren Platz legte.

Denzil war geradewegs in Biddys Ecke des Zimmers gegangen. An der Wand über dem Bett hing ein Familienfoto. Als er den Rahmen etwas nach vorn zog, fiel ein dicker Briefumschlag herunter, der dahinter gesteckt hatte. Er enthielt Denzils kleine Maundy-Silbermünzen – Ein-, Zwei-, Drei- und Vierpennystück.

»Hab ich mir doch gedacht!«, sagte er voller Genugtuung.

»Du Mistkerl! Du wusstest, dass sie dort sind!«, schrie Tansy. »Am Ende hast du sie selbst da versteckt. Was für ein hundsgemeiner, mieser Trick. Ich glaube nicht, dass Biddy sie genommen hat.«

»O doch, das hat sie«, sagte Denzil hämisch. »Und jetzt finde ich auch die anderen Sachen – mein Pulverhorn, meinen malaiischen Dolch und meine grünen Murmeln.«

Er blickte mit einem ekelhaften Grinsen in die Runde.

»Wer hätte das gedacht, dass ausgerechnet Biddy die Münzen geklaut hat – wo sie doch Vertrauensschülerin ist und sich immer so oberheilig aufspielt und tut, als ob sie was Besseres wär. Da wird der alte Jasper aber ganz schön staunen, wenn er das erfährt!«

»Geh doch besser gleich zu ihm«, sagte Jane, die ganz verstört wirkte. »Nicht dass – dass vielleicht jemand zu Unrecht verdächtigt wird.«

»Der erfährt noch früh genug davon«, entgegnete Denzil. »Jetzt nicht.«

»Warum nicht?«

»Na, sollen vielleicht die Leute, die mir die anderen Sachen geklaut haben, inzwischen Zeit haben, sie zurückzulegen? Von wegen!« Er grinste wieder – ein hässliches Grinsen.

Dann wandte er sich erneut dem kleinen, schwarzen Ding in seiner Hand zu.

»Vaun, Vaun, kleiner Waldgott«, beschwor er das Figürchen, »hilf mir, mein Pulverhorn finden und meinen malaiischen Dolch und meine grünen Murmeln.«

In dem Moment hörte man jemanden rufen: »Denzil! Denzil Gilbert! Bist du da oben?«

»Er ist hier!«, rief Jane. »Was gibt's?«

»Er soll mal runterkommen.«

Später wurden wir uns nicht einig, wer da gerufen hatte. Jane glaubte, dass es Jaspers Stimme gewesen war, aber meiner Meinung nach war es die von Mr. Oakenshaw.

»Ach, verdammt«, sagte Denzil. Er steckte den Finder zu den Maundy-Münzen in die Tasche. »Na schön, in einer Minute geht die Jagd weiter. Wartet am besten alle hier auf mich, wenn ihr dabei sein wollt.«

Er blieb auf dem Treppenabsatz stehen und starrte hinunter. Dann machte er kehrt und sagte: »Ich verschwind noch mal kurz« und ging auf die Toilette, die einen Absatz höher an der Treppe lag.

Als er die Tür hinter sich zugemacht hatte, sagte Tansy: »Schnell, lasst uns dem alten Jasper Bescheid sagen! Dem gefällt das Ganze garantiert überhaupt nicht, und nachher glaubt er noch, wir wären mit dran schuld. Außerdem – wenn wir ihm erzählen, was los ist, dann nimmt er Denzil den Finder weg, bevor …«

Da hörten wir plötzlich, wie Denzil – immer noch auf dem Klo – einen ganz eigenartigen Schrei ausstieß, ein heulendes Wimmern, als ob ihm sämtliche Luft aus der Lunge gesaugt würde. Im selben Moment riss der Sturm noch viel mehr Türen und Fenster auf. Das ganze Haus schien zu schwanken, und draußen stürzten ein paar Ulmen um.

»Was ist los, Denzil?«, rief ich und rüttelte an der Klinke. »Alles okay mit dir?«

Doch von drinnen kam keine Antwort.

Am Ende mussten wir Oakie und Gus Beadle holen. Die beiden brachen die Tür auf – und dann kam das Allersonderbarste überhaupt: Denzil war nicht dort. Dieses Klo hatte ein winziges, rundes Fenster, so eine Art Bullauge. Da hätte nicht einmal eine wohlgenährte Katze durchgepasst. Und es war im fünften Stock. Aber Denzil war nicht dort und wir sahen ihn niemals wieder.

Neun Monate später wurde er für tot erklärt, und es gab einen Gedenkgottesdienst für ihn.

Ich saß während der Andacht neben der Gedenktafel von Denzils Ur-Ur-oder-wie-auch-immer-Großvater, hatte also reichlich Zeit, die Verse darauf zu lesen. Die Inschrift lautete:

Lausche, Mensch! den jammervollen Winden,
Bedenke, wenn sie heulen übers Land:
Gar mancher schon, in seinem Drang zu finden,
Am End das eigene Verderben fand!

Diese Tafel wurde errichtet zum Gedenken an
Sir Giles Gilbert
der in seinem 65. Jahre
am 27. Februar 1753
ganz plötzlich verstarb.

Der Finder wurde auf dem Boden der Toilette gefunden und ins Museum von Strand zurückgebracht, wo Miss Thorpe ihn wieder in der Vitrine einschloss. Die Maundy-Münzen blieben verschwunden. Denzils Kleidung und was ihm sonst noch gehörte, schickte man seinen Eltern. Die grünen Glasmurmeln und der malaiische Dolch tauchten nie wieder auf. Und das Pulverhorn habe ich in einer windigen Nacht unter den Ulmen vergraben. Es erschien mir das Beste.

***

JOAN AIKEN, die Tochter des berühmten amerikanischen Romanciers Conrad Aiken, arbeitete zunächst für den Radiosender BBC, bevor sie anfing, Fantasy-Geschichten für Kinder und Jugendliche zu schreiben. In *Wölfe ums Schloss*, einer alternativen Geschichte Englands, trat erstmals die bemerkenswerte Heldin Dido Twite auf. Das Buch war auf Anhieb erfolgreich und wurde später in Großbritannien auch verfilmt. Twite kommt noch in mehreren späteren Romanen vor, unter anderem in *The Stolen Lake*, in dem sie König Artus begegnet. Aiken gewann mit der Zeit einen immer größeren Leserkreis. Viele ihrer zahlreichen Geschichten behandeln das Thema Zauberei auf realistische Art. Sie sind in Sammelbänden erschienen, unter anderem in *More Than You've Bargained For, A Small Pinch of Weather, Ein Kichern in der Luft, Ein Raunen in der Nacht*. Das *Times Educational Supplement* schrieb kürzlich über diese Autorin: »Wenn Joan Aiken in Bestform ist, findet sie in diesem Genre nicht ihresgleichen.« Die Geschichte »Finders Lohn« zeigt meiner Meinung nach, dass diese Behauptung mehr als gerechtfertigt ist.

William Harvey

Die Dabbler

Viele Schulen haben ihre besonderen Geheimtraditionen – ganz bestimmte Spiele oder Rituale, die von einer Schülergeneration an die nächste weitergegeben werden. Manchmal sind dabei Experimente mit Magie oder Versuche mit okkulten Praktiken im »Spiel«. Das kann ganz schön gruselig sein, es kann allerdings auch ernsthaft gefährlich werden. M. R. James, der berühmte Gespenstergeschichtenautor, schrieb vor Jahren in der Schauergeschichte »After Dark In the Playing Fields« über einen solchen Fall – und dann gibt es da natürlich noch Hogwarts, wo man Quidditch auf Besenstielen spielt und Harry Potter als Sucher für sein Haus Gryffindor antritt. In dem kürzlich erschienenen Buch Quidditch im Wandel der Zeiten *von Kennilworthy Whist gewinnt England die Quidditch-Weltmeisterschaft – allerdings erst in 100 Jahren! In der folgenden Geschichte geht es jedoch um ein wesentlich unheimlicheres Spiel, das Burlingham und seine Freunde spielen. Das Ganze ereignet sich in Whitchurch Abbey, einer alten Schule in einer ostenglischen Grafschaft. Es wird von mitternächtlichen Prozessionen mit mysteriösen Gesängen, ja sogar von Tieropfern gemunkelt. Die Jungs, die sich da zu einem Ge-*

heimbund zusammengeschlossen haben, nennen sich die Dabbler und interessieren sich für schwarze Magie, wie Harborough, einer der Lehrer, zwei alten Schulfreunden erzählt. Was er berichtet, klingt zunächst wie ein Alptraum aus vergangenen Zeiten. Doch in Wirklichkeit ist gar nicht so sicher, dass die alten Mächte und die, die sich an ihnen versuchen, tatsächlich zum Aussterben verurteilt sind …

***

Es war ein verregneter Juliabend. Die drei Freunde saßen, angenehm erschöpft von dem langen Marsch übers Moor, in Harboroughs gemütlicher Bude um das Torffeuer herum. Scott, der Eisenfabrikant, hatte gerade gegen die neumodische Ausbildung gewettert. Kürzlich war der Sohn seines Partners in den Betrieb eingetreten. Dem Burschen fehlten jegliche Grundlagen, und das Geschäft konnte es sich einfach nicht leisten, ihn erst von der Pike auf anzulernen. »Mir scheint, Wilkins hat auf der höheren Schule und an der Uni für die fast dreitausend Pfund, die seine Ausbildung gekostet hat, nicht viel anderes gemacht, als unter seinem Knickerbocker-Anzug dicke Muskeln zu züchten. Da hört doch wirklich alles auf. Mein Junge geht jedenfalls nicht auf so eine Eliteschule. Ich schicke ihn nach Steelborough auf die Oberschule. Wenn er sechzehn ist, soll er dann nach Deutschland gehen, um was von der Konkurrenz zu lernen. Anschließend kommt er ein Jahr ins Büro, und wenn er sich gut macht, kann er danach immer noch rauf nach Oxford. Bis dahin ist er vielleicht ein bisschen eingerostet und aus dem Tritt, aber er kann ja nach Feierabend sein Latein wieder aufmöbeln, wie meine Verwaltungsleute das mit Industriegeschichte und Wirtschaft machen.«

»Ach, Sie sehen das Ganze doch viel zu schwarz«, sagte

Freeman, der Architekt. »Für mich besteht die Schwierigkeit eher darin, unter so vielen ausgezeichneten Schulen die richtige auszuwählen. Ich habe meinen Jungen in einer von diesen ländlichen Oberschulen angemeldet, die völlig umstrukturiert worden sind. Wells hat doch in *Unsterbliches Feuer* gezeigt, was so ein aufgeklärter Direktor alles bewirken kann, wenn er freie Hand hat und nicht unter Mörtel und Tradition lebendig begraben wird.«

»Sie werden schon sehen – das meiste davon ist bloß Augenwischerei«, sagte Scott. »Keine Disziplin, sondern bloß eine Menge schönes Gerede über Selbstverwirklichung und soziale Entwicklung.«

»Da täuschen Sie sich. Ich würde sagen, das mit der Disziplin wird eher zu streng gehandhabt. Ich habe erst kürzlich von meinem kleinen Neffen gehört, dass zwei Jungen für irgendeinen dummen Streich gleich von der Schule verwiesen wurden – sie waren in einen Hühnerstall eingebrochen oder so. Na, wahrscheinlich steckte da noch was anderes dahinter. Was schmunzeln Sie, Harborough?«

»Ach, was Sie da gerade über Schulleiter und Tradition gesagt haben ... da musste ich an die Jungs mit ihren Traditionen denken. Diese Bengel sind schon eigenartige Geheimniskrämer. Ich kann mir gut vorstellen, dass da ein ganzer Schatz an geheimer Überlieferung von einer Schülergeneration an die nächste weitergereicht wird. Es könnte sich direkt lohnen, wenn das mal ein Psychologe oder Anthropologe unter die Lupe nähme. Ich weiß noch, wie ich an meiner ersten Schule ein paar Knittelverse in meine Bücher geschrieben habe – eine Verwünschung gegen jeden, der sie stehlen würde. Später habe ich die Verse fast wortwörtlich in Manuskripten alter Mönche wieder gefunden. Sie stammen aus einer Zeit, in der Bücher noch kostbar waren. Nur dass ich sie auf die Vorsatzblätter von Abbotts *Via Latina* und Locks *Arithmetik* geschrieben habe. Solche Bücher klaut ohnehin keiner. Ein anderes Beispiel: Warum fangen die Jungs zu einem bestimmten Zeitpunkt an, mit Peitschenkreiseln zu spielen? Kein Verkäufer legt das Datum fest, die Eltern werden nicht gefragt, und ich konnte bisher auch beim besten Willen keinen Zusammenhang zwischen dem Spiel mit Peitschenkreiseln und dem Kirchenkalender feststellen, auch wenn es Heilige gibt, die zu Tode gepeitscht wurden. Da ist eine ungebrochene Tradition am Werk, die, statt vom Vater auf den Sohn, von einem Jungen an den nächsten weitergereicht wird. Kinderreime sind vielleicht nicht so ein gutes Beispiel, aber auch die stecken voller merkwürdiger Überlieferungen. Ich weiß noch, wie ich so ein Fingerspiel mit geknoteten Taschentüchern gelernt habe. Der Reim dazu begann so: ›Ehrwürdiger Vater, ich komme zur Beichte.‹ Der Achtjährige, der mir das beigebracht hat, war der Sohn eines hohen Geistlichen. Ich möchte nicht wissen, was los gewesen wäre, wenn der alte Tomlinson die letzte Strophe gehört hätte:

›Was muss ich tun, Pater? Lasst es mich wissen.‹
›Dem Papst in Rom die Füße küssen.‹
›Pater, da küsse ich lieber euch.‹
›Wohlan, mein Kind, so tu es gleich.‹«

»Woher stammten diese Verse?«, fragte Freeman. »Die habe ich noch nie gehört.«

»Ich weiß nicht«, antwortete Harborough. »Ich habe sie noch in keinem Buch gefunden. Aber hinter dem Spiel mit den geknoteten Taschentüchern und unserer kindischen Alberei lauerte etwas Unheimliches. Mir ist, als sähe ich die dunkle, verhüllte Gestalt vor mir, katzenhaft geschmeidig –

einen katholischen Kirchenmann, wie sie durch die Bücher von George Borrow geistern – da steckt Hass und Furcht hinter der Maske der respektlosen Witzelei. Ich könnte Ihnen noch weitere Beispiele nennen, etwa die Lieder um Stechpalme und Efeu, die früher von Jungen und Mädchen zum Tanz gesungen wurden. Manche deuten sie als eine primitive Form von Naturkult.«

»Und worauf wollen Sie mit all dem hinaus?«, fragte Freeman.

»Darauf, dass es eine ganze Menge Traditionen gibt, die von einer Kindergeneration an die nächste weitergereicht werden – in der Regel ohne dass die Erwachsenen etwas davon bemerken. Wenn Sie ein richtig gutes Beispiel hören wollen – ich sollte wohl besser sagen: ein richtig übles Beispiel –, dann erzähle ich Ihnen die Geschichte von den Dabblern.« Er wartete, bis Freeman und Scott ihre Pfeifen gestopft hatten, und begann:

»Nach dem Studium in Oxford habe ich drei elende Jahre als Lehrer an einer Schule gefristet, bevor ich ans Gericht berufen wurde.«

Scott lachte. »Ich beneide die armen Kinder nicht, die Sie ins Kreuzverhör genommen haben«, sagte er.

»Ach, ich hatte wohl mehr Angst vor ihnen als sie vor mir. Ich fand eine Stelle als Lehrer an einer von diesen alten Landoberschulen, von denen Sie vorhin gesprochen haben, Freeman. Sie war damals allerdings noch nicht umstrukturiert und wurde von einem völlig unfähigen Geistlichen geleitet. Das war in einer Grafschaft im Osten, in einem gottverlassenen Provinznest, wo es nur eins gab, das den Leuten das Herz erwärmte: Tratsch. Sie hielten ihn in Gang wie ein armseliges, schwelendes Feuer und übernahmen es reihum, die Flamme anzufachen. Aber um auf die Schule zurückzukommen: Es waren alte Gebäude; die Kapelle war ursprünglich der Chor einer Klosterkirche gewesen. Die Scheune, in der früher die Abgaben der Bauern eingelagert wurden, war gut erhalten, und im Garten des Direktors gab es noch ein paar alte Steine und Säulensockel. Aber sonst deutete bis auf einen ausgetrockneten Fischteich nichts mehr darauf hin, wo die Mönche jahrhundertelang gelebt hatten.

Gegen Ende Juni, als ich mein erstes Jahr an der Schule schon fast hinter mir hatte, ging ich einmal spätabends über den Schulhof. Ich war auf dem Weg zu meiner Wohnung an der Hauptstraße. Es war schon nach zwölf. Kein Lufthauch regte sich, und über den Sportplätzen hing dichter Nebel, der vom Fluss heraufgezogen war. Die ganze Szenerie hatte etwas Unheimliches; es war alles so still und ruhig. Die Nacht roch dumpf – und dann hörte ich plötzlich Gesang. Ich weiß weder, woher die Stimmen kamen, noch wie viele es waren, und unmusikalisch, wie ich bin, kann ich Ihnen auch die Melodie nicht beschreiben. Sie klang abgehackt, mit Pausen zwischendrin, und sie hatte so etwas – ich weiß nicht, wie ich es anders nennen soll – etwas zutiefst Verstörendes. Mir war durchaus nicht danach, der Sache auf den Grund zu gehen. Ich blieb zwei oder drei Minuten lang stehen und lauschte, dann trat ich durch die Hausmeisterpforte auf die ausgestorbene Hauptstraße hinaus. Mein Zimmer über dem Tabakladen ging auf eine Nebenstraße hinaus, die zum Fluss führte. Durch das offene Fenster hörte ich immer noch ganz schwach den Gesang. Dann begann ein Hund zu heulen, und als er nach einer Viertelstunde wieder aufhörte, war alles still. Am nächsten Morgen fragte ich im Lehrerzimmer, ob jemand eine Erklärung für diesen Gesang hätte.

›Das sind die Dabbler‹, sagte der alte Moneypenny, der Naturkundelehrer. ›Die tauchen immer um diese Zeit auf.‹

Ich wollte natürlich wissen, wer diese Dabbler waren.

›Die Dabbler sind Sängerknaben, die in die falsche Zeit hineingeboren wurden‹, erklärte Moneypenny. ›Burschen aus dem Dorf, die wohl ihre Gründe haben, unerkannt bleiben zu wollen. Wahrscheinlich frustrierte Chorknaben, die versuchen sich mit einer gespenstischen Aura zu umgeben. Wecken Sie in Gottes Namen keine schlafenden Hunde. Wir haben dieses Thema schon so oft durchgekaut, dass es mir wirklich zum Hals heraushängt.‹

Ich nahm mir das zu Herzen, denn mit dem Kerl war nicht gut Kirschen essen. Aber später in der Woche schnappte ich mir einen der jüngeren Lehrer und fragte ihn, was es mit der ganzen Geschichte auf sich hätte. Offenbar trat der Gesang tatsächlich regelmäßig zu dieser Jahreszeit auf. Für Moneypenny war das Thema ein rotes Tuch, denn es war einmal die Vermutung aufgekommen, dass es Jungen von der Schule sein könnten, die einen Streich spielten, und er war daraufhin völlig aus der Haut gefahren.

›Trotzdem – es können genauso gut unsere Jungs sein wie irgendwelche anderen. Wenn Sie wollen, dann lassen Sie uns doch nächstes Jahr mal versuchen der Angelegenheit auf den Grund zu gehen.‹

Ich stimmte zu, und damit war der Plan beschlossene Sache. Als das Jahr um war, dachte ich allerdings längst nicht mehr daran. Ich hatte an dem Abend die unteren Klassen bei den Hausaufgaben beaufsichtigt. Die Jungs waren auffallend unruhig – wohl weil es kaum noch ein Monat bis zu den Ferien war –, und ich machte drei Kreuze, als ich kurz nach acht endlich Feierabend hatte. Ich ging noch zu Atkinson ins Büro, um mir einen Schirm auszuleihen, weil es heftig regnete.

›Ach, übrigens: Heute Nacht sind die Dabbler wieder fällig‹, erinnerte er mich. ›Wie sieht's aus?‹

Ich sagte, wenn er glaubte, ich würde die Stunden bis Mitternacht damit zubringen, im Regen auf dem Schulgelände umherzugeistern, dann täusche er sich gewaltig.

›Das hatte ich ja gar nicht vor‹, sagte er. ›Wir werden keinen Fuß vor die Tür setzen. Ich mache ein Feuer und brate irgendwas auf dem Gaskocher. Ein paar Flaschen Bier sind auch noch im Schrank. Wenn wir die Dabbler hören, gehen wir ganz leise eine Runde durch die Schlafsäle und sehen nach, ob jemand fehlt. Wenn ja, können wir sie abfangen, wenn sie zurückkommen.‹

Kurzum, ich stimmte dem Vorschlag zu. Ich hatte noch einen ganzen Stapel Aufsätze über den Bauernaufstand zu korrigieren – man stelle sich vor, was dabei rauskommt, wenn Dreizehn- bis Vierzehnjährige einen Aufsatz schreiben müssen, worüber auch immer –, und ich konnte die Arbeiten genauso gut bei Atkinson am Kamin durchsehen wie zu Hause in meinem kargen, kleinen Wohnzimmer.

So ein Feuer an einem verregneten Juniabend kann schon etwas Herrliches sein. Wir vergaßen darüber den missratenen Sommer völlig, als wir so im Schein der Glut saßen, rauchten und Erinnerungen aufwärmten.

Schließlich sagte Atkinson: ›So, jetzt ist es gleich zwölf. Wenn die Dabbler heute Nacht unterwegs sind, dann müsste es jeden Moment losgehen.‹ Er erhob sich aus seinem Sessel und zog die Vorhänge zurück.

›Hören Sie mal!‹, sagte er. Von den Sportplätzen her tönte Gesang über den Schulhof. Die Musik – wenn man es denn so nennen konnte – hatte weder Melodie noch Rhythmus und war von Pausen unterbrochen. Außerdem wurde sie fast vollständig vom Regengeplätscher und dem Rauschen in den Dachrinnen übertönt. Einen Augenblick lang glaubte ich, Lichter zu sehen, die sich bewegten, aber wahrscheinlich täuschte ich mich, und es waren nur Spiegelungen auf der Fensterscheibe.

›Dann gehen wir doch mal nachsehen, ob von unseren Vögelchen welche ausgeflogen sind‹, sagte Atkinson. Er nahm eine Taschenlampe, und wir machten die Runde durch die Schlafsäle. Alles war in schönster Ordnung. Keins der Betten war leer, und die Jungen schienen alle zu schlafen. Als wir wieder in Atkinsons Zimmer ankamen, war es Viertel nach zwölf. Die Musik hatte aufgehört. Ich borgte mir einen Regenmantel und rannte durch den Regen nach Hause.

Es war das letzte Mal, dass ich die Dabbler selbst hörte, aber *von* ihnen hörte ich noch öfter. Der zweite Akt spielte sich oben in Scapa ab. Ich hatte mir die Schulter ausgerenkt und war zum Röntgen auf ein Lazarettschiff gebracht worden. Wie der Zufall es wollte, lag rechts neben mir ein Reserveleutnant der Königlichen Marine. Der Bursche hieß Holster und war ein oder zwei Jahre vor meiner Zeit beim alten Edmed in der Schule gewesen. Von ihm erfuhr ich ein wenig mehr über die Dabbler. Offenbar handelte es sich um eine Schultradition, die die Jungen – warum auch immer – aufrechterhielten. Holster glaubte, dass sie in Schlafsaal B aus dem Fenster stiegen und an der großen Glyzinie hinunterkletterten. Vorher machten sie ihre Betten kunstvoll zurecht, damit man nicht sah, dass niemand darin lag. Es herrschte eine stillschweigende Übereinkunft darüber, dass an dem betreffenden Abend im Juni niemand zu lange aufblieb, und es galt als äußerst ungesund, zu viele Fragen zu stellen. So blieb die Identität der Dabbler ein Geheimnis. Holster – ein großer, stämmiger Kerl – fand die Sache nicht besonders mysteriös. Für ihn war es nichts weiter als ein Schuljungenstreich. Sie werden zugeben, dass diese Episode unbefriedigend war und meine Geschichte nicht voranbringt. Doch im dritten Akt kommt Bewegung in das Drama. Da hatte ich nämlich das Glück, einem der Dabbler leibhaftig zu begegnen.

Burlingham litt unter einem schweren Kriegstrauma. Ein Psychoanalytiker arbeitete mit ihm, und es kam zu einer scheinbaren Wunderheilung. Dann, vor zwei Jahren, erlitt er einen teilweisen Rückfall. Als ich ihn kennen lernte, ging er dreimal pro Woche zur Spezialbehandlung in die Stadt. Der Arzt, der ihn dort behandelte, war zwar nur ein West End-Allgemeinmediziner, aber er schien zur Wurzel des Übels vorzudringen. Dieser Burlingham hatte etwas außerordentlich Sympathisches an sich. Wahrscheinlich hielt sein lebhafter Sinn für Humor ihn am Leben. Außerdem konnte er sich über Dinge ereifern, wie es heutzutage kaum noch jemand tut. Wir führten eine Reihe interessanter Gespräche (zu seiner Therapie gehörten auch lange Spaziergänge über Land, und er freute sich immer, wenn er dabei Gesellschaft hatte). Ich erinnere mich allerdings nur noch an eine dieser Unterhaltungen – wie könnte ich sie auch vergessen. Da erwähnte er nämlich mitten in einer Tirade gegen die englischen Erziehungsmethoden plötzlich den Namen von Dr. Edmed – dem ›Leiter eines elenden, kleinen Internats, wo ich fünf der miesesten Jahre meines Lebens verbracht habe‹.

›Drei mehr als ich‹, bemerkte ich.

›Du lieber Gott!‹, sagte er, ›nicht zu glauben, dass Sie *da* Ihre Erziehung genossen haben!‹

›Nicht ganz – ich war einer der Erzieher‹, stellte ich richtig. ›Nicht dass ich besonders stolz darauf wäre – ich sorge normalerweise dafür, dass es nicht ans Licht kommt.‹

›*Da* gab es überhaupt viel zu viel, was nicht ans Licht kam‹, sagte Burlingham. Es war das zweite Mal, dass er auf diese merkwürdige Art ›*da*‹ sagte. Es klang beinahe wie eine

Anspielung auf eine unaussprechliche Hölle. Wir redeten noch eine Weile über die Schule, den aufgeblasenen Edmed, den alten Pförtner Jacobson – der Gerechten und Frevlern mit der gleichen unerschütterlichen guten Laune begegnete –, über die Rattenjagd in der Scheune, die immer am letzten Nachmittag vor den Ferien veranstaltet wurde.

›Und jetzt erzählen Sie mir von den Dabblern‹, sagte ich schließlich.

Er fuhr blitzschnell herum und brach in Gelächter aus – ein schrilles, überreiztes Gelächter. Es erinnerte mich daran, in welcher Verfassung er war, und ich wünschte sofort, ich hätte das Thema nicht angesprochen.

›Verdammt, ist das komisch!‹, sagte er. ›Gerade vor zwei Wochen hat der Mann in der Stadt, zu dem ich immer gehe, mich auch danach gefragt. Ich hab's ihm erzählt, obwohl ich dazu einen Schwur brechen musste. Na, eigentlich können Sie es genauso gut auch erfahren. Da gibt's im Grunde sowieso nicht viel zu erzählen. Ist alles nur ein verrückter, kindischer Albtraum ohne vernünftigen Sinn. Sie müssen wissen, ich war nämlich selbst bei den Dabblern dabei.‹

Die Geschichte, die ich Burlingham entlockte, war merkwürdig und bruchstückhaft. Die Dabbler waren ein kleiner Bund aus fünf Jungen, die hoch und heilig Verschwiegenheit gelobt hatten. In einer bestimmten Juninacht, nachdem der Anführer ihnen vorher Bescheid gegeben hatte, verließen sie heimlich die Schlafsäle und trafen sich unter der Ulme im Garten des alten Edmed. Dann stiegen sie in das Hühnergehege des Doktors ein, fingen ein Huhn und zogen sich damit in die Scheune zurück. Sie schnitten dem Tier die Kehle durch, rupften es, nahmen es aus und grillten es über einem Feuer in einem Kohlenbecken, während die Ratten ihnen zusahen. Der Anführer der Dabbler verteilte Räucherstäbchen;

er selbst zündete seins am Feuer an, die anderen ihre an seinem. Anschließend zogen sie in langsamer Prozession durch den Garten in den Winkel mit der Laube. Dabei stimmten sie einen Gesang an, dessen Text keinen Sinn ergab – er war weder englisch noch lateinisch. Burlingham sagte, er erinnerte ihn an den Refrain des alten Kinderliedes:

Fuhren drei Brüder übers Meer,
Peri meri dixi domine,
Sandten drei Gaben zu mir her,
Petrum patrum paradisi tempore
Peri meri dixi domine.

›Und das war alles?‹, fragte ich ihn.

›Das war alles‹, bestätigte er. ›Aber …‹

Ich hatte mir schon gedacht, dass es da noch ein ›Aber‹ gab.

›Wir hatten allesamt Angst dabei, furchtbare Angst. Das war mit normalen Schuljungen-Eskapaden gar nicht zu vergleichen. Andererseits lag in der Angst auch eine gewisse Faszination. Es war ein bisschen so‹ – er lachte – ›als ob man in einem tiefen Teich nach der Leiche eines Ertrunkenen fischen würde. Man wüsste nicht, wen man da eigentlich suchte, und man würde sich fragen, was wohl an die Oberfläche kommen würde.‹

Ich stellte ihm eine Menge Fragen, aber es war nicht viel Aufschlussreiches aus ihm herauszubekommen. Die Dabbler waren Jungs aus den unteren und mittleren Klassenstufen und die Mitgliedschaft in dem Bund war – mit der Ausnahme des Anführers – auf zwei Jahre begrenzt. Laut Burlingham mussten eine ganze Menge Jungen mal bei den Dabblern gewesen sein, doch sie sprachen nie darüber. Soweit er wusste, hatte keiner von ihnen je seinen Schwur gebrochen. Zu seiner Zeit war der Anführer ein gewisser Tancred, der unbeliebteste Junge der Schule, wenn auch der beste Sportler. Er wurde nach einem Zwischenfall in der Kapelle von der Schule verwiesen. Burlingham wusste nicht, was geschehen war; er selbst lag zu der Zeit im Krankenzimmer, und nachher kursierten, soweit ich verstanden habe, die unterschiedlichsten Geschichten.«

Harborough brach ab, um sich eine Pfeife zu stopfen. »Der vierte Akt folgt sogleich«, sagte er.

»Das ist ja alles hochinteressant«, bemerkte Scott, »aber ich fürchte, wenn Sie es darauf anlegen, dass uns das Blut in den Adern gefriert, dann ist Ihnen das nicht ganz gelungen. Und falls Sie hoffen, dass die Überraschung im vierten Akt der große Knaller wird, müssen wir Sie wohl auch enttäuschen.«

Freeman nickte zustimmend. »Der alte Scott hat nämlich wacker seinen Edgar Wallace gelesen«, begann er. »Heutzutage ist die ganze Trickkiste bestens bekannt. Schwarze Messe ist ein todsicherer Tipp – ich wette darauf. Jetzt sind Sie wieder dran, Harborough.«

»Sie lassen einem ja wirklich nicht die geringste Chance. Aber Sie haben wohl Recht. Also: Der vierte Akt spielt im Studierzimmer von Hochwürden Montague Cuttler, dem Pfarrer von St. Mary Parbeloe. Er war früher Oberlehrer für Mathematik, allerdings noch vor Edmeds Zeit. Netter, alter Knabe, blind wie ein Maulwurf und Mitglied im Antiquarsverein. Er wusste nichts von den Dabblern. Wollte auch nichts von ihnen wissen. Aber er wusste eine ganze Menge über die Geschichte der Schule und die Zeit, als dort noch ein Kloster war. Er hatte in den Ferien still und heimlich ein paar Ausgrabungen vorgenommen und war auf etwas gestoßen, das er für den Grabstein des Abtes Polegate hielt. Wie es schien, war der Mann in Verruf geraten, weil er sich in verbotenen Geheimkünsten versuchte.«

»Daher kam dann wohl auch der Name Dabbler«, warf Scott ein.[2]

»Ich weiß nicht recht«, erwiderte Harborough, »ich vermute eher, dass er von *diabolos* abgeleitet ist. Jedenfalls habe ich vom alten Cuttler erfahren, dass der Grabstein des Abtes an der Stelle lag, wo Edmed seine Gartenlaube gebaut hat. Passt das alles nicht prächtig zu meiner Theorie? Ich gebe zu, dass die Geschichte kein Reißer ist. Eigentlich ist ja gar nichts Übernatürliches daran. Aber sie zeigt doch, wie mächtig mündliche Überlieferung sein kann – wenn man bedenkt, dass auf diese Weise eine Abart der schwarzen Messe jahrhundertelang direkt unter den Augen der Erzieher weiter bestanden hat.«

»Da sieht man auch mal wieder, was ein unfähiger Schulleiter so alles anrichten kann«, sagte Freeman. »Der Direktor der Schule dagegen, von der ich vorhin erzählt habe, auf die ich meinen Jungen schicke – Sie müssten nur mal die Werk- und Kunsträume sehen! –, also dieser Bursche, der …«

»Wie hieß sie noch?«, unterbrach Harborough.

»Whitechurch Abbey.«

»Und sagten Sie nicht, dass dort vor vierzehn Tagen zwei Jungs hinausgeworfen wurden, weil sie in einen Hühnerstall eingestiegen waren?«

»Ja.«

»Tja, das ist dieselbe Schule, von der ich erzählt habe. Da waren die Dabbler am Werk.«

»Fünfter Akt und Vorhang«, sagte Scott. »Na, Har-

---

* dabbler: Amateur, Dilettant; *Anm. d. Übers.*

borough, da kommen Sie am Ende doch noch zu Ihrem Knalleffekt.«

***

WILLIAM HARVEY ist bis heute als populärer Autor gruseliger Gespenstergeschichten und Verfassser eines Horror-Klassikers bekannt, der auch verfilmt und für das amerikanische Fernsehen bearbeitet wurde: *Die Bestie mit den fünf Fingern*, worin ein Mann von einer abgehackten Hand verfolgt wird. Harvey absolvierte das Balliol College in Oxford und war einige Jahre lang am Fircroft College in der Nähe von Birmingham tätig. Im Ersten Weltkrieg ging er zur Marine und erhielt 1918 die Albert-Medaille, weil er einem anderen Matrosen das Leben gerettet hatte. Dieser war im leckgeschlagenen und überfluteten Maschinenraum eines Zerstörers eingeschlossen, der jeden Moment auseinander brechen konnte. Harvey, der bei seiner Heldentat schwerste innere Verletzungen davongetragen hatte, lebte nach dem Krieg zurückgezogen in der Schweiz. Dort schrieb er Geschichten, die dem Leser eine Gänsehaut über den Rücken jagen, wie zum Beispiel »Augusthitze«, »Nacht über dem Moor« und »Die Dabbler«. Maurice Richardson, ein Bewunderer seiner Werke, sagte zu dieser Geschichte über Okkultismus unter Schülern: »Ich bin beeindruckt von dieser ausgesprochen originellen kleinen Fantasie. Die Wirkung ist umso stärker, *weil im Grunde nichts dagegen spricht, dass so etwas in Wirklichkeit geschehen könnte*.«

Jacqueline Wilson

Der Flugzauber

In den überlieferten Geschichten über Zauberei tummeln sich allerlei fantastische Gestalten: die bekannten Ungeheuer wie Feuer speiende Drachen und riesenhafte Schlangen, aber auch weniger spektakuläre Tiere, darunter schwarze Katzen, Höllenhunde und verwunschene Frösche, die sich, wenn man sie küsst, in Prinzen verwandeln – oder auch nicht. In der folgenden Geschichte begegnet uns die wohl gängigste aller zauberkräftigen Kreaturen: eine Kröte. Außerdem ist da noch das kleine Mädchen Rebecca, das mit ihr befreundet ist. Rebecca weiß Bescheid, denn ihr Vater hat ihr viel über die Geschichte der Hexerei beigebracht. Über eins hat sie sich allerdings ziemlich aufgeregt: Er hat ihr von einem Teich in der Nähe ihres Hauses erzählt, wo damals Frauen, die man der Hexerei verdächtigte, ins tiefe Wasser geworfen wurden. Der Vater erklärte Rebecca, wie diese Wasserprobe funktionierte: Wenn die Opfer an der Oberfläche schwammen, waren sie schuldig; wenn nicht, dann ertranken sie natürlich. Rebecca fand das alles andere als fair. Dann begegnete sie einer riesigen Kröte, die in dem Hexenteich lebte. Es handelt sich allerdings nicht um eine gewöhnliche Kröte, denn sie ist einige hundert Jahre alt, kann spre-

chen und beherrscht die tollsten Zauberkunststücke. Ihr Name ist Glubbslyme, und sie war im 17. Jahrhundert die Vertraute einer Hexe, die ebenfalls Rebecca hieß – Rebecca Cockgoldde – und die gefoltert und schließlich im Teich ertränkt wurde. Unsere Rebecca ist ganz hingerissen von der Kröte und möchte von ihr die Zauberei erlernen. Vor allem die Kunst des Fliegens …

***

»Bringst du mir das Fliegen bei?«, bat Rebecca die Kröte.

Glubbslyme ruderte mit den Beinen und seufzte.

»Fliegen ist nichts für mich«, sagte sie. »Ich leide an *Vertigo*.«

»Was ist das denn?«, fragte Rebecca und fürchtete schon, es sei irgendeine schreckliche Krankheit aus dem 17. Jahrhundert.

Aber es bedeutete nur *Schwindel*.

»Nur!«, rief Glubbslyme empört und schloss die Augen. »Ich bin mal auf dem Flug zum Großen Hexensabbat vom Besenstiel gefallen. Wie ein Falke stürzte ich in die Tiefe. Ich war schon sicher, dass ich jeden Moment mein kaltes Blut am Boden verspritzen würde, als meine gute Rebecca hinter mir her zischte und mich in letzter Sekunde rettete.«

»Ich lass dich nicht fallen, Glubbslyme, Ehrenwort. Ach, bitte, ich würde alles dafür geben, wenn ich fliegen könnte. *Bitte*, bitte!«

Glubbslyme seufzte entnervt. »Na schön. Aber nur eine *ganz* kurze Flugstunde. Zuerst musst du eine Flugsalbe brauen. Meine Rebecca hat immer die stärkste Salbe benutzt, die es gab, weil sie weite Strecken zurücklegte. Für uns genügt eine schwächere Mischung. Nun zu den Zutaten: Rebecca hat sie natürlich nach ihren Bedürfnissen abgewandelt. Als wir einmal zu Halloween über drei Grafschaften hinwegflogen, verwendete sie Gänseschmalz als Grundlage und fügte Adlerklauen und Albatrossaugen hinzu, Fledermausblut und Blut von einem Gehängten. Hier in der Gegend gibt es wohl keinen Galgen, Kind?«

»Einen *Galgen?*«

»Nun, wo man die Missetäter hängt.«

»Das macht man heutzutage nicht mehr«, sagte Rebecca und war froh darüber.

»Tz, tz, tz«, machte Glubbslyme. »Nun, ich würde sagen, in diesem Fall werden Adler, Albatross und Fledermaus es wohl auch tun.«

»Ich glaube, das geht auch nicht«, wandte Rebecca ein. »Ich könnte nie und nimmer einen Adler oder einen Albatross fangen, und vor Fledermäusen habe ich Angst.«

»Ohne Flugsalbe kannst du nicht fliegen«, versetzte Glubbslyme ungehalten. Sie spähte nach den Vögeln, die draußen vor dem Küchenfenster auf dem Zaun hockten. »Dann müssen wir es eben mit einfachen Mitteln versuchen. Wenn du also die Güte hättest, sechs Spatzen zu fangen …«

»Augen ausstechen und Schnäbel oder Krallen abschneiden kommt aber nicht infrage«, sagte Rebecca energisch. »Im Übrigen würde man mich dafür beim Tierschutzverein anzeigen.«

Sie behalf sich mit zwei Spatzenfedern, einer toten Hummel und einem Libellenflügel, der von Glubbslymes Zwischenmahlzeit übrig war. Rebecca rührte eine dicke, weiße Paste aus Waschpulver an (weil es Ariel hieß), schnitt Federn, Hummel und Flügel in winzige Stückchen und mischte sie hinein.

»Sieht ganz schön ekelhaft aus«, sagte sie. »Die Hummel war wirklich schon ziemlich tot.«

»Wer nichts hat, darf eben nicht wählerisch sein«, sagte Glubbslyme. »Hol jetzt deinen Besenstiel her, und dann werden wir uns mit deiner kümmerlichen Salbe einreiben.«

Da gab es das nächste Problem.

»Ich habe keinen Besenstiel«, sagte Rebecca.

»Keinen Besenstiel?«, fragte Glubbslyme entgeistert. »Dürfte ich wohl fragen, womit man hier den Boden fegt?«

Rebecca ging an den Schrank und holte Staubsauger, Handfeger und Kehrschaufel hervor. Da Glubbslyme nicht verstand, was es mit dem Staubsauger auf sich hatte, schaltete sie ihn ein, um ihn der Kröte vorzuführen. Die kreischte auf und flüchtete mit einem Sprung ins Spülbecken.

»Keine Angst, Glubbslyme, der ist nicht gefährlich – Ehrenwort«, sagte Rebecca und schaltete das Gerät wieder aus. »Ich hatte früher auch Angst vor dem Staubsauger, aber nur, als ich noch ganz klein war.«

»Ich nehme an, du warst nie so klein, dass dieser grässliche Rüssel dich hätte einsaugen können«, bemerkte Glubbslyme schaudernd. »Sei so gut und verbanne ihn wieder in den Schrank. Den Kinderbesen werden wir auch nicht brauchen. Für jemanden wie mich wäre er wohl ein angemessenes Ross, aber so eine gewaltige Last wie dich könnte er nicht tragen.«

Rebecca war gekränkt. Sie war vielleicht ein bisschen pummeliger als Sarah und die magere, alte Mandy, aber *dick* war sie nun wirklich nicht.

»Und was sollen wir *dann* nehmen?«, fragte sie, während sie den Staubsauger und den Handfeger wieder wegräumte.

Glubbslyme spähte in die Tiefen des Schrankes.

»Was ist das für ein langer, gescheckter Stab in der Ecke dort?«, fragte sie.

Rebecca begriff, dass sie den rotgelben Regenschirm ihres Vaters meinte.

»Der wird ausreichen«, entschied Glubbslyme. »Trag die Salbe auf. Jetzt lernen wir, wie man fliegt.«

Rebecca steckte die Finger in die ekelhafte Ariel-Salbe und strich sich ein bisschen davon auf Arme und Beine. Sie versuchte möglichst wenig von den kleinen, schwarzen Stückchen zu erwischen, weil sie fürchtete, dass sie von der Hummel waren. Die Salbe verursachte ein unangenehmes Jucken. Rebecca hoffte nur, dass sie keinen Ausschlag davon bekommen würde. Sie hatte nämlich eine sehr empfindliche Haut.

»Bei mir auch«, befahl Glubbslyme.

Rebecca rieb die Salbe auf den warzigen Krötenrücken. Glubbslyme hatte offenbar keine empfindliche Haut, aber als Rebecca über ihren Bauch strich, kicherte die Kröte wie närrisch und krümmte sich.

»Lass ab!«, japste sie. »Ich bin über alle Maßen kitzelig.«

Rebecca musste vor lauter Aufregung selbst kichern. Glubbslyme befahl ihr, sich auf das Ross zu schwingen. Rebecca klemmte sich den Regenschirm zwischen die Beine, wobei sie sich ziemlich albern vorkam. Sie musste daran denken, wie sie früher mit dem Steckenpferd gespielt hatte, und war kurz davor, den Schirm mit einem Schnalzen anzutreiben.

»Steigst du nicht mit auf?«, fragte sie Glubbslyme.

»Nicht, solange es sich vermeiden lässt«, antwortete die Kröte. »Jetzt konzentrier dich, Kind. Bring den gescheckten Stab mit deinem *Willen* dazu, sich in den Äther zu erheben.«

Rebecca strengte ihre Willenskraft an, so sehr sie konnte. Sie kniff vor Anstrengung die Augen fest zu. Doch es tat sich überhaupt nichts. Sie blieb mit dem Regenschirm zwischen den Beinen auf dem ungewischten Küchenfußboden stehen.

»Streng dich mehr an! Konzentration!«, kommandierte Glubbslyme.

Rebecca strengte sich an. Sie konzentrierte sich, bis sie

glaubte, ihr Kopf müsste jeden Moment zerspringen, aber es geschah immer noch nichts. Glubbslyme schlug vor, noch mehr von der Salbe aufzutragen. Also bestrich Rebecca sich damit, bis ihre Arme und Beine ganz weiß waren. Sie rieb sich auch im Gesicht und sogar unter dem T-Shirt ein. Aber vergebens – außer dass sie sich entsetzlich steif und klebrig fühlte, erreichte sie nichts.

»Du scheinst aber auch nicht ein Fünkchen Begabung zu haben«, grummelte Glubbslyme. »Ich werde wohl doch mit aufsteigen müssen.«

Sie hüpfte ganz vorsichtig hinter Rebecca auf den Besenstiel. Sofort begann er zu zucken.

»Erbarmen! Mein armer Magen!«, stöhnte Glubbslyme.

»Er bewegt sich, Glubbslyme!«, schrie Rebecca aufgeregt. »Er kommt hoch, ich hab's gespürt!«

»Ich fürchte nur, mein Sirupbrei kommt auch gleich hoch«, sagte Glubbslyme. »Bist du sicher, dass du wirklich fliegen willst?«

»O ja, ja, ich will's!«

»So sei es also«, seufzte Glubbslyme. »Sprich den magischen Befehl.«

Rebecca murmelte schnell sieben Mal hintereinander den Namen Glubbslyme, während die Kröte dazu ein, zwei, drei, vier, fünf, sechs, sieben Mal die Augen rollte. Der Schirm zuckte wieder und fuhr dann so ruckartig in die Höhe, dass Rebecca das Gleichgewicht verlor. Sie rutschte ab und begrub Glubbslyme unsanft unter sich. Eine Sekunde lang hingen die beiden unter Gekreische und Tumult buchstäblich in der Luft, ehe sie nebeneinander auf den Küchenboden plumpsten. Der Regenschirm blieb reglos liegen, wo er gelandet war. Glubbslyme dagegen blieb durchaus nicht reglos liegen. Sie hopste erbost quakend auf und ab und rieb sich ihr gequetschtes Vorderbein und den angeschlagenen Kopf. Rebecca hatte sich den Knöchel verknackst und war mit dem Kopf auf die Tischkante geprallt, aber sie wagte es nicht, sich zu beklagen. Stattdessen konzentrierte sie sich darauf, Glubbslyme zu besänftigen, was nicht so einfach war.

»Das haben wir dir zu verdanken, du tolpatschiger Einfaltspinsel ohne einen Funken Verstand!«, fauchte die Kröte.

»Ich weiß, Glubbslyme, und es tut mir ja so Leid, wirklich. Beim nächsten Mal quetsche ich dich bestimmt nicht wieder ein, Ehrenwort. Das war nur, weil plötzlich alles so schnell ging. Ich war gar nicht darauf gefasst. Bitte, lass es uns noch mal versuchen. Du kannst ja vor mir sitzen, dann bist du auf der sicheren Seite.«

»Wo du mit dabei bist, da gibt es keine sichere Seite«, grummelte Glubbslyme, doch sie hüpfte wieder zu dem Schirm hinüber und kauerte sich auf den Griff. Rebecca folgte ihr, klemmte sich den Schirm zwischen die Beine und klammerte sich zusätzlich mit beiden Händen krampfhaft fest. Sie stimmte wieder das siebenfache Glubbslyme an. Glubbslyme rollte entnervt mit den Augen – ein, zwei, drei, vier, fünf, sechs, sieben Mal – und der Schirm erwachte zitternd zum Leben. Er stieg in die Luft auf – und Rebecca und Glubbslyme mit ihm. Schon schwebten sie in Höhe der Tischplatte.

»Es klappt! Es klappt!«, schrie Rebecca. Sie geriet vor Aufregung so außer sich, dass sie wild mit den Beinen strampelte, um sich zu vergewissern, dass sie wirklich über dem Boden schwebte. Daraufhin schwebte sie allerdings nicht mehr sehr lange. Das Gezappel brachte den Schirm in Schräglage; er stieß gegen die Küchenregale, riss die Keksdose zu Boden und geriet durch den Aufprall ins Trudeln. Rebecca und Glubbslyme trudelten mit und landeten gleich darauf wieder auf dem Küchenfußboden. Der Schirm wirbelte noch ein paar Sekunden in der Luft herum, als ob er gar nicht bemerkt hätte, dass sie nicht mehr da waren. Als er schließlich abstürzte, prallte er so heftig gegen den Türrahmen, dass ein großes Stück vom Lack absplitterte.

»Oh, Hilfe«, sagte Rebecca benommen.

Glubbslyme sagte sekundenlang gar nichts, sondern blieb flach auf dem Rücken liegen und zuckte nur.

»Glubbslyme? Dir ist doch nichts passiert, oder?«, fragte Rebecca ängstlich.

»Mir ist ganz ungeheuerlich *viel* passiert«, antwortete Glubbslyme, rappelte sich auf und klopfte sich die Kekskrümel ab. Ganz in Gedanken knabberte sie einen und machte sich dann auch über die anderen her. »Wir werden fortan von dieser närrischen Fliegerei ablassen. Alles geht drunter und drüber, man tut sich weh und macht sich völlig lächerlich. Dir mag das ja gefallen – mir jedenfalls nicht.«

»Aber ich kann doch jetzt nicht aufgeben, wo ich gerade angefangen habe, den Dreh rauszukriegen«, protestierte Rebecca.

»›Den Dreh‹ vom Fallen hast du raus, nicht den vom Fliegen«, versetzte Glubbslyme.

»Können wir nicht noch ein bisschen weitermachen, bitte? Ich hab's doch wirklich schon geschafft. Ich war richtig in der Luft.«

Glubbslyme seufzte. Rebecca sammelte ein paar größere Keksbrocken für die Kröte auf, um sie umzustimmen. Nachher würde sie den Küchenboden gründlich fegen müssen, und was den abgesplitterten Lack am Türrahmen betraf, musste sie sich auch noch etwas einfallen lassen, aber darüber würde sie sich später Gedanken machen.

Es hätte ohnehin wenig Sinn gehabt, sich den Kopf darüber zu zerbrechen, denn beim nächsten Flugversuch riss sie auch noch die Cornflakes-Schachtel aus dem Regal, und das Mal darauf brachte sie es fertig, mit Schwung gegen die Wand zu fliegen. Die Spitze vom Regenschirm ihres Vaters schlug ein großes Stück aus dem Putz heraus. Das machte Rebecca nun ernsthaft Sorgen, und sie versuchte den Schaden provisorisch mit dem Rest der Ariel-Salbe auszubessern, die sich jedoch als völlig ungeeignet erwies.

»Was wird Dad nur dazu sagen?«, flüsterte sie – aber das Fliegen hatte sich so wunderbar angefühlt, dass sie ihre Bedenken darüber schnell wieder vergaß. Sie entschied, dass die Küche einfach zu eng war, und überredete Glubbslyme dazu, sich stattdessen auf dem oberen Treppenabsatz auf den Schirm zu hocken.

Das war gar keine schlechte Idee. Rebecca konnte den Schirm lenken, indem sie sich an den Seiten abstieß. Die beiden flogen in leichtem Zickzack die ganze Treppe hinunter und landeten Hals über Kopf im Flur, aber alles in allem war es doch ein ganz ordentlicher Flug.

»Fantastisch!«, rief Rebecca und hüpfte vor Begeisterung auf und ab. »Das ist Massen besser als Fahrrad oder Schlitten fahren.«

»Nur die Ruhe«, stöhnte Glubbslyme. »Es besteht kein Grund, umherzuspringen wie ein Gummiball. Mir ist schon schwindelig genug, auch ohne dass du so närrisch auf und ab hopst.«

»Ach, Glubbslyme, von so einem kurzen Flug kann dir doch nicht schwindelig sein! Komm schon, wir starten noch mal. Und noch mal und noch mal und noch mal.«

»*Du* startest meinetwegen noch mal und noch mal. *Ich* bleibe hier liegen und mache die Augen erst wieder auf, wenn die Welt aufhört, sich zu drehen«, stöhnte Glubbslyme.

Rebecca überlegte, ob sie es wohl tatsächlich auch allein

könnte. Immerhin schien es ja, als hätte sie den Bogen heraus. Sie beschloss, einen Versuch zu wagen. Allerdings startete sie diesmal wohlweislich nicht vom oberen Treppenabsatz, sondern stieg nur drei Stufen hinauf, klemmte sich den Schirm zwischen die Beine und stieß sich ab. Das war auch ganz gut so, denn sie schlug prompt mit Knien und Kinn auf dem Boden auf. Sie blieb in dieser Haltung liegen – das Hinterteil in die Höhe gestreckt – und fragte sich erst einmal, ob sie sich wohl die Zähne ausgeschlagen hätte. Sie fuhr kräftig mit der Zunge darüber, doch anscheinend waren noch alle an ihrem Platz. Anschließend überlegte Rebecca, ob sie sich den Kiefer ausgerenkt hätte, aber als sie sich aufsetzte, stellte sie fest, dass sie ihn mühelos, wenn auch unter Schmerzen bewegen konnte.

»Was ziehst du so entsetzliche Grimassen?«, fragte Glubbslyme. »Hast du einen Anfall?«

»Nein, natürlich nicht. Ich bringe nur gerade mein Gesicht wieder in Ordnung, weil es ein bisschen angeschlagen ist. Ach, Glubbslyme, ohne dich kann ich überhaupt nicht fliegen.«

»Das ist mir nicht entgangen«, sagte Glubbslyme.

»Und – machst du noch mal mit? Zum *allerletzten* Mal?«

Glubbslyme ließ sich widerwillig überreden. Sie flogen vom oberen Treppenabsatz bis ganz nach unten. Abgesehen von einem Zusammenstoß mit dem Geländer war der Flug perfekt. Rebecca versuchte es mit einem weiteren allerletzten Mal. Und dann mit noch einem. Sie konnte inzwischen schon ein bisschen steuern, und diesmal gelang ihr sogar eine anständige Landung, mit den Füßen voran.

»Ich kann's! Ich kann's!«, schrie sie triumphierend.

»Ich?«, fragte Glubbslyme.

»Wir. Du. Ach, Glubbslyme, kein Wunder, dass du so berühmt warst. Du bist wirklich großartig. Du bist die magischste Kröte aller Zeiten. Ich bin so stolz und so froh, dass du meine Vertraute bist!«

***

JACQUELINE WILSON ist laut der Zeitschrift *Time* die »zweitberühmteste britische Kinderbuchautorin« nach J. K. Rowling. Sie hat rund siebzig Bücher geschrieben, von denen insgesamt über vier Millionen Exemplare verkauft wurden, und erhielt zahlreiche Auszeichnungen, unter anderem den Children's Book Award und den Smarties Prize. Sie wurde mehrmals für die Carnegie Medal vorgeschlagen.

Jacqueline Wilson wurde in Somerset geboren und begann ihre berufliche Laufbahn bei Zeitschriften. Das Teenagermagazin *Jackie* wurde sogar nach ihr benannt. Rückblickend sagt sie: »Was ich erreichen wollte, war verlegt zu werden, ein paar nette Kritiken zu bekommen und vielleicht mal einen Preis zu gewinnen. Ich hätte mir niemals träumen lassen, dass meine Bücher Bestseller würden.« Wilson eroberte die Herzen ihrer Leser mit ihren gelungenen Geschichten über geistreiche, lebhafte und humorvolle junge Mädchen in den unterschiedlichsten Lebenslagen – manche stammen aus zerrütteten Familien, andere haben Erlebnisse, die ans Übernatürliche grenzen. Zu den gruseligsten ihrer Bücher gehören *The Monster in the Cupboard*, die Serie über Stevie Day mit Titeln wie *Stevie Day, Supersleuth* und *Stevie Day, Vampire* sowie die unheimliche Abenteuergeschichte *The Werepuppy*. Jacqueline Wilson besucht regelmäßig Schulen – »gut fürs Image«, wie sie sagt –, leitet Kinderkurse in kreativem Schreiben und ist nach eigenen Aussagen eine begeisterte Leserin – angeblich besitzt sie zu Hause eine Sammlung von über zehntausend Büchern!

John Wyndham

Überraschungs-Ei aus China

Drachen spielen in der Geschichte der Zauberei zweifellos eine Hauptrolle. Von Merlins Zeit bis in die Gegenwart wird immer wieder von ihnen berichtet. Drachen kommen weltweit in unterschiedlichen Spezies vor – von den gefährlichen in Britannien und Europa wie beispielsweise dem, den der Heilige Georg besiegte, bis hin zu den gütigen Drachen in der chinesischen Mythologie. Die Überlieferungen von Letzteren reichen dreitausend Jahre und mehr zurück. Zu den berühmten Drachen in der Literatur zählen der böse Smaug in Tolkiens Der Herr der Ringe, *die prächtigen, majestätischen Exemplare, die in Ursula Le Guins Bücherserie über den* Magier der Erdsee *in den 1960er- und 1970er-Jahren auftreten, sowie der große, böse Drache und die Horde kleinerer, harmloser Drachen, die anfällig für Schluckauf sind, in Terry Pratchetts komischem Scheibenwelt-Roman* Wachen, Wachen! *Auch aus den Harry* Potter*-Geschichten sind Drachen nicht wegzudenken. Harrys bester Freund, Ron Weasley, ist ein großer Experte auf diesem Gebiet. Als Harry zum Beispiel einmal behauptet, in Großbritannien gebe es keine wilden Drachen mehr, widerspricht Ron energisch: »Natürlich gibt es welche – den Gemeinen Walisischen*

Gründrachen und den Hebridischen Schwarzdrachen.« Drachen haben auch ihren festen Platz in den Legenden von Hogwarts – das Schulmotto Draco Dormiens Nunquam Titillandus *heißt übersetzt: »Man soll keine schlafenden Drachen kitzeln« und in der Schulbibliothek finden sich Titel wie:* Drachenarten Großbritanniens und Irlands *und* Vom Ei zum Inferno: Ein Handbuch für Drachenhalter. *(Als Nahrung für Drachenbabys empfiehlt J. K. Rowling übrigens eine Mischung aus Hühnerblut und Schnaps!) In der folgenden Geschichte schickt Dafydd seinen Eltern in Wales ein merkwürdiges Ei aus China. Zu Hause in Llangolwgcoch weiß niemand so recht, was es ist – bis zu dem Tag, als die Eltern die Eierschale zerbrochen vorfinden und ein eidechsenartiges Wesen mit langem, grünlich blauem Schwanz vor sich sehen, das sie aus roten Glubschaugen anfunkelt. Als das Wesen plötzlich schnaubt und dabei zwei Stichflammen und eine Rauchwolke ausstößt, dämmert es den beiden allmählich …*

***

Als Hwyl von der Arbeit kam, bemerkte er als Erstes das Päckchen, das herausfordernd auf der Kommode wartete.

»Von Dai?«, fragte er seine Frau.

»Ja, genau. Japanische Briefmarken sind drauf«, antwortete sie.

Er ging hin, um es in Augenschein zu nehmen. Es sah aus wie eine kleine Hutschachtel – würfelförmig mit einer Kantenlänge von vielleicht fünfundzwanzig Zentimetern. Die Adresse lautete: Mr. und Mrs. Hwyl Hughes, Ty Derwen, Llynllawn, Llangolwgcoch, Brecknockshire, S.-Wales. Sie war besonders sorgfältig geschrieben, damit sie auch für Ausländer leserlich war. Außerdem klebte ein weiteres handgeschriebenes Schild darauf, auf dem in Rot und ebenfalls sehr deutlich stand: VORSICHT EIER – Sehr zerbrechlich.

»Komisch ist das, Eier von so weit her zu schicken«, sagte Hwyl. »Eier haben wir hier doch mehr als genug. Könnten Schokoladeneier sein, denk ich.«

»Du kommst jetzt erst mal her zum Tee, Mann«, befahl Bronwen. »Den ganzen Tag guck ich nun schon das olle Päckchen an, da wird's auch noch ein bisschen länger warten können.«

Hwyl setzte sich an den Tisch. Zwischendurch wanderte sein Blick allerdings von Zeit zu Zeit zu dem Päckchen hinüber.

»Vorsichtig muss man sein, falls sie echt sind, die Eier«, bemerkte er. »Gelesen hab ich mal in einem Buch, dass sie in China Eier jahrelang lagern. In der Erde vergraben sie sie, als Delikatessen. Merkwürdig ist dir das, jawohl. Komisch geht das da zu in China, nicht so wie hier in Wales, gar nicht.«

Bronwen erwiderte bloß, dass es in Japan vielleicht auch nicht so zuginge wie in China.

Nach dem Essen, als der Tisch abgeräumt war, wurde das Päckchen herbeigeholt. Hwyl schnitt die Kordel durch und wickelte das braune Papier ab. Darin befand sich eine Blechdose, deren Deckel mit Klebeband befestigt war. Als dieses entfernt war, stellte sich heraus, dass die Dose bis zum Rand mit Sägemehl gefüllt war. Mrs. Hughes holte in weiser Voraussicht ein Stück Zeitungspapier, um den Tisch abzudecken. Hwyl steckte die Finger in das Sägemehl.

»Da ist was, da drin«, verkündete er.

»Dumm bist du. Natürlich ist was drin«, sagte Bronwen und stieß seine Hand beiseite.

Sie ließ etwas von dem Sägemehl auf die Zeitung rieseln und steckte dann selbst die Finger in die Dose. Was immer es sein mochte – für ein Ei fühlte es sich viel zu groß an. Sie kippte noch mehr Sägemehl aus und tastete weiter. Dabei stieß sie auf ein Blatt Papier. Sie zog es heraus und legte es auf den Tisch. Es war ein Brief in Dafydds Handschrift. Dann griff sie noch einmal in das Kästchen, schob die Finger unter das, was darin lag, und hob es behutsam heraus.

»Also sowas! Nun sieh dir das nur an! Ja, gibt's das denn?«, rief sie aus. »Eier, hat da gestanden, wie?«

Die beiden betrachteten das Ding ein Weilchen voller Staunen.

»So groß ist es. Seltsam auch«, sagte Hwyl schließlich.

»Was für ein Vogel das sein mag, der solche Eier legt?«, fragte Bronwen.

»Strauß vielleicht?«, vermutete Hwyl.

Doch Bronwen schüttelte den Kopf. Sie hatte einmal in einem Museum ein Straußenei gesehen, und soweit sie sich erinnern konnte, hatte es ganz und gar nicht so ausgesehen wie dieses hier. Das Straußenei war etwas kleiner gewesen und hatte eine ziemlich raue, matte, gelbliche Schale gehabt. Dieses Ei dagegen war glatt und glänzend und wirkte keineswegs so leblos. Es war geradezu eine Schönheit und schimmerte wie Perlmutt.

»Eine Perle womöglich?«, fragte sie ehrfürchtig.

»Närrisch bist du«, sagte ihr Mann. »Von einer Auster, so groß wie das Rathaus von Llangolwgcoch, meinst du wohl?«

Er wühlte noch einmal in der Blechdose, doch »Eier« war anscheinend nicht buchstäblich zu verstehen. Jedenfalls steckte kein zweites darin – es wäre auch gar kein Platz dafür gewesen.

Bronwen füllte etwas von dem Sägemehl in eine ihrer besten Servierschalen und bettete das Ei behutsam darauf. Dann setzten die beiden sich hin, um den Brief von ihrem Sohn zu lesen.

S. S. Tudor Maid,
Kobe.

Liebe Mama, lieber Papa,
ihr werdet bestimmt überrascht sein über das was ich euch da schicke ich wars auch. Es ist ein komisches Ding ich glaub sie haben in China auch komische Vögel warum nicht schließlich gibts hier auch Pandas. Wir haben ungefähr hundert Meilen vor der chinesischen Küste einen kleinen Sampan gefunden mit gebrochenem Mast der wär besser nie in See gestochen und alle an Bord waren tot bis auf zwei jetzt sind alle tot. Aber einer der noch nicht tot war der hatte dieses Ei oder was ganz in eine gefütterte Jacke eingewickelt wie ein Baby nur dass ich da noch nicht wusste dass es ein Ei ist erst später. Einer von denen ist beim an Bord kommen gestorben aber dieser andere hat noch zwei Tage durchgehalten obwohl ich mein Möglichstes für ihn getan hab so gut ich konnte. Ich fands schade dass keiner hier Chinesisch versteht denn er war ein netter kleiner Kerl und einsam und wusste dass es um ihn geschehen war aber naja. Und als er merkte dass es zu Ende ging da hat er mir das Ei gegeben und ganz leise noch was geflüstert aber ich hätts ja eh nicht verstanden. Ich konnte nichts weiter machen als es nehmen und so vorsichtig halten wie er vorher und ihm sagen ich würd mich drum kümmern bloß dass er mich ja auch nicht verstehen konnte. Dann hat er noch was gesagt und ganz ängstlich ausgeschaut und dann war er tot der Arme.

Da ist es also. Ich weiß dass es ein Ei ist weil ich ihm mal ein gekochtes Ei gebracht hab da hat er immer von dem einen auf das andere gezeigt damit ichs verstehe nur weiß niemand hier an Bord was für ein Ei. Aber wo ich ihm doch versprochen hab dass ich drauf aufpasse da schick ichs euch damit ihrs für mich aufbewahrt denn hier auf dem Schiff ist sowieso nirgendwo was sicher und ich hoffe nur dass es auch nicht unterwegs kaputt geht.

Hoffentlich gehts euch gut so wie mir und ich grüße alle ganz lieb und euch ganz besonders,

Dai

»Also das ist dir aber mal seltsam, das«, sagte Mrs. Hughes, als sie zu Ende gelesen hatte. »*Aussehen* tut's ja schon wie ein Ei – so die Form«, räumte sie ein. »Nur die Farbe nicht. Die ist schön, ist sie. So wie bei Regen, wenn Öl auf der Straße ist, so sieht das aus. Aber so ein Ei wie das hab ich noch nie gesehen, im Leben nicht. Matt sind Eier und nicht so glänzend.«

Hwyl betrachtete es immer noch nachdenklich.

»Ja. Schön ist es wohl«, stimmte er zu, »aber wozu ist es nütze?«

»Nütze – also wirklich!«, schimpfte seine Frau los. »Uns anvertraut ist es, und in Ehren halten müssen wir es. Gestorben ist der arme Mann, und unser Dai hat ihm sein Wort gegeben. Nur – wie wir es sicher für ihn aufbewahren können, bis er zurück ist, das frag ich mich.«

Sie blickten beide eine Weile gedankenverloren auf das Ei.

»Mächtig weit weg ist China«, bemerkte Bronwen tiefsinnig.

Doch zunächst blieb das Ei noch einige Tage auf der Kommode ausgestellt. Die Kunde davon verbreitete sich schnell im ganzen Tal, und die Besucher wären beleidigt gewesen, wenn sie es nicht zu sehen bekommen hätten. Bronwen fand, es ständig hervorzuholen und wieder wegzuräumen, wäre riskanter, als es gleich offen liegen zu lassen.

Fast alle fanden das Ei sehenswert. Idris Bowen, der drei Häuser weiter wohnte, war praktisch als Einziger anderer Ansicht.

»Eiförmig ist es ja«, räumte er ein, »aber in Acht nehmen sollten Sie sich, Mrs. Hughes. Ein Fruchtbarkeitssymbol wird es wohl sein und außerdem gestohlen, denke ich.«

»Mr. Bowen ...«, begann Bronwen entrüstet.

»Aber natürlich von den Männern auf dem Boot, Mrs. Hughes. Flüchtlinge aus China waren das sicher, sehen Sie. Verräter des chinesischen Volkes. Haben mitgenommen, was sie nur tragen konnten, ehe die ruhmreiche Armee der Arbeiter und Bauern sie zu fassen bekam. Immer das Gleiche ist es, das werden Sie noch sehen, wenn die Revolution erst Wales erreicht.«

»Du meine Güte, Mr. Bowen, das ist dir ja wohl ein Witz. Noch aus einem alten Stiefel würden Sie Propaganda schlagen, glaub ich«, sagte Bronwen.

Idris Bowen runzelte die Stirn. »Ein Witz ist das durchaus nicht, Mrs. Hughes. Und was so ein rechtschaffener Stiefel ist, der gibt schon auch noch Propaganda her«, verkündete er und zog würdevoll von dannen.

Ehe die Woche herum war, hatte praktisch jeder im Dorf das Ei gesehen und sich von Mrs. Hughes versichern lassen, nein, sie wisse nicht, was für ein Geschöpf es gelegt habe. Schließlich schien es an der Zeit zu sein, es bis zu Dafydds Rückkehr sicher unterzubringen. Es gab nicht viele Orte im Haus, von denen Bronwen sicher sein konnte, dass es dort ruhig und ungestört liegen würde. Nach einigem Nachdenken entschied sie sich für den Trockenschrank. Sie bettete das Ei auf das restliche Sägemehl in der Dose und verstaute es dort.

Da blieb es einen Monat lang – aus den Augen und mehr oder weniger auch aus dem Sinn – bis zu dem Tag, als Hwyl von der Arbeit kam und seine Frau ziemlich verstört am Tisch sitzen sah. Sie hatte einen Verband am Finger und schien ihren Mann schon sehnlichst erwartet zu haben.

»Ausgebrütet ist es«, bemerkte sie.

Hwyl machte ein völlig verständnisloses Gesicht – kaum nachvollziehbar für jemanden, der den ganzen Tag nur an eines gedacht hatte.

»Dais Ei«, erklärte Bronwen. »Ausgebrütet ist es, sag ich dir.«

»Also, das ist dir ja ein Ding!«, rief Hwyl. »Und, ein hübsches, kleines Küken ist es wohl, wie?«

»Kein Küken ist es, ganz und gar nicht. Ein Ungeheuer ist es, jawohl, und gebissen hat es mich!« Sie hielt ihren verbundenen Finger in die Höhe.

Dann erzählte sie, wie sie am Morgen an den Trockenschrank gegangen war, um ein frisches Handtuch zu holen. Als sie hineingriff, hatte etwas sie schmerzhaft in den Finger gezwickt. Zuerst hatte sie gedacht, es sei vielleicht eine Ratte, die irgendwie aus dem Hof hereingeschlüpft war, doch dann hatte sie die offene Dose mit der zerbrochenen Eierschale bemerkt.

»Wie schaut es aus?«, fragte Hwyl.

Bronwen gestand, dass sie nicht viel gesehen hatte: zuerst nur einen langen, grünlich blauen Schwanz, der hinter einem Stapel Bettlaken hervorlugte. Als das Wesen sie dann über den Wäschestapel hinweg mit roten Augen angefunkelt hatte, war sie zu dem Schluss gekommen, dass diese Angelegenheit Männersache sei. Sie hatte die Tür zugeknallt und sich um ihren verletzten Finger gekümmert.

»Also ist es da drin, immer noch?«, fragte Hwyl.

Sie nickte.

»Na gut, ansehen woll'n wir es uns dann mal«, sagte er entschlossen.

An der Tür machte er noch einmal kehrt, um sich ein Paar dicke, feste Arbeitshandschuhe zu holen. Bronwen machte keine Anstalten, ihn zu begleiten.

Man hörte seine schlurfenden Schritte, dann einen Ausruf oder zwei, und anschließend kamen die Schritte wieder die Treppe herunter. Hwyl trat ein und stieß die Tür mit dem Fuß hinter sich zu. Er hatte das Wesen mitgebracht. Als er es auf dem Tisch absetzte, blieb es ein paar Sekunden lang reglos zusammengekauert hocken. Nur die Augen blinzelten.

»Gefürchtet hat er sich, glaub ich«, bemerkte Hwyl.

Der Körper des Wesens erinnerte ein wenig an eine Eidechse – eine große Eidechse allerdings, denn es war über dreißig Zentimeter lang. Die Schuppen auf seiner Haut waren wesentlich größer und hier und da nach außen gebogen, sodass sie wie Flossen abstanden. Und der Kopf ähnelte ganz und gar nicht dem einer Eidechse. Er war viel runder, mit breitem Maul, weiten Nüstern und einem Paar roter Glubschaugen, und wirkte insgesamt etwas verbeult. Um den Hals herum hatte das Geschöpf eine Art Mähne aus merkwürdigen, wimpelartigen Anhängseln, die wie verklebte Haarlocken aussahen. Es war größtenteils grün mit blauen Sprenkeln und einem metallischen Glanz, wies jedoch am Kopf und im unteren Teil der Mähne eine leuchtend rote Zeichnung auf. Auch an den Beinansätzen und an den Füßen, die in spitzen, gelben Krallen endeten, war es stellenweise rot. Alles in allem war es eine außerordentlich farbenfrohe und exotische Erscheinung.

Es beäugte Bronwen Hughes einen Moment lang, warf Hwyl einen bösen Blick zu und begann dann auf der Tischplatte umherzulaufen und nach einer Stelle zu suchen, wo es hinunterklettern könnte. Die Hughes sahen ihm sekundenlang zu, dann blickten sie sich an.

»Na, das ist dir aber mal wirklich biestig«, bemerkte Bronwen.

»Biestig mag es wohl sein, aber schön ist es auch, sieh nur«, sagte Hwyl.

»Hässliches olles Gesicht«, versetzte Bronwen.

»Ja, schon. Aber hübsche Farben doch, schau. Großartig ist das. Wie Technicolor, so kommt es mir vor«, sagte Hwyl.

Das Wesen schien drauf und dran zu sein, vom Tisch zu springen. Hwyl beugte sich vor und packte es. Es wand sich und versuchte ihn zu beißen, aber er hielt es so dicht hinter dem Kopf, dass es seine Hand mit dem Maul nicht erreichen konnte. Es hielt ein Weilchen still und schnaubte dann plötzlich. Dabei schossen zwei Stichflammen und eine Rauchwolke aus seinen Nüstern hervor. Hwyl ließ es sofort fallen – eher vor Schreck als vor Angst. Bronwen stieß einen Schrei aus und kletterte hastig auf einen Stuhl.

Das Wesen schien selbst ein wenig überrascht zu sein. Es blieb ein paar Sekunden lang stehen, wiegte den Kopf und klopfte mit dem geschmeidigen Schwanz, der genauso lang war wie der Körper, auf den Boden. Dann flitzte es zum Kaminvorleger hinüber und rollte sich vor dem Feuer zusammen.

»Ja verdammich! Das ist dir ja wohl ein Ding!«, rief Hwyl, der es ein wenig besorgt beobachtete. »Feuer war das gerade, denk ich. Also, wie das zugeht, das wüsste ich mal gern.«

»Feuer, allerdings, und Rauch noch dazu«, bestätigte Bronwen. »Zum Fürchten war dir das, und normal ist es nicht, ganz und gar nicht.«

Sie beäugte das Wesen misstrauisch. Da es sich offensichtlich auf ein Nickerchen eingestellt hatte, wagte sie sich wieder vom Stuhl herunter. Dabei behielt sie es allerdings scharf im Blick und machte sich darauf gefasst, sich bei der kleinsten Bewegung wieder in Sicherheit zu bringen. Dann sagte sie: »Nie hätte ich gedacht, dass ich mal so einen zu sehen bekomme. Und ob es so gut ist, ihn im Haus zu haben, das weiß ich auch nicht recht.«

»Also, was meinst du denn damit jetzt?«, fragte Hwyl verwirrt.

»Na, einen Drachen, natürlich«, erwiderte Bronwen.

Hwyl starrte sie an. »Drachen!«, rief er. »Verrückt bist ...« Er stockte, betrachtete das Wesen noch einmal eingehend und warf dann einen Blick auf seinen Handschuh, der von der Stichflamme angesengt war. »Nein, verdammich!«, sagte er. »Recht hast du. Ein Drache ist es, das mein ich wohl auch.«

Voller Unbehagen schauten beide zum Kamin hinüber.

»Ein Glück nur, dass ich nicht in China lebe«, bemerkte Bronwen.

Diejenigen, die während der nächsten ein oder zwei Tage Gelegenheit hatten, das Wesen anzusehen, schlossen sich fast samt und sonders der Theorie an, dass es sich um einen Drachen handelte. Um sich zu vergewissern, steckten sie Stöckchen durch das Maschendrahtgitter des Käfigs, den Hwyl dem seltsamen Geschöpf inzwischen gebaut hatte. Dieses reagierte jedes Mal, wenn es gereizt wurde, mit einem erbosten, feurigen Schnauben. Selbst Mr. Jones, der Dorfpfarrer, zweifelte nicht an seiner Echtheit. Dazu, dass es sich in seiner Gemeinde aufhielt, wollte er sich allerdings vorläufig lieber nicht äußern.

Bronwen Hughes bereitete der Piesackerei mit Stöckchen jedoch bald ein Ende. Zum einen fühlte sie sich Dai gegenüber für das Wohlergehen des Wesens verantwortlich, und zum anderen begann es reizbar zu werden und plötzlich grundlos Feuer zu speien. Im Übrigen fand sie, auch wenn Mr. Jones noch nicht darüber entschieden hatte, ob es als Geschöpf Gottes zu betrachten sei, ständen ihm doch bis auf weiteres dieselben Rechte zu wie aller stummen Kreatur. Also brachte sie ein Schild am Käfig an: BITTE NICHT REIZEN und wachte die meiste Zeit selbst darüber, dass die Besucher sich daran hielten.

Fast ganz Llynllawn und dazu eine ganze Menge Leute aus Llangolwgcoch kamen, um das Wesen anzusehen. Manchmal warteten sie eine Stunde oder länger darauf, dass es Feuer spie. Wenn ihre Geduld schließlich belohnt wurde, verabschiedeten sie sich in der vollen Überzeugung, dass es sich um einen Drachen handelte. Wenn das Wesen dagegen friedlich und nicht zum Feuerspeien aufgelegt war, gingen sie hin und erzählten ihren Freunden, dass es in Wirklichkeit nur eine mickrige, ganz gewöhnliche Eidechse sei – wenn auch eine große, wohlgemerkt.

Idris Bowen bildete die Ausnahme. Er hatte erst bei seinem dritten Besuch das Glück zu sehen, wie das Wesen Feuer spie, aber selbst das überzeugte ihn nicht.

»Ungewöhnlich, das ist es allerdings«, räumte er ein. »Aber ein Drache ist es nicht. Da muss man sich doch nur mal dagegen den Drachen von Wales ansehen oder den vom Heiligen Georg. Feuer speien, das ist schon was, das geb ich zu. Aber Flügel, die gehören auch dazu, ohne die ist es kein richtiger Drache.«

Aber von Idris war ja nichts anderes zu erwarten, und man beachtete seine Mäkelei gar nicht weiter.

Nach etwa zehn Tagen mit abendlichen Besucherströmen flaute das Interesse allmählich ab. Wenn man den Drachen erst einmal gesehen und sich über seine leuchtenden Farben begeistert hatte, gab es nicht mehr viel hinzuzufügen. Man konnte nur noch froh sein, dass die Hughes ihn im Haus hatten und nicht man selbst, und darüber spekulieren, wie groß er wohl noch werden würde. Der Drache tat nämlich kaum etwas anderes, als in seinem Käfig zu hocken und zu blinzeln. Wenn man Glück hatte, stieß er dann und wann eine kleine Stichflamme aus. So hatten die Hughes ihr Haus nach einer Weile wieder halbwegs für sich.

Als der Drache nicht mehr von Besuchern belästigt wurde, erwies er sich als recht friedlich. Er schnaubte Bronwen nie an und Hwyl nur ganz selten. Bronwens anfängliche Abneigung verflog schnell, und sie spürte, wie das Wesen ihr ans Herz wuchs. Sie pflegte es, fütterte es – hauptsächlich mit Pferdehackfleisch und Hundekuchen – und stellte fest, dass es davon erstaunlich schnell wuchs. Die meiste Zeit ließ sie es frei im Zimmer umherlaufen.

Dazu erklärte sie ihren besorgten Gästen: »Gutartig ist er, und feine Manieren hat er, wenn man ihn nicht ärgert. Leid tut er mir außerdem, denn so ein Einzelkind hat es ja nicht leicht und ein Waisenkind erst recht nicht. Noch schlimmer als ein Waisenkind ist er ja eigentlich dran. Kennt überhaupt nicht seinesgleichen, wird er wohl auch kaum jemals kennen lernen. Einsam muss er da doch wohl sein, das arme Ding, denk ich.«

Doch irgendwann kam unvermeidlich der Abend, an dem Hwyl mit einem nachdenklichen Blick auf den Drachen bemerkte: »Hinaus mit dir, Sohn. Zu groß wirst du für das Haus, jawohl.«

Bronwen wunderte sich selbst darüber, wie wenig die Vorstellung ihr behagte.

»Ganz lieb und ruhig ist er«, wandte sie ein. »Und schlau auch, zieht immer den Schwanz ein, damit niemand drüber stolpert. Und stubenrein ist er, macht gar keinen Ärger. Immer rechtzeitig raus in den Hof. Kann man die Uhr nach stellen.«

»Benimmt sich gut, wirklich«, gab Hwyl zu. »Aber schnell wachsen tut er nun mal. Mehr Platz braucht er allmählich, jawohl. Einen hübschen Stall im Hof, mit Auslauf dabei, denk ich.«

Wie sehr er damit Recht hatte, stellte sich eine Woche später heraus. Da fand Bronwen nämlich morgens nach dem Aufstehen den Käfig mit verkohlter Rückwand vor, Teppich und Vorleger waren angesengt, und der Drache lag friedlich eingerollt in Hwyls Sessel.

»Jetzt reicht's. Von Glück muss man noch sagen, nicht im Bett verbrannt zu sein. Raus mit dir und damit basta«, schimpfte Hwyl den Drachen an. »Schöne Manieren, einem das Haus anzuflämmen, und undankbar dazu. Schäm dich, sag ich dir.«

Der Mann von der Versicherung, der kam, um den Schaden zu begutachten, war ähnlicher Meinung. »Meldung hätten Sie erstatten sollen«, sagte er zu Bronwen. »Ein Brandrisiko ist er, jawohl.«

Bronwen widersprach, in dem Versicherungsvertrag sei von Drachen nicht die Rede.

»Nicht direkt«, gab der Mann zu, »aber zu den regulären Gefahrenquellen zählt er auch nicht. Erkundigen werde ich mich mal bei der Direktion, wie es damit steht, jawohl. Aber besser wäre es, ihn aus dem Haus zu schaffen, ehe er noch mehr Schaden anrichtet. Und froh können Sie sein, dass es so glimpflich abgegangen ist.«

Also wurde der Drache ein paar Tage später in einen größeren Stall aus Asbestplatten umquartiert. Er stand im Hof und hatte einen Auslauf, der mit Maschendraht eingezäunt war, doch Bronwen ließ die meiste Zeit das Tor und die Hintertür des Hauses offen stehen, sodass der Drache nach Belieben ein- und ausgehen konnte. Morgens trottete er hinein und half Bronwen, indem er mit seinem Feuer den Küchenherd anfachte. Abgesehen davon hatte er gelernt, im Haus keine Flammen auszustoßen. Er machte kaum noch Ärger, außer dass er ein paar Mal nachts sein Stroh in Brand setzte und damit die Nachbarn aus dem Schlaf schreckte, die glaubten, das Haus stände in Flammen. Sie waren dann am nächsten Tag recht kurz angebunden.

Hwyl führte sorgfältig Buch über die Futterkosten und hoffte, dass Dai auch bereit sein würde, für die Ausgaben aufzukommen. Abgesehen davon zerbrach er sich nur noch über zwei Fragen den Kopf: woher er billiges, nicht brennbares Material zum Einstreuen nehmen sollte und wie groß der Drache noch werden würde, bis Dai zurückkäme und ihn übernehmen könnte.

Höchstwahrscheinlich wäre bis dahin auch alles gut gegangen, wenn da nicht noch diese unangenehme Geschichte mit Idris Bowen gewesen wäre.

Der Streit, der eines Abends ganz unerwartet vom Zaun brach, ging wirklich allein von Idris aus. Hwyl hatte gerade gegessen und saß friedlich in der Dämmerung vor dem Haus, als Idris mit seinem Whippet an der Leine vorbeikam.

»Ach, n'Abend, Idris«, grüßte Hwyl freundlich.

»'n Abend, Hwyl«, erwiderte Idris. »Na, wie geht's ihm denn so, Ihrem Möchtegern-Drachen?«

»Möchtegern nennen Sie ihn?«, entrüstete sich Hwyl.

»Flügel muss ein Drache haben, damit es ein richtiger Drache ist«, verkündete Idris energisch.

»Zum Teufel mit Flügeln, Mann! Kommen Sie nur und sehen Sie ihn sich an und dann, bitteschön, erzählen Sie mir mal, was er sonst sein soll, wenn nicht ein Drache.«

Er winkte Idris herein und führte ihn durchs Haus in den Hof. Der Drache lag träge in seinem Maschendraht-

Auslauf und blinzelte die beiden nur kurz mit einem Auge an.

Idris hatte ihn zuletzt kurz nach dem Schlüpfen gesehen. Es beeindruckte ihn, wie sehr der Drache gewachsen war.

»Groß ist er geworden, allerdings«, gab er zu. »Hübsche Farben hat er auch, ganz schön bunt. Aber Flügel immer noch keine, ein Drache ist er also nicht.«

»Und was soll er sonst sein? Können Sie mir das mal verraten?«, fragte Hwyl.

Was Idris auf diese schwierige Frage geantwortet hätte, wird man nie erfahren, denn in dem Moment riss der Whippet ihm die Leine aus der Hand und stürzte bellend an den Zaun. Der Drache schreckte aus dem Schlummer, richtete sich ruckartig auf und schnaubte erschrocken. Der Whippet jaulte auf, machte mit einem Satz kehrt und rannte heulend los, immer rund um den Hof. Als es Idris endlich gelang, ihm den Weg abzuschneiden und ihn einzufangen, bot der Hund einen reichlich merkwürdigen Anblick: Das Fell war auf der rechten Seite völlig versengt. Idris' Miene verdüsterte sich.

»Ärger wollen Sie wohl, wie? Und Ärger sollen Sie kriegen, bei Gott!«, grollte er.

Er setzte den Hund wieder ab und machte Anstalten, sich die Jacke auszuziehen.

Es war nicht klar, wen er zum Kampf herausfordern wollte, Hwyl oder den Drachen. Wie dem auch sei – noch bevor er seine Absicht in die Tat umsetzen konnte, erschien Mrs. Hughes um nachzusehen, was es mit dem Gejaule auf sich hätte.

»Ha! Den Drachen reizen, wie?«, rief sie. »Schändlich ist das, jawohl. Ein Lamm von einem Drachen ist er, jeder kann das bestätigen. Aber reizen darf man ihn nicht. Ein gemeiner Kerl sind Sie, Idris Bowen, aber bloß weil einer stärker ist, ist er noch längst nicht im Recht. Verschwinden Sie hier gefälligst!«

Idris wollte widersprechen, doch Bronwen schüttelte mit entschlossener Miene den Kopf.

»Kein Wort will ich mehr von Ihnen hören. Ein schöner Held ist mir das, der einen hilflosen Drachen reizt, jawohl. Schon seit Wochen hat der Drache kein Feuer mehr gespuckt. Und jetzt fort mit Ihnen, auf der Stelle!«

Idris blickte finster drein. Er zögerte ein wenig, ehe er sich die Jacke wieder anzog. Dann nahm er den Whippet auf den Arm, warf noch einen abschätzigen Blick auf den Drachen und trat den Rückzug an. Dabei verkündete er düster: »Verklagen werd ich Sie.«

Aus der Klage schien jedoch nichts zu werden – entweder hatte Idris es sich anders überlegt oder jemand hatte ihm davon abgeraten und ihm klar gemacht, dass die Sache aussichtslos wäre. Doch dann kam das Ortsgruppentreffen der Gewerkschaft.

Der Abend war recht eintönig verlaufen. Es war hauptsächlich darum gegangen, eine Reihe von Resolutionen zu verabschieden, die die Gewerkschaftsführung ausgearbeitet hatte und die ohnehin nicht diskutiert wurden. Doch dann, als bereits alles erledigt zu sein schien, stand plötzlich Idris Bowen auf.

»Warten Sie noch«, sagte der Vorsitzende zu ein paar Leuten, die sich schon die Mäntel anzogen und aufbrechen wollten. Dann erteilte er Idris das Wort.

Idris wartete, bis wieder Ruhe eingekehrt war, ehe er ansetzte: »Genossen ...«

Sofort ging ein Aufschrei durch die Versammlung. Die einen reagierten mit Beifall, die anderen riefen »Ruhe!« oder

»Einspruch!«, bis der Vorsitzende dem Tumult mit energischen Hammerschlägen ein Ende machte.

»Tendenziös ist das«, wies er Idris zurecht, nachdem der Aufruhr sich gelegt hatte. »Wollen Sie wohl bitte Ihre Ausdrucksweise mäßigen!«

Idris begann noch einmal: »Kollegen Arbeiter! Betrüblich ist es mir wahrhaftig, was ich euch mitzuteilen habe: Einen Verrat habe ich entdeckt. Einen schweren Verrat, das sage ich euch, an guten Freunden und Genoss … und Arbeiterkollegen, jawohl.« Er schwieg einen Moment und fuhr dann fort:

»Nun, ihr wisst ja sicher alle von Hwyl Hughes' Drachen. Habt ihn wahrscheinlich sogar gesehen, mit eigenen Augen. Ich hab ihn auch gesehen, mit eigenen Augen, und geleugnet, dass er ein Drache ist. Aber da sag ich nun, ich habe mich geirrt. Ein Drache ist er tatsächlich, kein Zweifel, auch wenn er keine Flügel hat.

In dem Lexikon in der Bücherei von Merthyr stehen nämlich zwei Arten von Drachen, jawohl. Der Europäische Drache, der hat allerdings Flügel, so hab ich gelesen. Aber der Orientalische Drache, der hat keine Flügel. Ich entschuldige mich also hiermit bei Mr. Hughes und bedaure.«

Die Zuhörer begannen sich gerade merklich zu entspannen, als Idris Bowen plötzlich in verändertem Tonfall fortfuhr:

»*Aber* – noch etwas anderes lese ich da, und bedenklich stimmt es mich. Ich will es euch sagen. Habt ihr mal darauf geachtet, was dieser Drache für Füße hat, wie? Klauen hat er, jawohl, und ganz gemeine. Aber wie viele, frage ich euch? Und ich sage euch, es sind fünf. Fünf an jedem Fuß.« Er schwieg bedeutungsvoll und schüttelte den Kopf. »Übel ist das, übel, jawohl. Denn seht ihr: Chinesisch ist ein fünfzehiger Drache, allerdings – aber fünfzehig ist kein republikanischer

Drache, fünfzehig ist kein Drache des Volkes – fünfzehig ist ein *imperialistischer* Drache, jawohl. Ein Symbol der Unterdrückung der Arbeiter und Bauern in China, das ist er. Unerhört, die Vorstellung, dass wir in unserem Dorf so ein Wappentier dulden. Das freie chinesische Volk, was würde es über Llynllawn sagen, wenn es davon erführe, frage ich euch? Und Mao Tse-tung, der glorreiche Führer des heldenhaften chinesischen Volkes in seinem Kampf für den Frieden, was würde der von diesem imperialistischen Drachen in Süd-Wales halten …?« Der Rest von Idris' Rede ging in den lautstarken Auseinandersetzungen zwischen seinen Zuhörern unter.

Wieder rief der Vorsitzende die Versammlung zur Ordnung. Er gab Hwyl Gelegenheit zu einer Stellungnahme. Nachdem dieser die Situation kurz geschildert hatte, wurde der Drache durch Abstimmung per Handzeichen von politischen Implikationen freigesprochen. Bis auf die Schar von Eiferern um Idris gab es keine Gegenstimmen. Anschließend wurde die Versammlung aufgelöst.

Als Hwyl nach Hause kam, erzählte er Bronwen davon.

»Wundern tut mich das nicht«, sagte sie. »Telegrafiert hat Idris, sagt Jones von der Post.«

»Telegrafiert?«, fragte Hwyl.

»Jawohl. Angefragt hat er bei der *Arbeiterzeitung* in London, wie die Partei zu imperialistischen Drachen steht. Antwort ist aber noch nicht gekommen.«

Ein paar Tage später erwachten die Hughes morgens von einem Hämmern an der Tür. Als Hwyl ans Fenster trat, sah er Idris unten stehen. Er fragte ihn, was es gebe.

»Kommen Sie runter, dann zeig ich's Ihnen«, antwortete Idris.

Nach einigem Hin und Her ging Hwyl nach unten. Idris

führte ihn zu seinem eigenen Haus und hintenherum in den Hof.

»Da, sehen Sie sich das mal an«, sagte er und wies auf den Hühnerstall.

Die Tür war halb aus den Angeln gerissen. In der Nähe lagen die Überreste von zwei Hühnern. Der Wind trieb haufenweise Federn über den Hof.

Hwyl sah sich den Hühnerstall genauer an. Mehrere tiefe Schrammen hoben sich leuchtend weiß von dem geteerten Holz ab. Andere, dunklere Stellen sahen aus wie Brandspuren. Idris zeigte wortlos auf den Boden. Dort waren Furchen von scharfen Krallen zu erkennen, jedoch kein vollständiger Fußabdruck.

»Üble Sache, das. Der Fuchs, wie?«, fragte Hwyl.

Idris verschlug es fast die Sprache.

»Der Fuchs, sagen Sie? Also wirklich – der Fuchs! Was wird es wohl anderes gewesen sein als Ihr Drache? Und davon wird die Polizei erfahren, das sag ich Ihnen.«

Hwyl schüttelte den Kopf. »Nein«, widersprach er.

»Ach, einen Lügner wollen Sie mich wohl nennen?«, rief Idris erbost. »Die Eingeweide werd ich Ihnen rausreißen, Hwyl Hughes, bei lebendigem Leib, und zwar mit größtem Vergnügen.«

»Nicht so hastig, Mann«, sagte Hwyl. »Nur, dass der Drache in seinem Stall ist, wie es sich gehört, das wollte ich sagen. Kommen Sie mit und sehen Sie selbst.«

Die beiden Männer gingen zu Hwyls Haus zurück. Der Drache war tatsächlich in seinem Stall und das Tor verriegelt. Außerdem – so betonte Hwyl – hätte er, selbst wenn er nachts ausgerissen wäre, auf dem Weg zu Idris' Hof Krallenspuren und Abdrücke hinterlassen müssen. Es waren aber keine zu entdecken.

Schließlich trennten sie sich in einer Art Waffenstillstand. Idris war keineswegs überzeugt, konnte die Tatsachen jedoch nicht leugnen. Andererseits hielt er Hwyls Vermutung für völligen Unfug, jemand könnte mit einem großen Nagel und einem Bunsenbrenner falsche Spuren am Hühnerstall angebracht haben, um ihm einen Streich zu spielen.

Hwyl ging wieder nach oben, um sich fertig anzuziehen.

»Komisch ist dir das ja schon«, sagte er zu Bronwen. »Hat's ja nicht gemerkt, der Idris, aber der Riegel, der ist angekohlt, und zwar von *außen*. Wie kann das sein, frag ich mich?«

»Geschnaubt hat der Drache in der Nacht, vier-, vielleicht fünfmal«, sagte Bronwen. »Gegrummelt auch und in seinem ollen Käfig rumgepoltert. Noch nie hab ich sowas von ihm gehört.«

»Merkwürdig, das«, sagte Hwyl stirnrunzelnd. »Aber draußen war er nicht, das ist mal sicher.«

In der übernächsten Nacht wachte Hwyl davon auf, dass Bronwen ihn an der Schulter rüttelte. »Hör mal, da«, sagte sie. »Schnauben tut er, jawohl«, erklärte sie kurz darauf überflüssigerweise.

Ein Krachen ertönte, als ob jemand mit Schwung etwas geworfen hätte, dann hörte man einen Nachbarn fluchen. Hwyl rang sich schließlich dazu durch aufzustehen, um der Sache auf den Grund zu gehen.

Im Hof war bis auf einen großen Blechkanister – zweifellos das Wurfgeschoss – nichts Besonderes zu sehen, doch ein starker Brandgeruch lag in der Luft, und man hörte ein stampfendes Geräusch. Offenbar versuchte der Drache in seinem Stall die Streu auszutreten, die schon wieder Feuer gefangen hatte. Hwyl ging hin, öffnete das Tor und scharrte das schwelende Stroh mit der Mistgabel heraus. Dann holte er frisches und warf es hinein.

»Gib Ruhe, du«, befahl er dem Drachen. »Noch mehr solche Geschichten, und ich zieh dir das Fell über die Ohren, und zwar bei lebendigem Leib und schön langsam. Schlafenszeit jetzt!«

Anschließend ging Hwyl zurück in sein Bett, doch es schien ihm, als ob er gerade erst den Kopf aufs Kissen gelegt hätte, als es auch schon wieder hell war und Idris Bowen erneut an die Vordertür hämmerte.

Idris redete reichlich konfus daher, aber Hwyl verstand immerhin, dass bei ihm zu Hause offenbar wieder etwas geschehen war. Also schlüpfte er in Jacke und Hose und ging hinunter. Idris führte ihn neben sein Haus, wo er mit der Gebärde eines Zauberkünstlers das Hoftor aufstieß. Was Hwyl dort erblickte, verschlug ihm sekundenlang die Sprache.

Vor Idris' Hühnerstall stand eine Art Falle aus behelfsmäßig zusammengezimmertem Winkeleisen und Maschendraht. Darin hockte inmitten von Hühnerfedern eine über und über blutrote Gestalt, die sie mit Augen wie aus leuchtendem Topas anfunkelte.

»Na, das ist dir doch mal ein Drache, jawohl«, sagte Idris. »Nicht so bunt wie ein Jahrmarktskarussell, jedenfalls. Ein ernsthafter Drache ist das, ein echter – und mit Flügeln, jawohl!«

Hwyl starrte den Drachen immer noch wortlos an. Dieser hatte die Flügel angelegt und hätte in dem engen Käfig auch gar keinen Platz gehabt, sie auszubreiten. Das Rot war, wie Hwyl jetzt bemerkte, auf dem Rücken dunkler und untenherum heller. Das ergab einen eigenartigen Effekt – so, als ob der Drache von unten her von einem glühenden Hochofen beleuchtet würde. Er machte insgesamt einen solideren und kampflustigeren Eindruck als Hwyls Drache, das war nicht zu leugnen. Hwyl trat vor, um ihn sich aus der Nähe anzusehen.

»Vorsicht, Mann«, warnte Idris und fasste ihn am Arm.

Der Drache zog die Lefzen hoch und schnaubte. Zwei meterlange Stichflammen schossen aus seinen Nüstern hervor. So eindrucksvoll hatte der andere noch nie Feuer gespien. Ein scharfer Geruch nach verbrannten Federn erfüllte die Luft.

»Ein prächtiger Drache«, bekräftigte Idris noch einmal. »Ein richtiger walisischer Drache ist dir das. Wütend ist er, jawohl, und ganz zu Recht. Unerhört, ein imperialistischer Drache in seinem Land! Gekommen ist er, um ihn zu vertreiben, und Hackfleisch wird er aus Ihrem Hätschel-Stuben-Schoßdrachen machen, jawohl.«

»Da soll er sich mal lieber hüten«, sagte Hwyl, doch in Wirklichkeit war er gar nicht so überzeugt.

»Und noch was: Rot ist dieser Drache – ein richtiger Drache des Volkes ist er also, jawohl.«

»Nun mal halblang. Geht das schon wieder los mit Ihrer Drachenpropaganda? Rot ist der Drache von Wales seit zweitausend Jahren, und ein Kämpfer ist er auch, das geb ich zu. Aber einer, der wirklich für Wales kämpft – keiner, der bloß große Reden schwingt über den Kampf um Frieden. Wenn er ein anständiger walisischer Drache ist, der da, dann hat ihn bestimmt niemand von Ihrer Sippe ausgebrütet – und das ist auch ganz gut so, jawohl«, erklärte Hwyl. Dann fügte er noch hinzu: »Und jedenfalls hat *der* Ihre Hühner geholt, nicht meiner, wohlgemerkt.«

»Ach, die ollen Hühner, soll er die ruhig holen«, sagte Idris. »Hergekommen ist er, um einen fremden, imperialistischen Drachen aus seinem angestammten Revier zu vertreiben und Recht hat er, jawohl. Ihr Exildrache hat hier nichts verloren – in Llynllawn nicht und überhaupt in ganz Süd-Wales nicht.«

»Geh'n Sie doch zum Teufel, Mann«, versetzte Hwyl. »Ein reizender Drache ist meiner, tut keinem was zu Leide, und Hühnerställe überfällt er auch nicht. Wenn es hier Ärger gibt, dann verklag ich Sie und Ihren Drachen wegen Ruhestörung, das sag ich Ihnen. Und jetzt: auf Wiedersehen!«

Er wechselte noch einen Blick mit dem roten Drachen, der ihn mit seinen topasfarbenen Augen zornig anfunkelte. Dann trat er hoch erhobenen Hauptes den Heimweg an.

Am Abend, als Hwyl sich gerade zu Tisch setzte, klopfte es an der Haustür. Bronwen ging nachsehen und kam gleich darauf zurück.

»Ivor Thomas und Dafydd Ellis wollen dich sprechen. Hat was mit der Gewerkschaft zu tun«, sagte sie.

Hwyl ging an die Tür. Die beiden redeten des Langen und des Breiten über irgendwelche Beiträge, die angeblich nicht vollständig gezahlt worden waren. Hwyl wusste genau, dass er nicht einen Penny schuldig war, doch sie ließen sich nicht überzeugen. Nach langer Diskussion zogen sie endlich kopfschüttelnd und widerstrebend ab.

Als Hwyl in die Küche zurückging, stand Bronwen am Tisch und erwartete ihn. »Weggeholt haben sie den Drachen«, sagte sie tonlos.

Hwyl starrte sie an. Plötzlich dämmerte ihm, wozu die zwei an der Haustür diese lange, sinnlose Diskussion angezettelt hatten. Er ging ans Fenster und blickte hinaus. Der hintere Zaun war niedergerissen, und etwa hundert Meter jenseits davon sah er eine Schar Männer den Stall mit dem Drachen auf den Schultern davontragen. Hwyl drehte sich zu Bronwen um, die sich resolut vor der Hintertür aufgebaut hatte.

»Was hast du mich nicht gerufen – Diebstahl ist das«, sagte er vorwurfsvoll.

»Niedergeschlagen hätten sie dich, und den Drachen hätten sie so oder so geholt«, sagte sie. »Idris Bowen war das mit seiner Bande.«

Hwyl sah wieder aus dem Fenster. »Und jetzt? Was haben sie mit ihm vor?«, fragte er.

»Einen Drachenkampf, das haben sie vor«, erwiderte Bronwen. »Gewettet haben sie. Fünf zu eins für den walisischen Drachen, und ganz schön siegessicher haben sie sich angehört.«

Hwyl schüttelte den Kopf. »Kein Wunder auch. Unfair ist das, absolut. Flügel hat der walisische Drache, Luftangriffe kann er damit machen. Unsportlich ist das und schändlich, jawohl.« Er schaute wieder aus dem Fenster. Immer mehr Männer schlossen sich dem Trupp an, der seine Beute über das Gelände zur Schlackenhalde trug. Hwyl seufzte. »Leid tut er mir, unser Drache. Mord und Totschlag gibt das, denk ich. Aber hingehen und zusehen werd ich trotzdem. Dass dieser Idris nicht mit irgendwelchen miesen Tricks diese schmutzige Angelegenheit noch mehr in den Dreck zieht.«

Bronwen zögerte. »Keinen Streit fängst du an – Ehrenwort?«, fragte sie.

»Verrückt müsste ich dir ja sein, Frau, mich mit denen anzulegen, mit fünfzig Männern oder mehr. Ein bisschen Verstand dürftest du mir schon zutrauen, bitteschön.«

Bronwen gab zögernd den Weg frei. Sobald Hwyl zur Tür hinaus war, schnappte sie sich ein Tuch und lief ihm nach. Unterwegs band sie es sich um.

Die Menschenmenge, die sich auf einem ebenen Gelände bei der Schlackenhalde versammelte, war bereits auf an die hundert Leute angewachsen, und es stießen immer noch weitere dazu. Ein paar selbst ernannte Ordner drängten die Zuschauer zurück, sodass in der Mitte ein länglicher, freier

Platz entstand. An einem Ende stand der Käfig, in dem der rote Drache zusammengekauert hockte. Er sah äußerst streitlustig aus. Die Träger mit dem Asbeststall setzten ihre Last am gegenüber liegenden Ende ab und zogen sich zurück.

Als Idris Hwyl und Bronwen kommen sah, fragte er sie hämisch grinsend: »Und? Wie viel setzen Sie auf Ihren Drachen?«

Noch ehe Hwyl etwas erwidern konnte, versetzte Bronwen: »Eine Gemeinheit ist das, und schämen sollten Sie sich, Idris Bowen! Stutzen Sie Ihrem Drachen erst mal die Flügel, damit es einen fairen Kampf gibt, dann wollen wir mal sehen. Aber gegen jemanden, der ein Messer im Stiefel hat, da wetten wir nicht.« Und sie zerrte Hwyl beiseite.

Überall um die Arena herum wurden weitere Wetten abgeschlossen. Die Quote zeigte immer deutlicher, dass der walisische Drache haushoher Favorit war. Schließlich trat Idris auf den freien Platz und bat mit Handzeichen um Ruhe.

»Ein Ereignis gibt es hier heute Abend. Megakolossale Sensation, wie es bei den Filmen immer heißt, und einmalig ganz bestimmt. Also setzt jetzt euer Geld, allesamt. Wenn das englische Gesetz erst Wind davon kriegt – aus ist es dann mit den Drachenkämpfen, wie mit den Hahnenkämpfen.« Die Menge brach in Buh-Rufe aus. Dazwischen hörte man Einzelne lachen, die mehr von Hahnenkämpfen wussten als das englische Gesetz. Idris fuhr fort: »Und nun: die Drachenmeisterschaft. Hier rechts von mir der Rote Drache von Wales, der ein Heimspiel hat. Ein Drache des Volkes, jawohl. Denn kein bloßer Zufall ist es, dass die Farbe des walisischen Drachen ...« Seine Stimme ging kurz in Protestrufen unter. Als der Tumult sich wieder gelegt hatte, hörte man Idris gerade sagen: »... links, der dekadente Drache der imperialistischen Ausbeuter des geknechteten chinesischen Volkes, das in seinem ruhmreichen Kampf für den Frieden unter der heroischen Führerschaft des ...« Der Rest seiner Eröffnungsrede ging wiederum in Zwischenrufen und Gejohle unter. Der Spektakel hielt an, bis Idris den Helfern an beiden Enden der Arena ein Zeichen gab und sich zurückzog.

Auf der einen Seite befreiten zwei Männer mithilfe einer Stange mit einem Haken am Ende den roten Drachen aus seiner Falle und traten dann eilig den Rückzug an. Auf der gegenüber liegenden Seite stieß ein Mann den Bolzen aus dem Tor des Asbestkäfigs, riss es auf und brachte sich nicht weniger hastig in Sicherheit.

Der rote Drache sah sich verwirrt um. Dann versuchte er vorsichtig die Flügel auszubreiten. Als er feststellte, dass ihn nichts mehr daran hinderte, richtete er sich auf die Hinterbeine auf, stützte sich mit dem Schwanz ab und flatterte kräftig, als ob er die verknitterten Flügel glätten wollte.

Der andere Drache kam langsam aus seinem Stall hervor, ging ein paar Schritte vorwärts und blieb blinzelnd stehen. Hier auf dem leeren Grundstück vor der Schlackenhalde nahm er sich noch exotischer aus als sonst. Er gähnte ausgiebig, sodass man die spitzen Zähne in dem weit aufgerissenen Maul sehen konnte, rollte die Augen nach allen Seiten und erblickte schließlich den roten Drachen.

Dieser hatte ihn im selben Augenblick ebenfalls bemerkt. Er hörte auf, mit den Flügeln zu schlagen, und ließ sich auf alle viere fallen. Das Publikum verstummte, während die beiden sich gegenseitig musterten. Beide Drachen verharrten reglos, nur die Schwanzspitzen zuckten ein wenig.

Der orientalische Drache wandte den Kopf etwas zur Seite und stieß ein leichtes Schnauben aus, wobei er ein Büschel Unkraut versengte.

Der rote Drache erstarrte. Plötzlich nahm er die Pose ein,

in der man ihn als Wappentier kennt: eine Vordertatze erhoben, die Krallen ausgefahren und die Flügel ausgebreitet. Er spie mächtig Feuer, sodass eine große Pfütze verdampfte und er einen Augenblick lang in einer Wolke verschwand. Ein ängstliches Raunen lief durch die Menge.

Der rote Drache begann den anderen zu umkreisen. Ab und zu schlug er im Gehen ein wenig mit den Flügeln.

Die Menge beobachtete ihn wie gebannt. Der andere Drache ebenfalls. Er rührte sich nicht vom Fleck, drehte sich aber um die eigene Achse, sodass er den roten Drachen ständig im Blick behielt.

Als dieser den Kreis fast vollendet hatte, hielt er inne, breitete die Flügel weit aus und brüllte aus Leibeskräften. Dabei stieß er zwei große Stichflammen und eine kleine, schwarze Rauchwolke aus. Die Zuschauer in der vordersten Reihe wichen ängstlich zurück.

In diesem spannungsgeladenen Moment brach Bronwen Hughes plötzlich in Gelächter aus.

Hwyl packte sie am Arm und schüttelte sie. »Still, du! Gar nicht komisch ist dir das«, sagte er, aber sie beruhigte sich nur langsam wieder.

Der orientalische Drache zögerte und schien sich die ganze Angelegenheit erst einmal zu überlegen. Dann wirbelte er herum und rannte los. Hinter ihm brachen die Zuschauer in lautes Johlen aus, vor ihm schwenkten sie die Arme, um ihn zurückzuscheuchen. Doch der Drache ließ sich von dem Wedeln nicht beeindrucken. Er rannte unbeirrt weiter und schnaubte dabei hin und wieder eine kleine Stichflamme. Schließlich teilte sich die Menge vor ihm und gab den Weg frei. Ein halbes Dutzend Männer nahmen mit Stöcken die Verfolgung auf, sahen jedoch bald ein, dass es aussichtslos war, denn der Drache rannte doppelt so schnell wie sie.

Der rote Drache schwang sich mit Gebrüll in die Luft empor und flog Feuer speiend über das Feld wie ein Flugzeug mit Flammenwerfer. Die Zuschauer hatten es nun noch eiliger und wichen hastig vor ihm zurück.

Der rennende Drache verschwand hinter der Schlackenhalde, der andere schwebte darüber. Rufe der Enttäuschung wurden laut, und ein großer Teil des Publikums nahm die Verfolgung auf, um das blutige Ende nicht zu versäumen.

Doch nach kurzer Zeit kam der rennende Drache wieder in Sicht. Er lief mit beachtlicher Geschwindigkeit den Berghang hinauf, immer noch dicht gefolgt von dem roten Drachen. Die Menge sah zu, wie er höher und höher den Hang hinauflief, bis er schließlich jenseits der Kuppe verschwand. Einen Moment lang schwebte der geflügelte Drache noch als schwarze Silhouette darüber, dann war auch er mit einem letzten Feuerstoß verschwunden – und die Streiterei um die Wetteinsätze begann.

Idris setzte sich von dem Gerangel ab und ging zu den Hughes hinüber.

»Ein Feigling ist er ja wohl, Ihr imperialistischer Drache«, sagte er. »Und nicht mal anständig Feuer speien oder beißen kann er.«

Bronwen sah ihn an und lächelte.

»Ein Trottel sind Sie ja wohl, Idris Bowen, nichts als Propaganda und Kämpfen haben Sie im Kopf. Noch was Wichtigeres als Kämpfen gibt es, selbst für Drachen. So ein Heldengetue hat Ihr roter Drache gemacht, so einen prächtigen Auftritt hat er hingelegt – o ja, wie ein Pfau, so kommt's mir vor. Oder wie die Jungs mit ihren Sonntagsanzügen an der Promenade von Llangolwgcoch – aufgeputzt bis zum Umfallen, aber nichts dahinter.«

Idris starrte sie an.

»Und was *unseren* Drachen angeht – na, so neu ist der Trick ja wirklich nicht. So ähnlich hab ich das selbst auch mal angefangen«, fuhr sie mit einem Seitenblick auf Hwyl fort.

Idris dämmerte es allmählich.

»Aber … aber Sie haben doch immer *er* gesagt, wenn von Ihrem Drachen die Rede war«, protestierte er.

Bronwen zuckte die Schultern.

»Na ja, schon. Aber wer weiß das schon so genau bei Drachen?« Sie wandte sich nach dem Berg um. »Einsam, einsam muss er da gewesen sein, der rote Drache, und das seit zweitausend Jahren. Da wird Ihre Politik ihn im Moment nicht sonderlich kümmern. Ganz was anderes hat der jetzt im Sinn, jawohl. Und spannend wird das, allerdings, mit einer Horde kleiner Drachenbabys in Wales. Wird nicht mehr lange dauern, glaub ich.«

***

JOHN WYNDHAM wusste als Sohn walisischer Eltern von klein auf über Drachen Bescheid. Viele seiner späteren Fantasy-Erzählungen spiegeln sein Interesse für die Volkslegenden und Überlieferungen dieses Landes. Anfangs schrieb er allerdings hauptsächlich für amerikanische Zeitschriften Science-Fiction-Geschichten über ferne Planeten wie Mars und Venus. 1951 veröffentlichte er jedoch einen Horror-Roman über eine Invasion von Außerirdischen auf der Erde, *Die Triffids*. Das Buch wurde zum Bestseller und diente später auch als Vorlage für einen Film mit dem deutschen Titel »Blumen des Schreckens«. Wyndham festigte seinen Ruf als Schriftsteller mit weiteren bahnbrechenden Romanen, darunter *Wenn der Krake erwacht*, einer Geschichte über ein grauenhaftes Seeungeheuer, und *Kuckuckskinder*, worin die

Nachkommen von Außerirdischen nach und nach die Herrschaft über ein kleines englisches Dorf übernehmen. John Wyndham war einer der meistgelesenen SF-Autoren der 1960er-Jahre. Die berühmtesten seiner Bücher zählten sogar jahrelang zur Standardlektüre in englischen Schulen.

Roald Dahl

Der Wunsch

Zu den wichtigsten Zaubertricks gehört die Kunst der Verwandlung. Das bedeutet, dass Gegenstände oder Lebewesen durch Zauberei eine völlig andere Gestalt und ein anderes Aussehen bekommen. Ein Frosch kann zu einem Menschen werden, ein Stein sich in einen Vogel verwandeln oder eine Eisenstange zu einer Schlange verzaubert werden. Außerdem besitzen Zauberer auch die Fähigkeit, gemalte Muster und Bilder zum Leben zu erwecken. Ein berühmtes Beispiel für diese Kunst, Dinge durch Willenskraft zu verwandeln, ist in T. H. Whites Buch Das Schwert im Stein *zu finden, in dem Merlin seinen Schüler, den jungen Artus, die Gestalt verschiedener Tiere annehmen lässt. In der vorigen Geschichte ging es um Drachen; in der folgenden sind Schlangen an der Reihe – verwunschene Schlangen, die durch Geisteskraft zum Leben erweckt werden. Der kleine Junge in der Geschichte hat eine Leidenschaft für Schlangen in jeglicher Form, Größe und Farbe, aus der ein gefährliches Spiel entsteht. Er hat keinen Namen – er könnte James, Charlie oder sogar Harry heißen –, doch wie alle Jungen (und übrigens auch viele Mädchen) interessiert er sich brennend für Zauberei; für die Geheimnisse, die hinter alltäglichen*

Gegenständen lauern, für Kultstätten und tiefe, dunkle Löcher, die vielleicht geradewegs in eine unbekannte Welt führen. Man muss also auf der Hut sein, wenn man ihn auf den nächsten paar Seiten begleitet – nicht dass man am Ende das gleiche Schicksal erleidet …

***

Der Junge spürte unter seiner Handfläche eine alte, verschorfte Schramme am Knie. Er beugte sich vor, um sie gründlich zu untersuchen. So eine Schorfkruste war immer faszinierend – eine Herausforderung, der er grundsätzlich nicht widerstehen konnte.

Ja, dachte er, ich werde sie abknibbeln, auch wenn sie noch nicht ganz verheilt ist, auch wenn sie in der Mitte noch festhängt, auch wenn es noch so wehtut.

Er begann vorsichtig mit dem Fingernagel an den Rändern der Kruste entlangzufahren. Es gelang ihm, den Nagel darunter zu schieben, und als er ganz behutsam ein wenig zog, ging der Schorf plötzlich ab – die harte, braune Kruste ließ sich ganz leicht lösen und hinterließ einen interessanten, kleinen, runden Fleck weicher, roter Haut.

Schön. Wirklich schön. Er rieb über den Fleck, und es tat gar nicht weh. Er hob die Kruste auf, legte sie auf sein Bein und schnippte mit dem Finger dagegen, sodass sie ein Stückchen durch die Luft flog und auf der Kante des Teppichs landete – des riesigen, rotschwarzgelben Teppichs, der den ganzen langen Flur bedeckte, von der Treppe, auf der er saß, bis zur Haustür drüben am anderen Ende. Ein atemberaubender Teppich. Größer als der Tennisrasen. Viel größer. Der Junge betrachtete ihn eingehend, ließ wohlgefällig den Blick darauf ruhen. Bisher war der Teppich ihm eigentlich noch nie besonders aufgefallen, doch jetzt schien es plötzlich, als ob die

Farben auf wundersame, geradezu Schwindel erregende Weise aufleuchteten.

Ich weiß was, sagte er zu sich selbst. Das Rot auf dem Teppich, das sind glühende Kohlen. Ich muss jetzt den ganzen Weg bis zur Tür gehen, ohne sie zu berühren. Wenn ich an das Rot komme, verbrenne ich mich. Ganz und gar verbrannt bin ich dann. Und das Schwarz auf dem Teppich … ja, das Schwarze sind Schlangen, Giftschlangen, vor allem Nattern und Kobras, dick wie Baumstämme, und wenn ich eine von *denen* berühre, werde ich gebissen und sterbe noch vor dem Nachmittagstee. Und wenn ich heil drüben ankomme, ohne mich zu verbrennen und ohne gebissen zu werden, dann bekomme ich morgen einen kleinen Hund zum Geburtstag.

Er stand auf und stieg ein paar Treppenstufen hinauf, um das überwältigende Muster aus Farben und Tod besser überblicken zu können. War es möglich? Gab es überhaupt genug Gelb? Gelb war die einzige Farbe, auf die er treten durfte. Ging das? So ein Unternehmen durfte man nicht auf die leichte Schulter nehmen, dafür war es zu riskant. Das Kindergesicht – zwei große, blaue Augen und ein kleines, spitzes Kinn, umrahmt von weißgoldenem Haar – spähte angespannt über das Geländer hinunter. Das Gelb war zwischendurch etwas spärlich und an ein oder zwei Stellen von größeren Lücken unterbrochen, aber insgesamt schien es doch bis ans andere Ende zu reichen. Für jemanden, der erst gestern glorreich den ganzen gepflasterten Weg von den Ställen bis zur Gartenlaube hinter sich gebracht hatte, ohne auf die Fugen zu treten, dürfte die Sache mit diesem Teppich nicht allzu schwer sein. Bis auf die Schlangen. Der bloße Gedanke an Schlangen jagte ihm die Angst in kleinen Stromstößen wie Nadelstiche hinten an den Beinen entlang bis unter die Fußsohlen.

Er stieg langsam die Treppe hinunter und trat an die Teppichkante. Er streckte einen Fuß vor und setzte ihn behutsam auf einen Flecken Gelb. Dann zog er den anderen Fuß nach. Es war gerade eben genug Platz, dass er beide Füße nebeneinander stellen konnte. Na also! Der Anfang war gemacht! Sein helles, schmales Gesicht hatte einen merkwürdig entschlossenen Ausdruck angenommen und war womöglich noch eine Spur blasser als vorher. Er hatte die Arme seitlich ausgestreckt, um das Gleichgewicht besser zu halten. Er machte noch einen Schritt, wobei er den Fuß hoch über einen schwarzen Flecken hob und mit den Zehen genau auf einen schmalen Streifen Gelb dahinter zielte. Als der zweite Schritt geschafft war, legte er eine Verschnaufpause ein. Er stand ganz steif und reglos da. Der schmale, gelbe Korridor verlief ungefähr fünf Meter ununterbrochen geradeaus, und er schob sich behutsam Schritt für Schritt vorwärts, als ob er auf einem Drahtseil balancierte. Als der Streifen schließlich zur Seite abknickte, kam wieder ein großer Schritt. Diesmal ging es über eine bedrohlich aussehende Mischung aus Schwarz und Rot hinweg. Als er schon halb drüben war, geriet er ins Wanken. Er ruderte mit den Armen wie eine Windmühle, um das Gleichgewicht zu halten, und gelangte wohlbehalten auf die andere Seite, wo er wieder eine Pause machte. Er war schon ganz außer Atem und so angespannt, dass er die ganze Zeit auf Zehenspitzen stand, die Arme ausgebreitet und die Fäuste geballt. Er befand sich jetzt auf einer großen, sicheren Insel aus Gelb. Es war reichlich Platz darauf, er konnte unmöglich hinunterfallen. Da stand er, ruhte sich aus, zögerte, wartete, wünschte, er könnte für immer auf dieser großen, sicheren, gelben Insel bleiben. Doch die Angst, den Hund nicht zu bekommen, zwang ihn weiterzugehen.

Schritt für Schritt rückte der Junge vor, und zwischendurch

hielt er jedes Mal inne, um sich genau zu überlegen, wohin er den Fuß als Nächstes setzen sollte. Einmal musste er sich zwischen zwei Möglichkeiten entscheiden, rechts oder links. Er wählte den linken Weg. Der schien zwar schwieriger zu sein, aber dafür war auf der Seite nicht so viel Schwarz. Das Schwarz war es, das ihn beunruhigte. Er blickte kurz über die Schulter zurück, um zu sehen, wie viel er schon geschafft hatte. Fast die Hälfte. Jetzt gab es kein Zurück mehr. Er stand in der Mitte und konnte weder umkehren noch seitlich abspringen, denn dafür war er zu weit vom Rand entfernt. Als er auf all das Rot und Schwarz blickte, das noch vor ihm lag, überfiel ihn ganz plötzlich eine grässliche Panik, die ihm die Brust zusammenpresste – wie vergangene Ostern an dem Nachmittag, als er sich ganz allein im Piper's Wood verlaufen hatte, da, wo der Wald am finstersten war.

Er wagte den nächsten Schritt, indem er den Fuß vorsichtig auf das einzige Fleckchen Gelb in seiner Reichweite setzte. Dabei war die Fußspitze nur noch einen Zentimeter von einer schwarzen Stelle entfernt. Sie berührte das Schwarz nicht – er sah genau, dass sie es nicht berührte. Er sah den schmalen Streifen Gelb, der die Vorderkante seiner Sandale von dem Schwarz trennte; doch die Schlange bewegte sich, als ob sie die Nähe des Jungen spürte. Sie hob den Kopf, starrte mit glänzenden Knopfaugen den Fuß an und lauerte darauf, ob er sie nicht doch berührte.

»Ich berühr dich nicht! Du darfst mich nicht beißen! Du weißt genau, dass ich dich nicht berühre!«

Eine weitere Schlange glitt lautlos neben die erste und hob ebenfalls den Kopf. Zwei Köpfe waren es jetzt, zwei Augenpaare starrten den Fuß an, blickten auf das kleine Fleckchen nackter Haut, das unter dem Sandalenriemen hervorschaute. Der Junge stellte sich auf die Zehenspitzen und blieb so stehen, stocksteif vor Entsetzen. Minuten vergingen, ehe er es wagte, sich wieder zu bewegen.

Als Nächstes kam ein richtig großer Schritt. An dieser Stelle wand sich ein tiefer Fluss aus Schwarz über die ganze Breite des Teppichs. An der Stelle, wo er ihn überqueren musste, war er am breitesten. Erst überlegte der Junge, ob er es riskieren sollte, hinüberzuspringen, doch er war sich gar nicht sicher, ob er auch wirklich genau auf dem schmalen, gelben Streifen auf der anderen Seite landen würde. Er atmete tief durch, hob einen Fuß und streckte ihn Zentimeter für Zentimeter von sich, weit, weit nach vorn, dann abwärts, abwärts, bis endlich die Spitze der Sandale sicher drüben am gelben Ufer stand. Er beugte sich vor und verlagerte das Gewicht auf diesen Fuß. Dann versuchte er den anderen nachzuziehen. Er strengte sich an, zog und ruckte mit dem ganzen Körper, doch der Abstand zwischen den beiden Füßen war zu groß. Er schaffte es nicht. Er versuchte den Schritt wieder zurückzugehen. Auch das gelang ihm nicht. Da stand er im Spagat und konnte weder vor noch zurück. Er blickte hinab auf diesen tiefen Fluss aus Schwarz, der sich unter ihm dahinschlängelte. Stellenweise kam jetzt Bewegung hinein, die Windungen glätteten sich, und das Schwarz begann mit einem abstoßend öligen Schimmer dahinzuströmen. Der Junge geriet ins Wanken. Er ruderte verzweifelt mit den Armen, um das Gleichgewicht zu halten, doch das schien alles nur noch schlimmer zu machen. Er begann zu kippen. Er kippte nach rechts, kippte zuerst ganz langsam und dann immer schneller. Im letzten Moment streckte er instinktiv die Hand aus, um sich abzustützen. Das Nächste, was er sah, war seine bloße Hand, die geradewegs mitten in eine ungeheure, schimmernde Masse Schwarz eintauchte. Bei der ersten Berührung stieß er einen einzigen, durchdringenden Schreckensschrei aus.

Draußen in der Sonne, weit weg hinter dem Haus, suchte die Mutter nach ihrem Sohn.

***

ROALD DAHL ist einer der auflagenstärksten Kinderbuchautoren der Welt. Er gibt selbst zu, dass er nicht gern zur Schule ging, eine ziemliche Plage sein konnte und wegen seiner Unberechenbarkeit bei den Lehrern nicht besonders beliebt war. Einer seiner Englischlehrer schrieb sogar einmal: »Ich habe noch nie erlebt, dass jemand so beharrlich Wörter schreibt, die das genaue Gegenteil dessen bedeuten, was gemeint ist.« Im Zweiten Weltkrieg war Dahl Pilot bei der britischen Luftwaffe und hatte einen schweren Unfall, bei dem er einen Schädelbruch erlitt. Aber, wie er später einmal sagte, »so ungeheure Stöße am Kopf bewirken auch einen gewissen Zauber«, und er begann mit großem Einfallsreichtum Fantasiegeschichten für junge Leser zu schreiben, unter anderem *James und der Riesenpfirsich*, *Der Zauberfinger* und *Hexen hexen*. Diese Bücher waren so erfolgreich, dass in der Nähe von Dahls Wohnort, in Aylesbury, die Roald Dahl Children's Gallery gegründet wurde. Dort können die Besucher in Matildas Bibliothek alles Wissenswerte über Zauberkünstler erfahren und überhaupt jede Menge verrückte Späße und atemberaubende Abenteuer erleben. Die Illusionen in der Galerie stehen denen, die in dieser Geschichte beschrieben sind, in nichts nach. Allerdings sollte der Besucher immer an Roald Dahls mahnende Worte denken: »Wer nicht an Zauber glaubt, der wird ihn niemals finden.«

Ray Bradbury

Der unsichtbare Junge

Wer wünschte nicht, er könnte sich unsichtbar machen? Die Zauberer behaupten, diese geheime Kunst schon seit Jahrhunderten zu beherrschen. Auch Charlie, der pfiffige Held der folgenden Geschichte, hätte gern diese Fähigkeit, denn dann könnte er sich ungesehen herumtreiben. Nachdem er von seinen Eltern verlassen wurde, hat er sich zu seiner Tante durchgeschlagen, die in einer einsamen, alten Hütte lebt und zufälligerweise eine Hexe ist. Die alte Dame kennt sich wirklich mit Zauberei aus und benutzt für ihre Hexenkünste alle möglichen absonderlichen Zutaten wie zum Beispiel mumifizierten Frosch und frische Fledermaus. Sie hat Charlie gleich ins Herz geschlossen und möchte ihn in die Geheimnisse ihrer Kunst einweihen: wie man beispielsweise Tiere auf der Stelle festbannt, wie man eine Ziege entzaubert und sogar wie man sich gegen Schüsse feit. Allerdings funktioniert die Zauberei der alten Dame leider nicht immer …

***

Sie nahm den großen Eisenlöffel und hieb damit kräftig auf den mumifizierten Frosch, sodass er pulverisiert wurde. Dann sprach sie auf das Pulver ein, während sie es schnell mit ihren steinharten Fäusten fein rieb. Zwischendurch huschte der Blick ihrer grauen, vogelhaften Knopfaugen zur Hütte hinüber. Jedes Mal, wenn sie hinschaute, ging der Kopf hinter dem kleinen Fensterchen in Deckung, als ob sie ein Gewehr abgefeuert hätte.

»Charlie!«, schrie die Alte Dame. »Raus da mit dir! Ich braue gerade einen Echsenzauber, um diese verrostete Tür aufzukriegen! Komm jetzt raus, oder soll ich vielleicht dafür sorgen, dass die Erde bebt oder die Bäume in Flammen aufgehen oder die Sonne am hellichten Mittag untergeht?«

Kein Laut war zu hören, nur das warme Licht von den Bergen auf den hohen Terebinthen, ein wuscheliges Eichhörnchen, das auf einem grünpelzigen Baumstamm emsig vor sich hin schwatzte, und die Ameisen, die in einer schmalen, braunen Straße an den nackten, blau geäderten Füßen der Alten Dame vorbeizogen.

»Du hungerst da drin jetzt schon zwei Tage vor dich hin, verdammt noch mal«, ächzte sie und schlug den Löffel schallend gegen einen flachen Stein, dass der dicke, graue Wunderbeutel an ihrem Gürtel hin und her schwang. Schwitzend richtete sie sich auf und marschierte auf die Hütte zu, das Froschpulver in der Hand. »Komm raus jetzt!« Sie schnippte eine Prise von dem Pulver in das Schloss. »Na schön, dann komm ich dich holen!«, zischte sie.

Ihre walnussbraune Hand drehte den Knauf erst in die eine, dann in die andere Richtung. »O Herr«, intonierte sie, »tu auf die Pforte weit!«

Als sich nichts auftat, versuchte sie es mit einer weiteren Prise und hielt erwartungsvoll den Atem an. Ihr langer, blauer, zerknitterter Rock raschelte, als sie in den finsteren Tiefen ihres Beutels nach irgendwelchen schuppigen Ungeheuern oder sonst einem Zaubermittel spähte, das wirksamer wäre als der Frosch, den sie schon vor Monaten erlegt und für einen Notfall wie diesen aufbewahrt hatte.

Sie hörte Charlie dicht hinter der Tür atmen. Die Eltern des Jungen hatten sich Anfang der Woche irgendwo in eine Stadt am südlichen Rand der Ebene abgesetzt und ihn allein gelassen. Er war fast zehn Kilometer weit gelaufen, um bei der Alten Dame unterzuschlüpfen – sie war so eine Art Tante oder Kusine oder dergleichen, und dass sie ein bisschen wunderlich war, störte ihn nicht.

Doch dann hatte die Alte Dame sich so sehr an den Jungen gewöhnt, dass sie beschloss, ihn zur Gesellschaft bei sich zu behalten. Sie hatte sich in die knochige Schulter gestochen, drei Blutstropfen herausgepresst, über den rechten Arm ausgespuckt, auf einer Grille geblasen, zugleich die linke Hand in Charlies Schulter gekrallt und dazu ausgerufen: »Mein Sohn bist du, du bist mein Sohn, in alle Ewigkeit!« Das war jetzt zwei Tage her.

Charlie hatte einen Haken geschlagen wie ein verschreckter Hase und war Hals über Kopf durchs Unterholz davongestürmt, Richtung Heimat.

Aber die Alte Dame, behende wie ein Salamander, hatte ihm an einer Stelle, wo es nicht mehr weiterging, den Weg abgeschnitten. Daraufhin hatte Charlie sich in dieser alten Einsiedlerklause verbarrikadiert und sich geweigert herauszukommen, mochte sie mit ihrer bernsteinbraunen Faust gegen Tür, Fenster und Astlöcher hämmern und ihre Feuerrituale vollführen, so viel sie wollte. Dabei erklärte sie ihm immer wieder, dass er *jetzt* erst recht ihr Sohn sei.

»Charlie, bist du da?«, fragte sie und durchbohrte das Holz der Tür mit ihren glänzenden, flinken Augen.

»Wo soll ich denn sonst sein?«, antwortete er endlich sehr

erschöpft, als ob er gleich auf dem Boden zusammenbrechen würde, wenn die Tür aufginge. Die Alte Dame rang hoffnungsvoll mit dem Türknopf. Vielleicht hatte eine Spur zu viel Froschpulver das Schloss verklemmt. Sie über- oder untertrieb es immer mit ihrer Zauberei, nie traf sie das *richtige* Maß, hol's der Teufel, dachte sie.

»Charlie, ich will doch bloß jemanden haben, mit dem ich abends ein bisschen plaudern und die Hände am Feuer wärmen kann. Jemanden, der mir morgens Anmachholz holt und die Geister verscheucht, die sich aus dem Frühdunst heranschleichen! Ich will doch gar nichts von dir, mein Sohn, du sollst mir nur Gesellschaft leisten.« Sie schmatzte mit den Lippen. »Weißt du was, Charles, wenn du da rauskommst, dann bring ich dir auch was bei!«

»Was denn?«, fragte er misstrauisch.

»Ich bring dir bei, wie man gute Geschäfte macht. Fang ein Schneewiesel, schneid ihm den Kopf ab und halt ihn hinten in der Hosentasche warm. So!«

»Pöh«, machte Charlie.

Sie redete hastig weiter auf ihn ein. »Ich bring dir bei, wie man sich gegen Kugeln feit. Dann kann jemand mit dem Gewehr auf dich schießen, ohne dass dir was passiert.«

Als Charlie stumm blieb, verriet sie ihm das Geheimnis in aufgeregtem Flüsterton. »Du musst am Freitag bei Vollmond Mausöhrlein-Wurzeln ausgraben und auffädeln. Dann trägst du sie an einer weißen Seidenschnur um den Hals.«

»Du *spinnst* ja!«, sagte Charlie.

»Ich bring dir bei, wie man macht, dass Wunden aufhören zu bluten, oder wie man Tiere auf der Stelle festbannt oder wie man blinde Pferde sehend macht, das bring ich dir alles bei! Und wie man Kühe von Koliken heilt und Ziegen entzaubert. Ich bring dir bei, wie man sich unsichtbar macht!«

»Oh!«, machte Charlie.

Das Herz der Alten Dame schlug einen Trommelwirbel.

Der Türknopf wurde von innen gedreht.

»Du willst mich nur reinlegen«, sagte Charlie.

»Nein, bestimmt nicht!«, rief die Alte Dame. »Ach, Charlie, ich mach dich durchsichtig wie eine Fensterscheibe. Du wirst staunen, Kind!«

»Echt unsichtbar?«

»Echt unsichtbar!«

»Und du tust mir auch nichts, wenn ich rauskomme?«

»Ich werd dir kein Härchen krümmen, mein Sohn.«

»Na gut«, sagte Charlie langsam und widerstrebend.

Die Tür öffnete sich. Da stand er barfuß, mit gesenktem Kopf, das Kinn auf der Brust. »Mach mich unsichtbar«, forderte er.

»Erst müssen wir uns eine Fledermaus fangen«, sagte die Alte Dame. »Such schon mal eine!«

Sie gab ihm etwas Dörrfleisch gegen den Hunger und beobachtete dann, wie er auf einen Baum kletterte. Es war schön, ihm zuzusehen, wie er höher und höher stieg, und es war schön, ihn bei sich und um sich zu haben nach all den einsamen Jahren, in denen sie morgens nur vom Auswurf der Vögel und den silbrigen Spuren der Schnecken begrüßt worden war.

Wenig später trudelte eine Fledermaus mit gebrochenem Flügel aus dem Baum herab. Die Alte Dame fing sie auf. Das Tier flatterte hektisch und kreischte, dass das porzellanweiße Gebiss zu sehen war. Gleich darauf plumpste Charlie Hals über Kopf mit Geschrei auf den Boden.

Am Abend, als der Mond an den würzigen Kiefernzapfen knabberte, zog die Alte Dame eine lange Silbernadel aus ihrem weiten, blauen Kleid hervor. Sie überwand ihre Aufregung, zückte die tote Fledermaus und zwang sich, die kalte Nadel ganz, ganz ruhig zu halten.

Ihr war längst klar, dass ihre Kunststücke trotz Schweiß und Mühe, Salz und Schwefel nicht gelangen. Dennoch gab sie den Traum nicht auf, dass die Wunder eines Tages doch noch in einem Regen aus scharlachroten Blüten und silbernen Sternen Wirklichkeit würden. Dann wüsste sie, dass Gott ihr ihre Jugendsünden vergeben hatte – das rosige Fleisch und die rosigen Gedanken, das warme Fleisch und die warmen Gedanken, die sie als junges Mädchen gehabt hatte. Bisher hatte Gott ihr allerdings kein Zeichen gegeben und kein Wort gesprochen, doch das wusste niemand als die Alte Dame selbst.

»Bereit?«, fragte sie Charlie, der zusammengekauert da hockte. Die langen Arme, mit denen er seine hübschen Beine umschlungen hielt, waren voller Gänsehaut, und sein Mund stand vor Erwartung offen.

»Bereit«, flüsterte er zitternd.

»Da!« Sie rammte die Nadel tief in das rechte Auge der Fledermaus. »So!«

Charlie schrie auf und vergrub das Gesicht in den Armen.

»Jetzt wickle ich sie in einen Stofflappen ein, so, und dann steckst du das Ganze mitsamt der Fledermaus in die Tasche. Na los!«

Er verstaute das Zauberwerk in seiner Tasche.

»Charlie!«, quiekte die Alte Dame ängstlich. »Charlie, Kind, wo *bist* du? Ich *seh* dich nicht!«

»Hier!« Er hüpfte, sodass der Feuerschein rot an ihm emporzüngelte. »Hier bin ich, Alte Dame!« Er starrte wild auf seine Arme, Beine, Brust und Zehen. »Hier bin ich!«

Ihr Blick irrte umher, als ob er ein Gewimmel von tausend Glühwürmchen verfolgte, die im Nachtwind durcheinander schwirrten.

»Charlie, du bist aber *plötzlich* verschwunden! Flink wie ein Kolibri! Ach, Charlie, komm doch zu mir *zurück!*«

»Aber ich bin doch *hier!*«, protestierte er.

»Wo denn?«

»Hier, am Feuer! Und – ich sehe mich doch. Ich bin überhaupt nicht unsichtbar!«

Die Alte Dame stemmte die Arme auf die schmalen Hüften. »'türlich siehst *du dich!* Man kann sich immer selbst sehen, wenn man unsichtbar ist. Wie sollte man sonst essen oder rumlaufen und sich zurechtfinden? Charlie, fass mich mal an. Fass mich an, damit ich *weiß*, dass du da bist.«

Er streckte vorsichtig die Hand aus.

Sie zuckte in gespieltem Schrecken zurück, als er sie berührte. *»Huch!«*

»Heißt das, du kannst mich nicht *finden?*«, fragte er. »Echt nicht?«

»Nicht das kleinste Fitzelchen von dir!«

Sie suchte sich einen Baum aus, den sie mit glänzenden Augen anstarrte, um nur ja nicht den Blick auf Charlie zu richten. »Also wirklich, *diesmal* hat das Kunststück *geklappt!*« Sie seufzte andächtig. »Wusch – so schnell hab ich noch *nie* was unsichtbar gemacht! Sag mal, Charlie ... wie *fühlst* du dich eigentlich?«

»Wie ein Wildbach ... ganz *aufgewühlt*.«

»Das legt sich mit der Zeit.«

Sie schwieg ein Weilchen und fragte dann: »Und was hast du jetzt so vor, Charlie, wo du unsichtbar bist?«

Sie sah ihm an, dass ihm alles Mögliche durch den Kopf schoss. Abenteuer standen ihm vor Augen, dass sein Blick wie Höllenfeuer loderte, und sein weit offen stehender Mund verriet, was es für einen Jungen bedeutete, sich zu fühlen wie ein Bergwind. Kühl, wie im Traum, sagte er: »Ich renne über

Weizenfelder, klettere auf schneebedeckte Berge, klaue weiße Hühner von den Bauernhöfen. Ich trete rosa Schweinchen, wenn sie nicht hingucken. Ich kneife hübsche Mädchen im Schlaf in die Beine und lasse in der Schule ihre Strumpfbänder schnappen.« Charlie sah die Alte Dame an, und sie bemerkte aus glänzenden Augenwinkeln heraus, wie sein Gesicht einen verschlagenen Ausdruck annahm. »Und ich mach noch andere Sachen, jawohl, die mach ich«, sagte er.

»Verschon *mich* nur ja mit deinen Dummheiten«, mahnte die Alte Dame. »Ich bin zerbrechlich wie das Eis im Frühling, ich vertrag keinen Schabernack.« Dann fuhr sie fort: »Was ist mit deinen Leuten?«

»Was soll mit denen sein?«

»Na, so kannst du doch nicht nach Hause. Die krempeln sich ja um vor Schreck. Deine Mutter würde auf der Stelle ohnmächtig umkippen wie ein gefällter Baum. Glaubst du vielleicht, die haben Lust, dauernd irgendwo im Haus über dich zu stolpern? Und deine Mutter müsste dich alle drei Minuten rufen, auch wenn du direkt neben ihr stehst.«

Daran hatte Charlie nicht gedacht. Seine Begeisterung verpuffte etwas, er flüsterte ein kleinlautes »Scheibenkleister« und tastete vorsichtig seine langen Knochen ab.

»Du wirst mächtig einsam sein. Die Leute werden durch dich hindurchsehen wie durch ein Wasserglas. Sie werden dich rumschubsen und mit Füßen treten, ohne es überhaupt zu merken. Und die Frauen, Charlie, die *Frauen* …«

Er schluckte. »Was ist mit den Frauen?«

»Keine Frau wird sich nach dir umsehen. Und keine Frau will einen Jungen küssen, von dem sie nicht mal weiß, wo sein Mund ist!«

Charlie bohrte nachdenklich mit dem nackten Zeh in der Erde und schmollte. »Na, eine Weile bleib ich jedenfalls noch unsichtbar und mach mir einen Spaß daraus. Ich muss bloß ordentlich vorsichtig sein und mich vor Wagen und Pferden in Sicherheit bringen – und vor Pa. Der schießt nämlich ruckzuck, sobald er irgendwas hört.« Charlie blinzelte. »Ja, wo ich doch unsichtbar bin, da könnte Pa mich eines Tages glatt auf dem Hof mit der Schrotflinte erlegen, weil er mich für ein Eichhörnchen hält. Ach …«

Die Alte Dame nickte in Richtung Baum. »Kann leicht passieren.«

»Also, dann bleib ich halt noch diese Nacht unsichtbar«, entschied er zögernd, »und morgen kannst du mich dann wieder zurückzaubern, Alte Dame.«

»Na, das sind mir die Richtigen – immer das wollen, was man grad nicht haben kann«, bemerkte die Alte Dame, an einen Käfer auf dem Baumstamm gewandt.

»Wie meinst du das?«, fragte Charlie.

»Na, es war immerhin ein ganz schönes Stück Arbeit, dich so hinzukriegen«, erklärte sie. »Das braucht seine *Zeit*, bis es wieder abgeht, mein Junge – so wie ein Anstrich mit der Zeit abblättert.«

»Du!«, schrie er. »Du hast mir das angetan! Jetzt mach's auch wieder weg! Du musst mich sichtbar machen!«

»Nur ruhig Blut«, sagte sie. »Das vergeht nach und nach, hier mal eine Hand und da mal ein Fuß.«

»Wie sieht denn das aus, wenn ich in den Bergen rumlaufe und nur eine Hand von mir zu sehen ist!«

»Wie ein Vogel mit fünf Flügeln, der über Stock und Stein hüpft.«

»Oder wenn nur ein Fuß zu sehen ist!«

»Wie ein kleines rosa Kaninchen, das durchs Unterholz hoppelt.«

»Oder wenn mein Kopf in der Luft schwebt!«

»Wie ein Karnevalsluftballon mit Perücke!«

»Wie lange dauert's, bis ich wieder *ganz* da bin?«, fragte er.

Sie schätzte, das könne gut und gern ein ganzes Jahr dauern.

Er stöhnte. Er biss sich auf die Lippen, um ein Schluchzen zu unterdrücken, und ballte die Fäuste. »Du warst das, du hast mich verhext, und jetzt bist du schuld, dass ich nicht mehr nach Hause kann!«

Sie zwinkerte. »Aber du kannst doch hier bleiben, Kind. Du kannst bei mir wohnen und es gut haben wie die Made im Speck.«

Er stieß hervor: »Das hast du mit Absicht gemacht! Du miese, alte Hexe, du willst mich nur hier behalten!«

Er verschwand blitzschnell im Unterholz.

»Charlie, komm zurück!«

Keine Antwort. Nur seine Fußspuren blieben auf dem weichen, dunklen Waldboden zurück. Sein ersticktes Weinen verklang schnell in der Ferne.

Die alte Dame wartete und zündete inzwischen ein Feuer an. »Er kommt schon wieder zurück«, flüsterte sie vor sich hin. Dann sagte sie zu sich selbst: »Und jetzt hab ich meine Gesellschaft – den ganzen Frühling lang und bis spät in den Sommer. Wenn ich ihn leid bin und wieder meine Ruhe haben will, schicke ich ihn heim.«

Charlie kehrte im ersten Morgengrauen lautlos zurück. Er schlich sich über die reifbedeckte Lichtung an die Alte Dame heran, die lang ausgestreckt wie ein ausgebleichter Ast neben der kalten Feuerstelle lag.

Er setzte sich auf ein paar glatt geschliffene Kiesel und starrte sie an.

Sie wagte es nicht, in seine Richtung zu sehen. Er hatte

kein Geräusch gemacht – woher hätte sie also wissen sollen, dass er in der Nähe war? Unmöglich.

Er saß da mit verweintem Gesicht.

Die Alte Dame tat, als ob sie gerade aufwachte. Dabei hatte sie die ganze Nacht nicht geschlafen. Sie stand ächzend und gähnend auf und wandte sich der aufgehenden Sonne zu.

»Charlie?«

Ihr Blick glitt über Kiefern und Erde, Himmel und die fernen Berge. Sie rief seinen Namen wieder und wieder. Dabei musste sie sich beherrschen, ihn nicht geradeheraus anzustarren. »Charlie? Ach, Charles!«, rief sie und hörte, wie das Echo dasselbe sagte.

Er blieb sitzen und fing plötzlich an zu grinsen, als ihm klar wurde, wie allein sie sich fühlen musste, obwohl er ganz in ihrer Nähe war. Vielleicht spürte er, wie eine heimliche Macht in ihm wuchs, vielleicht fühlte er sich sicher vor der Welt – jedenfalls *gefiel* es ihm, unsichtbar zu sein.

Sie sagte laut: »Wo *kann* der Junge denn nur stecken? Wenn er bloß mal einen Laut von sich geben würde, dass ich wüsste, wo er ist, dann würde ich ihm vielleicht was zum Frühstück braten.«

Sie machte sich sogleich an die Arbeit. Charlies beharrliches Schweigen zerrte allmählich an ihren Nerven. Sie röstete Speck an einem Hickorystock. »Wenn er das erst mal schnuppert, dann läuft ihm garantiert das Wasser im Mund zusammen …«, murmelte sie.

Als sie sich nur einen Moment vom Feuer abwandte, schnappte Charlie sich den brutzelnden Speck und verschlang genüsslich die ganze Portion.

Die alte Dame fuhr herum und schrie: »Herrgott!«

Dann suchte sie mit den Augen die Lichtung ab und rief misstrauisch: »Charlie, bist *du* das?«

Charlie wischte sich mit den Handgelenken den Mund ab.

Sie stapfte über die Lichtung und tat, als ob sie ihn suchte. Dann kam ihr eine gute Idee: Sie stellte sich blind und lief mit ausgestreckten Armen geradewegs auf ihn zu. »Wo *steckst* du, Charlie?«

Blitzschnell wich er ihr aus, schlug Haken und duckte sich.

Sie musste sich mit aller Gewalt zusammenreißen, um keine Verfolgungsjagd aufzunehmen. Einen unsichtbaren Jungen *konnte* man nun einmal nicht verfolgen. Also setzte sie sich mürrisch und vor sich hin schimpfend wieder hin und versuchte neuen Speck zu braten. Aber so oft sie einen Streifen abschnitt und über das Feuer hielt – Charlie stahl den Speck jedes Mal, sobald er zu brutzeln anfing, und machte sich damit aus dem Staub.

Schließlich rief sie mit hochrotem Kopf: »Ich weiß, wo du bist! *Da!* Ich höre dich rennen!« Sie zeigte nicht *zu* genau in seine Richtung, sondern etwas daneben.

Er rannte wieder ein Stück. »Jetzt bist du da!«, schrie sie. »Da, und jetzt da!« In den nächsten fünf Minuten verfolgte sie jede seiner Bewegungen mit dem Finger. »Ich höre, wenn du einen Grashalm knickst, wenn du eine Blume zertrampelst oder auf einen Zweig trittst. Ich habe ausgezeichnete Lauscher, fein wie Rosenblüten. Damit kann ich die Sterne wandern hören!«

Charlie rannte lautlos zwischen den Kiefern davon und rief zurück: »Wenn ich *sitze*, kannst du mich nicht hören. Ich setz mich einfach auf einen Stein!«

Er bezog einen Beobachtungsposten auf einem Felsen, wo er den ganzen Tag lang reglos in der frischen Brise saß.

Die Alte Dame spürte seinen Blick auf ihrem Rücken prickeln, während sie im dichten Wald Holz sammelte. Am liebsten hätte sie sich verplappert: »Ich sehe dich, o ja, ich sehe dich! Von wegen unsichtbar – ich hab dich nur auf den Arm genommen! *Da* bist du!« Doch sie biss die Zähne zusammen und schluckte ihren Zorn hinunter.

Der nächste Morgen begann mit Gemeinheiten. Charlie sprang plötzlich hinter Bäumen hervor. Er schnitt ihr Krötenfratzen, Froschfratzen, Spinnenfratzen. Er zerrte sich die Lippe mit den Fingern nach unten, machte Glubschaugen und riss die Nasenlöcher auf, dass man seinem Gehirn beim Denken zusehen konnte.

Als die alte Dame einmal ihr Feuerholz fallen ließ, tat sie, als ob sie sich vor einem Blauhäher erschrocken hätte.

Charlie machte eine Geste, als ob er sie würgen wollte.

Sie zitterte ein wenig.

Er tat, als wollte er ihr gegen das Schienbein treten und ins Gesicht spucken.

Das ertrug sie, ohne mit der Wimper zu zucken.

Er streckte ihr die Zunge heraus und machte seltsame, ekelhafte Geräusche. Er wedelte mit den Ohren und reizte sie damit zum Lachen. Als sie es sich schließlich nicht mehr verbeißen konnte, fand sie schnell einen Vorwand: »Hab ich mich doch auf einen Salamander gesetzt! Hui, das hat vielleicht gekitzelt!«

Charlie benahm sich immer verrückter, bis er Punkt Mittag dem Ganzen die Krone aufsetzte:

Er kam splitterfaserjungennackt durch das Tal gerannt!

Die Alte Dame wäre vor Entsetzen beinahe umgefallen.

Sie war kurz davor loszuschreien: »Charlie!«

Er flitzte nackt über die Hügel, auf der einen Seite hinauf und auf der anderen wieder hinunter – nackt wie der Tag, nackt wie der Mond, nackt wie die Sonne oder wie ein frisch geschlüpftes Küken. Seine hell schimmernden Füße huschten daher wie die Flügel eines dicht über dem Boden fliegenden Kolibris.

Der Alten Dame stockte der Atem. Was hätte sie sagen können? Charlie, zieh dich an? *Schäm* dich? *Lass* das? Aber *konnte* sie das denn? – Ach, Charlie, um Himmels willen, Charlie! – Konnte sie das denn jetzt sagen? *Wie?*

Sie sah, wie er auf dem großen Felsen auf und ab hüpfte, nackt wie am Tag seiner Geburt. Er stampfte mit den bloßen Füßen, schlug sich mit den Händen auf die Knie, streckte seinen weißen Bauch vor wie einen aufgeblasenen Ballon und zog ihn dann ein, als ob jemand die Luft herausgelassen hätte.

Die Alte Dame schloss ganz fest die Augen und betete.

Nachdem das drei Stunden so gegangen war, rief sie flehend: »Charlie, Charlie, komm doch mal her! Ich muss dir was *sagen!*«

Wie ein welkes Blatt kam er an – wieder angezogen, dem Himmel sei Dank.

»Charlie«, sagte sie und richtete den Blick dabei auf die Kiefern, »ich sehe deinen rechten Zeh. *Da.*«

»Echt?«, fragte er.

»Ja«, sagte sie ganz traurig. »Da sitzt er wie eine kleine, hornige Kröte im Gras. Und da ist dein linkes Ohr, da oben. Schwebt in der Luft wie ein rosa Schmetterling.«

Charlie führte einen Freudentanz auf. »Hurra, hurra! Ich nehme wieder Gestalt an!«

Die Alte Dame nickte. »Da ist auch schon dein Fußknöchel!«

»Die *ganzen* Füße will ich, beide!«, befahl Charlie.

»Hast du.«

»Was ist mit den Händen?«

»Ich sehe die eine auf deinem Knie – krabbelt da rum wie ein Weberknecht.«

»Und die andere?«

»Krabbelt auch.«

»Und mein Körper?«

»Nimmt schon ganz prima Gestalt an.«

»Meinen Kopf brauch ich aber auch, damit ich nach Hause kann, Alte Dame.«

Nach Hause, dachte sie wehmütig. »Nein!«, sagte sie trotzig und wütend. »Nein, von deinem Kopf ist nichts zu sehen. Keine Spur«, rief sie. Den wollte sie sich bis ganz zum Schluss aufsparen. »Kein Kopf zu sehen, gar kein Kopf«, beharrte sie.

»Kein Kopf?«, jammerte er.

»Da, o mein Gott, ja, da, da ist dein verflixter Kopf wieder!«, keifte sie schließlich resigniert. »So, und jetzt gib mir die Fledermaus mit der Nadel im Auge zurück!«

Er warf sie ihr hin. »Jippiiiiiiie!« Sein Jubel schallte durchs ganze Tal. Dann rannte er los, Richtung Heimat. Sie hörte noch lange das Echo der Freudenschreie, die er beim Laufen ausstieß.

Eine große, dumpfe Trübsal überkam sie. Schließlich sammelte sie das Feuerholz ein und machte sich auf den Rückweg zu ihrer Hütte. Unterwegs seufzte und redete sie vor sich hin. Und Charlie begleitete sie den ganzen Weg, diesmal *wirklich* unsichtbar, sodass sie ihn nicht sehen, sondern nur hören konnte – wie einen fallenden Kiefernzapfen, einen unterirdischen Wasserlauf oder ein Eichhörnchen, das über einen Zweig huschte. Dann saß sie im Zwielicht gemeinsam mit diesem unsichtbaren Charlie am Feuer und fütterte ihn mit Speck, den er jedoch nicht annahm, sodass sie ihn selbst aß. Später bereitete sie noch einen Zauber vor und ging dann mit Charlie schlafen – mit einem Charlie aus Stöcken, Lumpen und Kieselsteinen, der aber dennoch warm war, der ganz allein ihr Sohn war und wohlig in ihren zitternden, mütterlichen Armen einschlummerte ... und sie plauderten schläfrig von allerlei herrlichen Dingen, bis das Feuer in der Morgendämmerung langsam, langsam verlosch ...

***

RAY BRADBURY hat einige ausgesprochen einfühlsame Fantasy-Kindheitsgeschichten geschrieben. Viele davon beruhen auf seinen eigenen Kindheitserlebnissen im Mittleren Westen der USA, wo er aufwuchs, bis er 1934 mit seiner Familie nach Los Angeles zog. Er behielt diese erste Zeit immer in guter Erinnerung, und die Hauptfigur einer Reihe von Erzählungen, ein Junge namens Douglas, hat große Ähnlichkeit mit dem Autor selbst. Zu Bradburys ersten größeren Werken gehört eine Geschichtenserie über eine Gruppe übernatürlicher Wesen, die als Familie in einem ganz normalen Zuhause wohnen. Der Durchbruch kam mit der Veröffentlichung von *Löwenzahnwein*, worin viele der Douglas-Geschichten gesammelt sind. Es folgte *Fahrenheit 451*, ein Roman über eine schreckliche Zukunft, in der alle Bücher verbrannt werden, damit nicht mit ihrer Hilfe Gedankengut verbreitet wird. *Das Böse kommt auf leisen Sohlen* ist ein Fantasy-Thriller, in dem zwei Jungen im Teenageralter in den Bann eines Wanderzirkus geraten. Ray Bradburys Leidenschaft für Zauberei hat sich auch in einer Reihe weiterer Erzählungen niedergeschlagen, darunter »Fiebertraum«, »Der Reisende« und »Der brennende Mann«, sowie in seinem hervorragenden Jugendroman *Halloween*.

William F. Nolan

Ich heiße Dolly

Zauberer setzen ihre Kräfte ja im Allgemeinen nicht dazu ein, Leuten zu schaden. Wenn Kinder misshandelt werden, kennen sie allerdings keinen Pardon. Manche denken dabei vielleicht an ihre eigene Kindheit und daran, was sie alles durchmachen mussten, bis sie Zauberer wurden. Vor allem adoptierte Kinder und solche mit nur einem Elternteil haben oft unter den Erwachsenen zu leiden, die neu in ihr Leben treten. Ein bekanntes Beispiel hierfür ist Harry Potter, der nach dem Tod seiner Eltern bei Onkel Vernon und Tante Petunia lebt und dort alles andere als gut behandelt wird. Onkel Vernon ist eine besonders unsympathische Gestalt – wenn auch vielleicht nicht ganz so schlimm wie Mr. Brubaker in der folgenden Geschichte, der die kleine Waise Dorothy buchstäblich terrorisiert. Die rothaarige und sommersprossige Dolly – wie ihre Freunde sie nennen – kam als Adoptivkind zu den Brubakers, und solange Mrs. Brubaker noch am Leben war, ging auch alles gut. Doch nach ihrem plötzlichen Tod begann der alte Mann Dorothy ganz abscheulich zu behandeln. Nun wendet das Mädchen sich an die alte Meg, die in einem Bootshaus wohnt. Sie ist eine Hexe, und Dolly hofft, dass sie den gemeinen Mr. Brubaker vielleicht ver-

zaubern kann. Doch zu ihrem Erstaunen bekommt sie als Hilfe nichts als eine Puppe, die haargenau so aussieht wie sie selbst …

***

MONTAG. Heute war ich bei der Hexe – das ist ein guter Anfang für dieses Diarium. (So nennt man ein Tagebuch. Ich musste das Wort im Wörterbuch nachschlagen. Ich dachte erst, es wäre so was wie ein Aquarium, aber da ist Wasser drin, und hier ist Blut drin. Das ist schon ziemlich was anderes.)

Ich möchte von Meg erzählen. Sie ist so um die tausend Jahre alt. (Hexen können ja schließlich ewig leben.) Sie ist ganz knorrig, wie Eichenrinde, ich meine ihre Haut, und sie hat riesengroße Augen. Wie wenn man in eine tiefe, dunkle Höhle guckt, wo man nicht weiß, was drin ist. Sie hat eine Hakennase und spitze Zähne wie eine Katze. Wenn sie lacht, sieht man, dass welche fehlen. Ihr Haar ist ganz wirr und zottelig, und sie stinkt. Hat wohl eine Ewigkeit nicht mehr geduscht. Ihr langes, schwarzes Kleid ist ganz löcherig. Wahrscheinlich von Ratten angeknabbert. Sie wohnt nämlich unten am See in dem alten, verlassenen Bootshaus voller Spinnweben, und da wimmelt es von fetten, grauen Ratten. Scheint die alte Meg nicht zu stören.

Ich heiße Dolly. Das ist eine Abkürzung von Dorothy, wie in der Geschichte mit dem Zauberer von Oz. Nur dass keiner mich je Dorothy nennt. Ich bin noch ein Kind, nicht besonders groß, und ich habe rote Haare und Sommersprossen. (Ich *hasse* Sommersprossen! Als ich noch ganz klein war, habe ich versucht sie abzuschrubben, aber das geht nicht. Sie sind fest, wie tätowiert.)

Der Grund, dass ich zur alten Meg an den See gegangen bin, das war, weil ich meinen Vater so hasse. Naja, eigentlich ist er ja gar nicht mein Vater. Ich bin nämlich adoptiert, und meinen echten Vater kenne ich überhaupt nicht. Vielleicht ist er ja ganz nett und nicht so wie Mister Brubaker, der mich adoptiert hat. Mrs. Brubaker ist letzten Winter an der Grippe gestorben, und da hat Mister Brubaker angefangen, mich zu belästigen. (Belästigen habe ich auch nachgeschlagen – es ist das richtige Wort für das, was er dauernd versucht mit mir anzustellen.) Wenn ich mich wehre, wird er fuchsteufelswild und schlägt mich. Ich renne dann aus dem Haus, bis er sich wieder beruhigt hat. Dann ist er auf einmal furchtbar nett und gibt mir Kekse mit Schokoladenstückchen drin, meine Lieblingssorte. Er will nur, dass ich ihn gern hab, damit er mich nachher wieder belästigen kann.

Letzte Woche hat mir jemand in der Schule von der Hexe erzählt, die am See wohnt. Ein paar Kinder sind immer da runtergegangen und haben mit Steinen nach ihr geworfen, bis sie Lucy Akins verzaubert hat. Lucy ist weggelaufen, und seitdem hat keiner sie mehr gesehen. Sie ist bestimmt tot. Jetzt lassen die Kinder die alte Meg in Ruhe.

Ich dachte, Meg könnte vielleicht auch Mister Brubaker verhexen, wenn ich ihr fünf Dollar gebe (so viel habe ich gespart). Also, darum bin ich hingegangen. Sie hat gesagt, das geht nicht, weil sie nur Leute verhexen kann, wenn sie sie vor sich hat und ihnen in die Augen gucken kann wie bei Lucy Akins.

Der See war schwarz und blubberte so mit dicken Blasen, und es roch komisch. Im Bootshaus war es kalt und feucht. Ich hatte Angst vor den Ratten, aber die alte Meg war die Einzige, die mir einfiel, um das mit Mister Brubaker endlich zu regeln. Sie hat meine fünf Dollar genommen und mir gesagt, sie würde bald in die Stadt gehen, da wollte sie sich nach was umsehen, womit man gegen Mister Brubaker ankommen könnte. Ich habe versprochen, dass ich sie am Freitag nach der Schule wieder besuche.

Der soll noch bluten, hat sie gesagt.

FREITAGABEND. Ich war wieder bei der alten Meg, und sie hat mir so eine Puppe mitgegeben. Eine richtig große, so groß wie ich, und sie sieht auch genauso aus, mit Sommersprossen und roten Haaren. Und ein hübsches rosa Kleid hat sie an und kleine, schwarze Schuhe mit roten Schleifen drauf. Sie kann mit den Augen klimpern, und hinten hat sie einen großen Metallschlüssel im Rücken stecken. Wenn man sie damit aufzieht, macht sie die großen, dunklen Augen auf und sagt: Hallo, ich heiße Dolly. Genau wie ich. Ich habe Meg gefragt, wo sie Dolly aufgetrieben hat, und sie sagt im Spielzeugladen von Mister Carter. Aber da war ich schon oft drin, und ich habe noch nie gesehen, dass es so eine Puppe für fünf Dollar gibt. Nimm sie mit nach Hause, hat Meg zu mir gesagt, dann ist sie deine Freundin. Ich bin ganz aufgeregt mit Dolly losgerannt. Sie hat so eine Kiste mit Rädern dran, da kann man sie reintun und hinter sich herziehen.

Sie ist zu groß zum Tragen.

MONTAG. Mister Brubaker kann Dolly nicht leiden. Er sagt, sie ist verdammt eigenartig. Genauso hat er das gesagt: verdammt eigenartig. Aber schließlich ist sie jetzt meine Freundin, da scher ich mich nicht drum, wie er sie findet. Er hat mir verboten, sie mit in die Schule zu nehmen.

SAMSTAG. Heute habe ich der alten Meg ein paar Haare von Mister Brubaker gebracht. Sie hatte gesagt, ich sollte nachts welche abschneiden, wenn er schläft. Das war ganz schön schwierig, ohne ihn zu wecken, aber ich habe es geschafft und sie ihr gebracht. Ich habe auch Dolly mitgenommen, weil sie das so wollte. Sie hat gesagt, Dolly wird ihr Medium. Das war das Wort: Medium. (Ich gebe mir immer Mühe, die Wörter nicht durcheinander zu bringen.)

Dolly hatte ihre tiefen, dunklen Augen aufgemacht und Mister Brubaker angeguckt. Das reicht schon, hat die alte Meg gesagt. Sie hat zwei von Mister Brubakers Haaren um den großen Metallschlüssel gewickelt, den Dolly auf dem Rücken hat, und hat gesagt, ich soll sie erst wieder aufziehen, wenn Mister Brubaker am Sonntagnachmittag zu Hause Sport guckt. Das macht er sonntags immer.

Ich habe gesagt, mach ich.

SONNTAGABEND. Heute Nachmittag hat Mister Brubaker wie immer im Fernsehen Sport geguckt. Da habe ich Dolly direkt vor ihm aufgestellt und genau gemacht, was die alte Meg gesagt hatte. Ich habe sie mit dem großen Schlüssel aufgezogen und dann den Schlüssel rausgezogen und ihn ihr in die rechte Hand gegeben. Er war lang und spitz. Dolly hat die Augen aufgemacht und gesagt: Hallo, ich heiße Dolly, und hat Mister Brubaker den Aufziehschlüssel in die Brust gerammt. Da kam ganz viel Blut raus (hab ich ja vorher gesagt, dass das kommt).

Mister Brubaker hat Dolly gepackt und mit der Vorderseite ins Feuer geworfen. Das heißt, so ist sie im Feuer gelandet, genau mit der Vorderseite. (Jetzt ist Winter, da ist es im Haus ohne Feuer ganz schön kalt.) Danach ist er umgefallen und nicht mehr aufgestanden. Er war tot. Da habe ich Doktor Thompson gerufen.

Er hat gleich die Polizei mitgebracht. Als ich denen erzählt habe, was passiert war, haben sie Dolly aus dem Feuer gerettet. Die schönen, roten Haare waren fast ganz abgebrannt und die ganze linke Seite vom Gesicht war richtig schlimm angeschmort. Die Farbe war weggeschmolzen und voller Blasen. Und ein Arm war ganz abgebrannt und das rosa Kleid war schwarz verkohlt mit großen Brandlöchern drin. Der Polizist, der sie gerettet hat, sagte, das gibt es nicht, dass eine Spielzeugpuppe jemanden umbringt. Er behauptete, ich hätte Mister Brubaker den Schlüssel in die Brust gerammt und es nachher auf Dolly geschoben. Sie haben mich in ein Heim für schlimme Kinder gesteckt.

Ich habe niemandem von der alten Meg erzählt.

DIENSTAG. Jetzt ist es viel später, und ich habe inzwischen richtig schöne Haare, und mein Gesicht ist fast verheilt. Die Dame, die das Haus hier leitet, sagt, dass ich links im Gesicht für immer große Narben behalten werde, aber ich habe noch Glück gehabt, dass ich das Auge auf der Seite nicht verloren habe. Es ist schwierig, zu essen und mit den anderen Kindern zu spielen, wenn man nur einen Arm hat, aber das ist schon in Ordnung, denn ich kann immer noch hören, wie Mister Brubaker schreit, und sehen, wie das ganze Blut aus seiner Brust kommt, und das ist schön.

Ich wünschte, ich könnte mich bei der alten Meg bedanken. Das habe ich ganz vergessen – und man soll sich doch immer bedanken, wenn einem jemand etwas Gutes tut.

***

WILLIAM F. NOLAN ist ein großer Fan von Ray Bradbury, dem Autor der vorigen Erzählung. Beide interessieren sich für Kindheitsüberlieferungen. Nolan, ein ehemaliger Werbegrafiker und Autorennfahrer, wurde mit dem Roman *Flucht ins 23. Jahrhundert* berühmt. In dieser beklemmenden Zukunftsvision wird als Maßnahme gegen die Überbevölkerung jeder getötet, sobald er ein bestimmtes Alter erreicht. Ein junges Paar widersetzt sich dem Todesurteil und versucht sich diesem Schicksal durch Flucht zu entziehen. Das Buch wurde später auch verfilmt, und in den USA entstand eine Fernsehserie daraus. Nolan schrieb noch zwei Fortsetzungen, *Logan's World* und *Logan's Search*, und darüber hinaus eine ganze Reihe sehr erfolgreicher Fantasy-Erzählungen, darunter auch »Ich heiße Dolly«. Diese Geschichte wurde 1988 als »The Year's Best Fantasy« ausgezeichnet.

PHILIP PULLMAN

Lesen

Die Geschichte der Zauberei wurde vor vielen Jahren in Büchern wie The Wizard Unvisored, *das ich bereits in »Die Welt der Zauberei« erwähnt habe, zu Papier gebracht. Neben solchen Werken gibt es jedoch auch eine ganze Menge Fantasietitel wie zum Beispiel das* Necronomicon, *ein Werk über schwarze Magie, das in zahlreichen Geschichten von H. P. Lovecraft vorkommt, das Buch* Gramarye, *das in Susan Coopers* Wintersonnenwende *eine Rolle spielt, sowie das* Nekrotelicomnicon *(auch als* Liber Paginarum Fulvarum *bekannt) von Achmed dem Verrückten und andere magische Titel in der neunzigtausend Bände umfassenden Bibliothek der Unsichtbaren Universität in Terry Pratchetts* Scheibenwelt-*Romanen. Auch die Hogwarts-Schule besitzt eine Bibliothek, die von A bis Z mit fantastischen Titeln voll gestopft ist – von Bathilda Bagshots* Geschichte der Zauberei *über das* Lehrbuch der Zaubersprüche, Band 1 *von Miranda Habicht und* Dunkle Kräfte: Ein Kurs zur Selbstverteidigung *von Quirin Sumo bis hin zu dem viel konsultierten Standardwerk* Theorie der Magie *von Adalbert Schwahfel. Das Mädchen Annabel in der folgenden Geschichte ist ganz besessen von*

Büchern. Die Schulbibliothek ist der einzige Ort, an dem sie sich richtig wohl fühlt. Für sie sind Bücher sogar wirklicher als Menschen. Als in der Schule ein Disko-Abend veranstaltet wird, denkt Annabel gar nicht daran, sich mit Jungen abzugeben, sondern brennt nur darauf, etwas zu lesen aufzutreiben. Doch dann, als sie sich aus der brodelnden Menge auf der Tanzfläche davonstiehlt, bekommt der Zauberbann der Worte auf einmal eine völlig neue Bedeutung …

***

Annabel lief den unbeleuchteten Flur entlang zur Schulbibliothek. Beim Gehen streifte sie leicht über die Tapete. Neben der Tür zum Sekretariat war eine eingerissene Stelle, an der galt es vorbeizukommen, ohne den frei liegenden Putz zu berühren. Sonst würde sie umkehren und wieder an der Ecke anfangen müssen. Einmal hatte sie es erst beim vierten Versuch geschafft, war deshalb zu spät zur Biologiestunde gekommen und musste zur Strafe das Terrarium mit den Gespenstschrecken sauber machen.

In der Eingangshalle war der Lärm von der Schuldisko nur noch schwach zu hören. Annabel blieb stehen um zum fünfzehnten Mal sämtliche Aushänge zu lesen, bevor sie durch die Glastüren hinausspähte. Es war fast dunkel. Die untergehende Sonne malte über den Dächern der umliegenden Gebäude rote Flecken an den Himmel. Weiter oben schwebten feste, kleine Wölkchen zitronen-, butter- und aprikosengelb vor einem marineblauen Hintergrund. Annabel stand da, eine Hand an die Scheibe gelegt, und sah zu ihnen hinaus wie ein Lehrer, der den Schulhof beaufsichtigte.

Plötzlich bemerkte sie eine Gruppe Jungen, die am Schultor um ein Motorrad herumstanden. Sie konnte nicht erkennen, wer unter dem Helm steckte, aber die anderen waren in ihrer Klasse. Sie öffnete die Tür und rief: »He, Jungs! Ihr solltet doch eigentlich da drin sein!«

Sie wandten sich ab, ohne zu antworten. Dann machte der Junge mit dem Helm offenbar eine blöde Bemerkung, und die anderen lachten. Annabel schüttelte den Kopf. Solche Jungs gehörten bestraft, aber anscheinend kümmerte sich niemand darum.

Sie schloss die Tür und schlenderte zu der Vitrine mit den Pokalen hinüber. Seit 1973 war hier nichts mehr verändert worden; zu den Namen auf den angelaufenen Silberkelchen und Trophäen waren keine neuen mehr hinzugekommen. Die Sammlung war ein Relikt aus der Zeit, als die Schule noch ein Gymnasium gewesen war. Annabel wünschte sich manchmal, sie wäre damals Schülerin gewesen. Sie hätte gern ihren Namen irgendwo eingraviert gesehen, zum Beispiel auf der Edith-Butler-Plakette für Bühnenrezitation. Doch die Zeiten waren vorbei.

Als sie ihr Spiegelbild in der Glasscheibe sah, stellte sie sich kerzengerade hin und zupfte an ihrem Kleid. Es war zu kurz; sie hatte denen gleich gesagt, dass es zu kurz war. Es war dunkelgrün mit einem weißen Rüschenkragen, der hinten allmählich ausfranste. Warum hatte sie herkommen müssen? Die wussten genau, dass sie lieber klassische Musik hörte. Kein Junge würde mit ihr tanzen wollen, und sie hatte auch keine besonderen Freunde, mit denen sie sich hätte unterhalten können – sofern das bei der lauten Musik überhaupt möglich war. Die ganze Angelegenheit würde das reinste *Fegefeuer* für sie werden, hatte sie leidenschaftlich verkündet.

Gleich darauf verließ sie die Eingangshalle wieder, ging an der Aula vorbei zur Bibliothek und drückte die Türklinke hinunter. Sie wusste vorher, dass abgeschlossen wäre, aber trotzdem überkam sie eine Welle bitterer Enttäuschung. Der einzige Ort in der ganzen Schule, wo sie sich wohl fühlte – und die schlossen einfach die Tür ab ... Zu allem Unglück stand bei den Neuerwerbungen auch noch der neueste Roman von Iris Murdoch. Annabel hatte alle anderen Bücher von dieser Autorin schon gelesen, und es kam ihr manchmal so vor, als wäre sie selbst eine Figur von Iris Murdoch. Sie wünschte sich sehnlichst, dieses Buch in die Finger zu bekommen, aber die aus der Sechsten hatten Vorrang. Als ob überhaupt einer von denen es lesen wollte! Sie sah das Buch verführerisch nahe vor sich.

Annabel las so viel, dass es schon fast krankhaft war. Wenn sie gerade einmal kein Buch vor sich hatte, irrte ihr Blick ruhelos umher und suchte überall nach etwas Gedrucktem. Sobald sie etwas entdeckte, steuerte sie zielstrebig darauf zu und vergaß alles um sich herum – wie ein Drogensüchtiger bei der Aussicht auf das tödliche weiße Pulver. Sie hatte immer schon gelesen – sie konnte ihr ganzes Leben daran messen. Mit fünf Jahren hatte sie Doktor Seuss gelesen, mit sieben war sie zu Dick King-Smith und Helen Cresswell übergegangen, und als sie zehn wurde, war sie bereits bei Diana Wynne-Jones und Susan Cooper angekommen. Jetzt, mit 14, las sie Bücher für Erwachsene. Las? Sie verschlang sie förmlich – wie einer dieser seltsamen Tiefseefische, die nur aus einem riesigen Maul zu bestehen scheinen, an dem der Körper wie ein kümmerliches Anhängsel wirkt.

Wenn man ihr zusah, konnte man tatsächlich den Eindruck haben, dass sie sich ihren Lesestoff buchstäblich einverleiben wollte. Wie sie sich daran weidete, ein neues Buch aufzuschlagen – die Bindung knirschen zu hören, das Papier zu riechen, die Seiten durch die Finger gleiten zu lassen, genüsslich den Schutzumschlag abzustreifen – und auch beim

Lesen hielt sie ihre Hände keine Sekunde lang still. Ihre Daumen strichen unablässig über das glatte Papier, ihre Finger erkundeten die Wölbung des Buchrückens und die geheimnisvolle Höhlung darunter. Taschenbücher waren auch nicht übel, aber sie gingen so leicht kaputt. Ihre eigentliche Leidenschaft galt fest gebundenen Büchern.

Ja, sie war anders als die anderen, aber was machte das schon? Die anderen waren doch bloß Schatten. Das eigentlich Wirkliche waren Bücher. Ihre Eltern hatten sich allerdings in den Kopf gesetzt, dass sie mehr Abwechslung bräuchte. Sie sollte Leute kennen lernen, Freundschaften schließen – darum hatten sie sie zu dieser Disko geschickt, damit sie sich besser in die Gemeinschaft integrierte. Und da war sie nun, streifte planlos durch die leere Schule und hörte die ganze Zeit im Hintergrund diese grässliche Musik wummern. Wenn sie nur ein Buch hätte, dann könnte sie sich friedlich irgendwo zurückziehen und lesen. Wenn sie ein Buch hätte, dann würde sie niemandem in die Quere kommen. Warum ließen die sie nicht einfach in Ruhe mit ihren Diskos und ihrem Gerede von Integration? Wozu sollte man sich in die Gemeinschaft integrieren, wenn man doch lesen konnte? Es geschähe ihnen Recht, wenn sie Selbstmord beginge. Und ihnen dann als Geist erschiene. Als Geist würde sie nach Herzenslust lesen können.

Jemand rannte schreiend über den Flur. Annabel seufzte, setzte eine tragische Miene auf und schüttelte den Kopf. Als ihr Blick auf ihr Spiegelbild in der Tür zur Bibliothek fiel, versuchte sie diesen Ausdruck zu wiederholen, konnte ihn aber im Dämmerlicht nicht richtig erkennen.

Wie spät es wohl sein mochte? Sie hielt ihr zierliches Handgelenk mit der goldenen Armbanduhr dicht vor die Augen. Die Uhr war ein Familien-Erbstück. Sie hatte einmal

Annabels Großtante gehört, die ein Buch mit Erinnerungen an ihr Leben in Ostafrika veröffentlicht hatte, und Annabel war sehr stolz darauf. Das schwache Licht vom anderen Ende des Flurs reichte gerade aus, um zu erkennen, dass die Uhr halb neun zeigte. Das bedeutete – Annabel zählte an den Fingern ab – acht Uhr einundvierzig, denn sie hatte die Uhr um sechs gestellt, und sie ging jede Viertelstunde eine Minute nach. Es würde also noch Ewigkeiten dauern, bis die Disko vorbei wäre. Wohin konnte sie sonst noch gehen? Überall war abgeschlossen. Sie legte seufzend noch einmal die Hand an die Tür zur Bibliothek und steuerte dann auf die Sporthalle zu, wo die Disko stattfand. Ihr blieb ja wohl nichts anderes übrig. Als sie näher kam, dröhnte ihr der Rhythmus der Musik – wenn denn überhaupt von Musik die Rede sein konnte – gnadenlos in den Ohren. Sie atmete tief durch, stieß die Tür zur Turnhalle auf und ging hinein.

Es war unerträglich laut und heiß. Bis auf ein paar bunte Scheinwerfer, die im Takt zur Musik aufblitzten, war es dunkel im Raum. Wie eine Vorhölle, dachte Annabel – von wilden Geistern bevölkert, die kreischend auf und ab hüpften. Es war *bestimmt* die Hölle. Sie sah sich niedergeschlagen um. Da war Mr. Carter, der Sportlehrer. Er tanzte wild – beziehungsweise *boppte*, wie sie das wohl nannten. Und dort drüben, war das nicht Miss Andrews? Sie trug ein reichlich gewagtes Kleid und erheblich mehr Schminke als sonst, aber es war doch eindeutig die Englischlehrerin. Annabel ging ganz automatisch auf sie zu.

»Hallo, Annabel!«, rief Miss Andrews. »Ich hätte gar nicht damit gerechnet, dass du kommst.«

Annabel verzog das Gesicht. Dann sagte sie: »Hier geht es zu wie im zweiten Buch von *Paradise Lost*.«

»Wie? Ich versteh dich nicht!«

»Ich sagte, hier geht es zu wie im zweiten Buch von *Paradise Lost!*«

»Ach ja? Warum tanzt du denn nicht?«

Annabel zuckte hilflos die Schultern. Offenbar hatte die Lehrerin sie immer noch nicht richtig verstanden. Da tippte einer von den großen Jungs Miss Andrews auf die Schulter und deutete mit einer Kopfbewegung in Richtung Tanzfläche. Die Lehrerin nickte begeistert und ging mit. Annabel fühlte sich betrogen.

Jemand schrie ihr ins Ohr. Sie zuckte zusammen.

»Lust zu tanzen?«, schrie es wieder.

Sie drehte sich um. Der Junge, der sie angesprochen hatte, war in ihrer Klasse. Er hieß Tim und war ein ganz anständiger Kerl – recht gewöhnlich, etwas dick, las nicht viel. Warum forderte er sie zum Tanzen auf? Machte er sich über sie lustig? Einen anderen Grund konnte es wohl nicht geben.

Sie verzog den Mund und fragte: »Wieso *das* denn?«

Er wurde ganz verlegen und war sichtlich vor den Kopf gestoßen. »Naja ... ich dachte halt, ich frag mal«, sagte er. »Nur so.«

»Ach, nur so. Verstehe. Du glaubst wohl, es würde mir Spaß machen, mit dir zu tanzen? Dich womöglich zu berühren? Mich zu winden und zu zappeln und zu stöhnen? Glaubst du, ich will aussehen wie *die* da? Nein, danke. Eher würde ich sterben.«

Darauf fiel Tim nichts ein. Schließlich blinzelte er und drehte sich weg. Eigentlich hätte ihr das Genugtuung bereiten können, doch sie war mit ihren Gedanken schon wieder woanders – und vor lauter heimlicher Freude schoss ihr das Blut in den Kopf.

Ihr war eingefallen, wo sie ein Buch hatte!

Es war allerdings kein Roman; bloß ein Handbuch über das Sammeln und Schleifen von Halbedelsteinen. Aber immerhin etwas zu lesen. Sie hatte es am Dienstagnachmittag kurz vor dem Sport aus der Bibliothek mitgenommen und in den Turnbeutel gesteckt, der noch an ihrem Haken hing. Ihr Atem ging schneller; sie huschte verstohlen aus der Turnhalle und steuerte schnurstracks auf die Umkleiden zu.

Es war dunkel, doch sie fand ihren Haken mühelos und wühlte zwischen dem feucht-muffigen Handtuch und den klammen Gymnastikschuhen, bis sie das ersehnte Buch am Rücken zu fassen bekam. Sie zerrte es heraus und presste es an die Brust. Wo konnte sie sich jetzt ungestört damit zum Lesen niederlassen?

Das Mondlicht, das von draußen durchs Fenster hereinschien, war sicher hell genug zum Lesen. Und kalt war es auch nicht. Sie könnte zum Schwimmbad gehen – da würde bestimmt niemand hinkommen.

Annabel umklammerte das Buch und hastete über die Flure zum Haupteingang. Sie schlüpfte lautlos wie ein Schatten hinaus und schlich um das Gebäude herum. Das Schwimmbecken war von einer Hecke umgeben, und für den Fall, dass das Mondlicht doch nicht reichte, gab es hoch oben an der Wand des Schulgebäudes einen Scheinwerfer. Perfekt! Sogar die Hecke passte – sie erinnerte an ein Gartenlabyrinth mit einem verborgenen Teich darin; ein geheimer Winkel, in majestätisches Mondlicht getaucht, wo sie bis in alle Ewigkeit sitzen und lesen konnte …

Sie tastete nach dem Tor, das zwei Meter hoch war und aus fest gefügten, massiven Zedernbrettern bestand. Als sie feststellte, dass es abgeschlossen war, hätte sie vor Wut beinahe mit den Füßen gestampft. Aber entschlossen, wie sie nun einmal war, kam Aufgeben jetzt nicht mehr infrage. Sie warf zuerst das Buch über den Zaun, damit sie nicht mehr zurück konnte, dann sprang sie hoch, bekam die Oberkante des Tores zu fassen, zog sich daran empor und ließ sich auf der anderen Seite hinunterfallen.

Atemlos vor Glück suchte sie nach ihrem Schuh, den sie bei der unsanften Landung verloren hatte, strich sich das zerzauste Haar aus dem Gesicht und richtete sich auf, das Buch wohlbehalten in der Hand. Ihr Kleid war hoch gerutscht; sie zupfte es geistesabwesend zurecht. Sie war allein, und der Mond schien. Alles war versilbert, bis auf das glänzende, schwarze Wasser im Schwimmbecken. Selbst die eintönig rechteckigen Betonplatten, mit denen der Rand gepflastert war, wirkten weicher – wie echte, alte, ausgetretene Steine.

Und kein Mensch da außer ihr! Das war das Allerbeste.

Annabel drehte sich langsam um sich selbst und stellte sich dabei vor, dass ein langes, weites Seidenkleid um ihren Körper spielte. Sie hob den rechten Arm, ließ die goldene Uhr im Mondlicht schimmern und dachte, wie zierlich der Arm wirkte – richtig graziös …

Aber das Buch interessierte sie schon wieder mehr als die Schwelgereien über ihr Äußeres. Sie streifte die Schuhe ab, setzte sich auf den Beckenrand und streckte die Füße vorsichtig in das kalte Wasser. Sie sah zu, wie das Spiegelbild des Mondes wabbelte wie ein Wackelpudding und dann ganz allmählich wieder eine feste Form annahm. Dann schlug Annabel das Buch auf. Sie musste es dicht vor die Augen halten, um die Schrift entziffern zu können. Mit weit aufgerissenen Augen und tief gesenktem Kopf begann sie zu lesen. Gleich darauf raschelte es in der Hecke. Eine leise Mädchenstimme sagte etwas, und jemand kicherte.

Annabel blieb reglos sitzen. Sie war außer sich vor Wut – sie wusste, was die vorhatten. Statt zu antworten, kauerte sie sich nur noch tiefer über ihr Buch. Wie konnten sie es wagen!

»Annabel!«, rief dieselbe Stimme. Sie kam irgendwo aus der Nähe.

Annabel reagierte nicht. Es folgte ein Wortwechsel im Flüsterton, dann wurde wieder gekichert.

»*Annabel!*«, rief das Mädchen noch einmal.

Annabel hielt sich die Ohren zu.

»Ach, lass sie doch, Linda«, hörte sie klar und deutlich eine andere Stimme sagen – eine Jungenstimme.

»Nein! Die hat mir hier nicht in die Quere zu kommen. Soll gefälligst woanders hingehen.«

Nachdem Annabel den Namen gehört hatte, erkannte sie auch die Stimme. Linda war ein Mädchen aus ihrer Klasse – hübsch, beliebt und nach Annabels Einschätzung nahezu Analphabetin. Annabel hielt sich die Ohren zu, duckte sich noch tiefer und starrte gebannter denn je in das Buch.

Es raschelte wieder in der Hecke, dann kamen die beiden Gestalten zum Vorschein – das Mädchen forsch, der Junge eher zögernd. Linda ging über den Rasen auf den gepflasterten Beckenrand zu und baute sich in etwa einem Meter Abstand vor Annabel auf. Die tat, als ob sie es gar nicht bemerkte.

»Verzieh dich, Annabel«, forderte das Mädchen. »Geh woanders hin. Wir waren eher hier wie du.«

Annabel konnte nicht widerstehen. »Eher *als* du«, korrigierte sie. »Ich muss mich wirklich wundern, dass du diesen Fehler immer noch machst. Wie auch immer, ich lese gerade. Das stört euch wohl kaum …«

»Ach, lass doch, Linda«, stöhnte der Junge, den Annabel jetzt ebenfalls erkannte. Er hieß Ian, und so viel sie wusste, fanden eine Menge Mädchen ihn interessant. »Mit der ist nicht zu reden. Lass sie in Ruhe.«

»Ich denk nicht dran«, widersprach Linda. »Wir waren eher da wie sie, und sie hat hier nichts verloren. Die will uns ja bloß in die Quere kommen. Soll sie doch abhauen und ihr Buch irgendwo anders lesen. Warum muss sie ausgerechnet hierher kommen und uns stören?«

»Ich störe überhaupt niemanden«, sagte Annabel.

»Wenn ich finde, dass du störst, dann *störst* du.«

»Ich frage mich, ob du dir selbst über dein Handeln im Klaren warst, als du hergekommen bist«, sagte Annabel. »Ich an deiner Stelle würde jetzt schön brav wieder in die Disko gehen. Ich weiß ja nicht, was deine *Eltern* …«

»Ich *fass* es nicht!«, unterbrach Linda. Sie stapfte wütend näher heran, bis sie auf Tuchfühlung neben Annabel stand. Annabel roch ihr Parfüm und ihr warmes Fleisch. Sie rümpfte die Nase, ehe sie sich wieder ihrem Buch zuwandte.

Ian stand unbehaglich ein wenig abseits. Linda stieß Annabel grob mit dem Knie an.

»Na, mach schon, verzieh dich! Was hast du ausgerechnet hier zu suchen, wo du eh bloß lesen willst? Verzieh dich, du bist hier nicht erwünscht!«

Annabel blickte kalt zu ihr auf. Lindas Augen funkelten, ihr Atem ging heftig, die Haut auf ihren nackten Armen schimmerte sanft im Mondschein.

»Das kommt überhaupt nicht infrage«, sagte Annabel. »Ich habe alles Recht der Welt, hier zu sein.«

»Ich habe alles Recht der Welt, hier zu sein«, äffte Linda sie haargenau im selben Tonfall nach.

»Die rührt sich hier nicht weg, Linda«, sagte Ian.

Annabel hatte sich in der Tat keinen Zentimeter von der Stelle bewegt. Das Spiegelbild des Mondes lag reglos auf dem Wasser, und sie hielt das Buch mit den Händen im Schoß fest.

Doch Linda ließ nicht locker. Sie stieß Annabel noch einmal mit dem Knie, diesmal heftiger, sodass Annabels Füße im Wasser wackelten. Die Wellenkreise breiteten sich langsam in Richtung Mond aus.

»Ich kann dich nicht ausstehen«, sagte Linda. »Du bist ein richtiger Snob.«

»Das bin ich nicht«, widersprach Annabel. »Ein Snob ist jemand, der ein Verhalten zur Schau trägt, das ihm den Anschein eines höheren gesellschaftlichen Status verleiht. Es bedeutet überhaupt nicht das, was du meinst. Wenn du es mal im Wörterbuch ...«

»Warum kannst du nicht reden wie alle anderen? Du blöde Kuh! Was ist jetzt, machst du endlich den Abgang?«

»Das liegt mir fern. Wenn *du* jetzt allerdings nicht sofort wieder in die Disko gehst, dann erfahren ...«

Ehe sie ausreden konnte, riss Linda ihr plötzlich das Buch aus der Hand.

»Was *tust* du da?«, schrie Annabel und rappelte sich hastig auf, doch da hatte Linda das Buch schon quer über das Schwimmbecken geworfen. Es flatterte wie ein lahmer Vogel, klatschte auf das Wasser und trieb dann träge ein paar Meter vom Rand entfernt dahin.

»He! Das ist aus der *Bibliothek!*«, rief Annabel entgeistert. »Es *gehört* mir gar nicht!«

Sie kniete am Beckenrand nieder, beugte sich weit vor und versuchte das Wasser zu sich heranzuschaufeln. Linda wandte sich ab und stampfte verächtlich mit dem Fuß auf.

»Ian!«, schrie Annabel. »Du musst mithelfen! Ich komme nicht dran ... Wo ist denn diese Bambusstange? Hol sie mal her! Schnell!«

Er rührte sich nicht. Annabel beugte sich noch etwas weiter vor. Das Buch schaukelte sanft auf dem Wasser und trieb weiter ab. Sie stand auf – völlig panisch und außer sich vor Zorn –, rannte mit wenigen Schritten zu Linda, packte sie an der Schulter und schüttelte sie heftig.

»Hol mir das Buch wieder! Du gehst jetzt sofort hin und holst es aus dem Wasser! Wie kannst du es wagen, ein literarisches Werk so zu behandeln, du Barbarin! Du unzivilisierte Analphabetin!«

Linda drehte sich erschrocken und wütend um und schüttelte Annabels Hand ab. Annabel versetzte ihr einen Schlag, der laut über das Wasser schallte. Linda war so überrumpelt, dass es ihr den Atem verschlug. Als sie sich wieder gefangen hatte und zurückschlagen wollte, packte Annabel sie an den Haaren und versuchte sie ins Schwimmbecken zu zerren. Es gab eine kurze, heftige Auseinandersetzung, jemand schrie, dann verlor Annabel selbst das Gleichgewicht und fiel mit einem leisen Aufschrei ins Wasser.

Sie ging sofort unter. Schwimmen war nicht gerade ihre Stärke, aber sie wusste doch, dass der menschliche Körper normalerweise von selbst an der Oberfläche trieb. Die einzige Erklärung, die ihr einfiel, war, dass das grüne Kleid sie hinabzog.

Als sie den Grund berührte, stieß sie sich zwei- oder dreimal ab, bis sie wieder Auftrieb bekam. Einmal berührte sie mit den Fingerspitzen das Buch, konnte es jedoch nicht ergreifen. Dann kam sie wieder an die Oberfläche. Es war überhaupt nicht kalt.

Sie schlug die Augen auf und sah etwas, das sie belustigte: Ian und Linda knieten nebeneinander und spähten mit schuldbewussten Gesichtern ins Wasser. Anscheinend war mehr Zeit vergangen, als sie gedacht hatte.

Und dann begriff sie, dass sie tot war. Na, das geschah denen ja wohl recht!

Es gab keinen Zweifel. Sie stieg aus dem Becken und stellte sich zitternd neben die beiden, während ihr Körper träge im Wasser trieb. Ian legte die Arme um Linda. Dann überlegte er es sich anders und streckte sie nach dem leblosen Körper aus.

»Ich war da nicht schuld, Ian!«, sagte Linda. »Du hast doch gesehen, sie hat versucht mich reinzuschubsen … Ist das schrecklich! Was machen wir denn jetzt bloß?«

»Sie ist einfach reingefallen«, sagte Ian hilflos. »Du hast sie überhaupt nicht geschubst … Ich hol sie wohl besser raus, oder? Oh, mein Gott! Ich glaub, wir müssen Mr. Carter Bescheid sagen. Lauf hin und hol ihn, ich kann inzwischen … ach, ich weiß auch nicht. Los, schnell!«

»Wie soll ich denn …« Linda zeigte ratlos auf die Hecke.

»Herrgott, was weiß denn ich! Genauso, wie wir reingekommen sind! Nun mach schon!«

Linda rannte zur Hecke und zwängte sich blindlings hinein, während Ian im Wasser schaufelte, um Annabels Körper mit der Strömung zu sich heranzuholen.

»Ich glaube, der Bambusstab ist drüben bei der Pumpe«, sagte Annabel, doch Ian nahm keine Notiz von ihr. »Wenn du meinen Rockzipfel packst, kannst du mich vielleicht ein bisschen näher heranziehen.«

Es war zwecklos. Er konnte sie überhaupt nicht hören.

»Ich glaube kaum, dass ich noch lange oben schwimme«, sagte Annabel lauter. »Wahrscheinlich ist meine Lunge noch voller Wasser. Das steigert das spezifische Gewicht des Körpers. Beeil dich lieber, bevor er untergeht. Ich bin derzeit nicht in der Lage, dir zu helfen. Im Übrigen seid ihr das ganz allein schuld, ihr beide.«

Es änderte gar nichts, wenn man tot war. Man wurde genauso wenig zur Kenntnis genommen wie vorher. Annabel fühlte sich verloren, aber das war auch nichts Neues für sie. Man hätte denken können, tot zu sein wäre ganz interessant – wenigstens am Anfang –, doch es war noch schlimmer als leben. Ihr lag nicht einmal mehr viel an dem Buch.

Ian hatte es aufgegeben, sie mit der Strömung zu sich heranzuholen, und stand unschlüssig an der Hecke. Er sah den Körper nicht an. Annabel fand, dass er verängstigt wirkte.

Dann begann sie das Ganze erst wirklich zu begreifen – als ob ein Arm oder Bein eingeschlafen wäre und das Gefühl danach allmählich zurückkehrte. Sie begriff, dass sie tot war. Für immer außen vor. Ihre Zukunft war mit einem Schlag ausgelöscht, als hätte jemand eine Kerze ausgeblasen. Die Bücher, die sie hatte schreiben wollen, ihre Schriftstellerkarriere – das alles würde niemals Wirklichkeit werden. Sie begann zu weinen.

Plötzlich waren Schritte zu hören und jemand machte sich am Tor zu schaffen. Schließlich wurde es heftig aufgestoßen, Mr. Carter stürmte herein und warf einen Blick auf das Schwimmbecken und Ian.

»Hast du denn *nichts* unternommen?«, fragte er und stürzte sich mit einem Kopfsprung ins Becken. Das Wasser spritzte einfach durch Annabel hindurch, die am Beckenrand stand. Als Mr. Carter neben dem Körper wieder auftauchte, schnappte er nach Luft, hob Annabels Kopf aus dem Wasser und schleppte sie in Rückenlage an den Rand.

»Ich hebe sie hoch«, sagte er zu Ian. »Fass du mit an und zieh sie raus. Hiev sie über die Kante. Los, Bewegung!«

Ian beeilte sich, die Anweisungen zu befolgen. Annabel schwebte dicht heran und ärgerte sich darüber, wie unbeholfen die sich anstellten. Es kam ihr vor, als ob sie es absichtlich täten, um sie lächerlich zu machen. Sie ließen ihren zierlichen Körper plump über den Beckenrand hängen, sodass das Wasser aus Mund und Nase strömte. Das dunkelgrüne Kleid klebte klatschnass an ihren Beinen. Ian zerrte an einem Arm.

»Herrgott noch mal, Junge, fass richtig an!«, sagte Mr. Carter, der vor Kälte nach Luft schnappte. »Du renkst ihr ja die Schulter aus! Heb sie vorsichtig …«

Annabel fühlte wieder die Tränen aufsteigen. Sie sah mit verschleiertem Blick auf das arme, durchweichte Etwas hinunter, das triefend auf dem Beton ausgestreckt lag, und beobachtete, wie Mr. Carter daneben niederkniete, ihren Kopf in beide Hände nahm und sie küsste. Sie entfernte sich schluchzend. Am Tor drängte sich inzwischen eine Menschenmenge – offene Münder, gnadenlos starrende Augen. Sie konnte es nicht ertragen.

Annabel ging ins Schulgebäude zurück und setzte sich in die Eingangshalle. Die Diskomusik dröhnte immer noch aus der Turnhalle; offenbar hatten die meisten Schüler keine Ahnung, was los war. Annabel wusste nicht, was sie tun sollte. Was tut man, wenn man tot ist? Wohin geht man?

Sie war bitter enttäuscht. Sie wollte erklären, wessen Schuld es war, aber niemand hörte ihr zu. Sie beobachtete, was weiter geschah: Mr. Carter trug ihren Körper herein und legte ihn im Sanitätsraum ab, Miss Andrews rief ihre Eltern an, die Polizei kam und danach ein Krankenwagen; alle Schüler bis auf Ian und Linda wurden nach Hause geschickt. Die beiden mussten im Büro des Direktors warten. Da Annabel keine Lust hatte, sich zu ihnen zu setzen, ging sie zu ihrem Körper in den Sanitätsraum.

Es war nie ein besonders hübscher Körper gewesen; jetzt wirkte er grotesk. Ein Auge war offen, das andere halb geschlossen; aus dem weit geöffneten Mund lief Wasser heraus, Arme und Beine waren steif und ungelenk wie die einer

Puppe. Wie konnten sie sie so liegen lassen? Das musste Absicht gewesen sein. Als sie ihre Eltern kommen hörte, glitt sie aus dem Zimmer. Es wäre zu peinlich gewesen.

Stattdessen machte sie sich auf den Weg zur Turnhalle, wo noch Licht war, und sah sich das Mischpult an, das eigens für diesen Abend gemietet worden war. Es war ein komplizierter Apparat mit zwei Plattentellern, einem Mikrofon und allen möglichen Schaltern. Die Platten lagen in wüstem Durcheinander auf einem Tisch daneben und Annabel ging hin, um die Labels zu lesen. Sie war ziemlich enttäuscht, wie wenig darauf stand – sie hatte immer den Eindruck gehabt, Plattenhüllen seien voller Schrift. Vielleicht galt das nur für Klassik-Platten.

Der Direktor kam und sprach mit ihren Eltern. Annabel verfolgte das Ganze ohne Anteilnahme. Sie war sich immer noch nicht darüber im Klaren, was sie jetzt tun sollte. Die Sache war ihr ein Rätsel.

Als alle gegangen waren und rücksichtsloserweise das Licht gelöscht hatten, tastete sie sich zurück zur Eingangshalle. Sie streifte mit der Hand über die Tapete und strich dabei über die eingerissene Stelle neben der Tür zum Sekretariat, ohne sie zu spüren – sie verfehlte sie zweimal und musste von vorn anfangen.

Dann bemerkte sie etwas wirklich Eigenartiges: Sie konnte mit der Hand geradewegs durch die Wand hindurchgreifen. Im schwachen Licht, das durch die Glastür in die Eingangshalle drang, sah es aus, als ob sie sich mit einem Armstumpf gegen die Wand lehnte. Wie merkwürdig!

Nach zwei oder drei vorsichtigen Versuchen trat sie etwas dichter heran und probierte, ob sie hindurchgehen könnte. Sie fand sich ohne die geringste Schwierigkeit im Sekretariat wieder. Obwohl es in dem Raum noch dunkler war, konnte sie alles problemlos erkennen – vielleicht war es nie ganz dunkel, wenn man tot war.

Sie wiederholte dasselbe ein paar Mal. Es war wirklich ganz unerhört – und dabei fühlte es sich gar nicht irgendwie besonders an. Wenn das so war, dann kam sie jetzt überall hinein …

Auch in die Bibliothek! Endlich konnte sie sich etwas zu lesen beschaffen!

Sie machte kehrt und rannte begeistert den Flur entlang. Sie würde die ganze Bibliothek für sich allein haben, niemand könnte sie wegschicken, niemand könnte sagen, sie solle aufhören zu lesen oder ihre Hausaufgaben machen oder sich mit Leuten unterhalten! Dafür lohnte es sich beinahe, tot zu sein.

Sie glitt durch die Tür in die Bibliothek und hielt mit einem bebenden, kleinen Seufzer der Befriedigung einen Moment lang inne – wie eine Katze, die sich am Anblick einer Maus weidet, bevor sie zuschlägt. Ganze Welten schlummerten da in den Regalen – und alle warteten auf sie! Wo sollte sie nur anfangen?

Der neue Iris Murdoch-Roman.

Annabel leckte sich die Lippen, ging begierig auf das Buch zu, streckte die Hand danach aus – und griff ins Leere.

Wie ungeschickt! Sie versuchte es noch einmal, bekam das Buch aber wieder nicht zu fassen. Was war nur los mit ihr?

Sie griff zitternd nach dem Buch, doch ihre Hand glitt geradewegs hindurch.

Ganz plötzlich dämmerte ihr die Wahrheit. Es würde ihr nie gelingen, das Buch aus dem Regal zu nehmen. Es würde ihr nie gelingen, es aufzuschlagen. Verzweifelt versuchte sie es mit einem anderen Buch, doch auch dabei erging es ihr nicht anders.

Sie rannte zum nächsten Regal. Sie wollte einfach nicht glauben, was da vor sich ging; sie streckte die Arme, den Kopf, den ganzen Körper in ein Regal nach dem anderen und suchte verzweifelt nach etwas Festem zwischen all den luftigen Trugbildern von Büchern, die sie umgaben. Sie ertappte sich sogar dabei, wie sie versuchte hineinzubeißen, um der Bücher habhaft zu werden, doch ihre Hände, Zähne und Arme stießen auf keinerlei Widerstand – sie glitten einfach durch leeren Raum. Schließlich blieb sie vor Entsetzen zitternd stehen.

Alle Bücher der Welt waren ihr verschlossen. Hunderte, Tausende, Millionen von Büchern – und alle verschlossen, für immer verschlossen. Sie würde nie wieder die freudige Erregung erleben, ein Buch in der Hand zu halten, es zu riechen, mit den Fingern darin zu blättern, ihr Gesicht dagegen zu drücken. Sie würde nie mehr *lesen* können …

Es sei denn, sie würde sich hinter jemanden stellen und ihm beim Lesen über die Schulter sehen.

Aber wenn sie daran dachte, was für Bücher die anderen immer aussuchten … und wie langsam und lustlos sie lasen, wie bereitwillig sie jederzeit mittendrin aufhörten und das Buch hinwarfen – mit der Schrift nach unten …

Oh, es würde das reinste *Fegefeuer* sein!

Hatte sie das nicht schon einmal gesagt – über die Disko?

Doch das hier war schlimmer als jede Disko. Das Fegefeuer war schlimm genug gewesen – doch das hier war die Hölle. Und auf einmal wusste sie genau, was das eigentlich war, die Hölle: alle Bücher der Welt zu haben, bis in alle Ewigkeit, und sie doch nicht lesen zu können.

***

PHILIP PULLMAN war in den 1970er- und frühen 80er-Jahren Lehrer an drei Mittelschulen in Oxford. Während dieser Zeit gewann er mit seinem ersten Roman einen Verlagswettbewerb. Seitdem hat er eine Reihe erfolgreicher Fantasy-Geschichten für Kinder und Jugendliche geschrieben, darunter *Count Karlstein; or, The Ride of the Demon Huntsman* und *Spring-Heeled Jack*. Internationale Anerkennung als Schriftsteller – nicht nur für Jugendbücher – brachte ihm jedoch der erste Titel seiner *Dark-Materials*-Reihe ein: *Der Schatten im Norden*, der 1996 mit der Carnegie Medal ausgezeichnet wurde. Das Buch basiert auf Miltons *Das Verlorene Paradies*. Die Heldin, die zwölfjährige Lyra Silvertongue, lebt in einer Zauberwelt, in der zu jeder Person ein »Dämon« gehört. Böse Mächte versuchen unentwegt, diese Verbindungen zu zerstören. Die Geister, Gespenster, Engel und Hexen, die in diesem bahnbrechenden Buch und auch im Folgeband *Das magische Messer* auftreten, sind unbestritten einzigartig in der Gegenwartsliteratur.

DIANA WYNNE JONES

Carol Oneirs hundertster Traum

Zauberer haben sich von jeher der Fähigkeit gerühmt, die Zukunft vorherzusagen, Zeichen zu deuten und Träume auszulegen. Unter den Zauberern, die wirklich gelebt haben, waren Merlin, Michael Scot und Roger Bacon besonders bewandert in dieser Kunst. In der Literatur tun die Zauberer der Scheibenwelt sich darin besonders hervor – unter anderem der Erzastronom von Krull, der junge Ignazius Eruptus Schneidgut und Oma Wetterwachs, die »größte Hexe der Scheibenwelt«. In Harry Potter und der Stein der Weisen *beweist bekanntlich Professor McGonagall bemerkenswerte Voraussicht, als sie über die Zukunft des jungen Zauberers sagt: »Er wird berühmt werden – eine Legende … jedes Kind auf der Welt wird seinen Namen kennen!« Auch Carol Oneir, die Heldin der folgenden, der letzten Geschichte in diesem Buch, ist bereits schrecklich berühmt. Sie ist unglaublich schlau und war schon als Siebenjährige in der Lage, ihre Träume zu steuern. Diese Fähigkeit wird in Form von Büchern, Comics und zahlreichen anderen Artikeln vermarktet. Doch dann, als gerade Carols hundertster Traum bevorsteht, geschieht … gar nichts. Die Krise droht ihrer Karriere ein Ende zu setzen, bis ihr Vater den ret-*

tenden Einfall hat, sich mit seinem alten Schulfreund Chrestomanci, dem Zauberer mit den neun Leben, in Verbindung zu setzen. In dessen Welt – die der unseren ein wenig entrückt ist – gehört Zauberei ebenso zur Tagesordnung wie Musik, und es wimmelt nur so von Hexen, Hexenmeistern, Zauberern, Magiern und dergleichen zauberkräftigen Gestalten. Chrestomanci (das spricht man KREST-OH-MANN-ZIEH*) muss da als besonders mächtiger Zauberer öfter eingreifen. Wer wäre also besser als er geeignet, das Geheimnis zu lüften und herauszufinden,* warum *Carol Oneir nicht mehr träumen kann …*

***

Carol Oneir war die jüngste Bestseller-Träumerin der Welt. Die Presse nannte sie ›das Wunderkind‹. Regelmäßig erschienen in allen Tageszeitungen und Monatszeitschriften Fotos von ihr – entweder allein und mit tiefsinniger Miene in einem Sessel sitzend oder zärtlich an ihre Mama gekuschelt.

Mama war sehr stolz auf Carol. Carols Verleger, die Leute von Wizard Reverie GmbH, waren es ebenso. Sie vermarkteten die Träume, die Carol produzierte, in leuchtend blauen Flaschen, die an Behausungen von Flaschengeistern erinnerten und mit kirschrotem Satinband verschlossen waren. Außerdem gab es den *Carol-Oneir-Sammelband* in Form eines Kissens, *Carols Traumhafte Comics*, das *Carol-Oneir-Traum-Hutband*, das *Magische Carol-Oneir-Armband* und ein halbes Dutzend weiterer Produkte zu kaufen.

Carol war sieben gewesen, als sie entdeckt hatte, dass sie über die glückliche Gabe verfügte, ihre Träume zu steuern. Sie konnte bestimmen, wovon sie träumte, und den Traum dann im Geist loslassen. Ein geschickter Zauberer fing ihn ein und bannte ihn in eine Flasche, sodass andere Leute ihn erleben konnten. Carol träumte leidenschaftlich gern. Mittlerweile hatte sie es auf nicht weniger als neunundneunzig ausgewachsene Träume gebracht. Außerdem genoss sie es, im Mittelpunkt zu stehen und von ihrer Mutter viele teure Sachen gekauft zu bekommen. Umso schlimmer traf es sie, als sie sich eines Abends hinlegte und anfangen wollte, ihren hundertsten Traum zu träumen – und gar nichts geschah.

Auch für ihre Mama war es ein furchtbarer Schlag. Sie hatte gerade ein Sektfrühstück bestellt, um *Carols Traumhundert* zu feiern. Die Leute bei Wizard Reverie GmbH waren ebenfalls völlig aus dem Häuschen. Der nette Mr. Ploys stand mitten in der Nacht auf und kam mit dem Milchzug nach Surrey herunter. Er beruhigte zuerst Mama, dann beruhigte er Carol und redete ihr gut zu, sich wieder hinzulegen und es noch einmal zu versuchen. Doch Carol konnte immer noch nicht träumen. Sie versuchte es eine Woche lang jeden Tag, aber sie träumte rein gar nichts – nicht einmal einen ganz gewöhnlichen Allerweltstraum.

Der Einzige, der es mit Fassung trug, war ihr Dad. Er ging angeln, als die Krise ausbrach. Mr. Ploys und Mama brachten Carol zu den besten Ärzten, um festzustellen, ob sie vielleicht krank oder überanstrengt war. Aber daran lag es nicht. Schließlich ging Mama mit Carol zu dem berühmten Seelenzauberer Herman Mindelbaum, der oben in der Harley Street praktizierte. Doch selbst Mr. Mindelbaum fand keine Erklärung. Er sagte, Carols Seele sei völlig in Ordnung und ihr Selbstbewusstsein in Anbetracht der Lage sogar überraschend stark.

Auf der Rückfahrt im Auto weinte Mama, und Carol schluchzte vor sich hin. Mr. Ploys sagte verzweifelt: »Was auch immer geschieht – *kein Sterbenswörtchen* davon darf an die Presse gelangen!«

Aber natürlich war es schon zu spät. Am nächsten Tag stand es in sämtlichen Schlagzeilen: CAROL ONEIR BEIM SEELENDOKTOR und HAT CAROL AUSGETRÄUMT? Mama brach wieder in Tränen aus, und Carol bekam beim Frühstück keinen Bissen hinunter.

Als Dad später am Tag vom Angeln zurückkam, saßen auf den Stufen vor der Haustür scharenweise Reporter. Er bahnte sich mit seiner Angel behutsam einen Weg zwischen ihnen hindurch und sagte dabei: »Hier gibt es überhaupt keinen Grund zur Aufregung. Meine Tochter ist einfach nur sehr müde, und wir fahren zur Erholung mit ihr in die Schweiz.«

Als er endlich im Haus war, sagte er: »Wir haben Glück. Ich habe für Carol einen Termin bei einem Experten arrangiert.«

»Sei nicht albern, Schatz. Wir waren gestern schon bei Mr. Mindelbaum«, schluchzte Mama.

»Ich weiß, Liebling. Aber ich spreche von einem *richtigen* Experten«, antwortete Dad. »Ich war nämlich mal mit Chrestomanci zusammen in der Schule – vor langer Zeit, als wir beide noch jünger waren als Carol jetzt. Ehrlich gesagt habe ich sein erstes Leben auf dem Gewissen. Ich habe ihm damals einen Cricketschläger an den Kopf geschmettert. Als Zauberer mit neun Leben ist er natürlich viel bedeutender als Carol, und es war gar nicht so leicht, zu ihm vorzudringen. Ich hatte schon Angst, er würde sich nicht mehr an mich erinnern, aber er kannte mich doch noch und will sich Carol mal ansehen. Die Sache hat nur einen Haken: Er macht gerade Urlaub in Südfrankreich und will auf keinen Fall, dass die Presseleute den Ort stürmen …«

»Das lassen Sie nur meine Sorge sein«, rief Mr. Ploys begeistert. »Chrestomanci! Mr. Oneir, ich *erstarre* in Ehrfurcht. Ich weiß gar nicht, was ich sagen soll!«

Zwei Tage später stiegen Carol, ihre Eltern und Mr. Ploys in Calais in den Schlafwagen erster Klasse des Schweizer Orientexpress. Die Reporter bezogen Schlafwagen zweiter und Sitzabteile dritter Klasse, und die französischen und deutschen Reporter, die auch noch zustiegen, mussten auf den Gängen stehen. Der überfüllte Zug ratterte durch Frankreich und erreichte mitten in der Nacht Straßburg, wo immer viel rangiert wurde. Dort wurde der Schlafwagen mit Carol und ihren Eltern darin abgehängt und an den Goldenen Pfeil in Richtung Riviera angekoppelt. Der Schweizer Orientexpress fuhr indessen ohne sie nach Zürich weiter.

Auch Mr. Ploys fuhr in die Schweiz. Er hatte Carol erklärt, er sei zwar eigentlich ein Traumzauberer, aber er habe doch genug Tricks auf Lager, um den Reportern vorzumachen, Carol sei noch im Zug. »Wenn Chrestomanci seine Ruhe haben will, kann ich nicht riskieren, dass auch nur einer von ihnen in seine Nähe kommt. Das kann mich meinen Job kosten«, sagte er.

Als die Reporter den Schwindel bemerkten, waren Carol und ihre Eltern bereits in Teignes, einem Badeort an der französischen Riviera, angekommen. Dort packte Dad – nicht ohne ein oder zwei wehmütige Blicke auf das Kasino zu werfen – sein Angelzeug aus und ging fischen. Mama und Carol fuhren mit einer Pferdekutsche den Berg hinauf zu der Privatvilla, in der Chrestomanci wohnte.

Sie hatten sich für das Treffen extra schick gemacht. Beide waren noch nie zuvor jemandem begegnet, der bedeutender als Carol war. Carol hatte ein Rüschenkleid aus Satin an, das genauso blau war wie ihre Traumflaschen, und darunter nicht weniger als drei handgestickte Spitzenunterröcke. Dazu trug sie passende Knöpfstiefel, ein blaues Band in den sorgfältig frisierten Locken und einen blauen Satin-Sonnenschirm. Sie hatte die Kette mit dem Diamantherzchen, die Brosche mit ihrem Namen in Diamantschrift und ihre zwei Saphirarmbänder sowie alle sechs goldenen Armreifen angelegt. Die Diamantschnalle an ihrem blauen Satintäschchen hatte die Form zweier Cs. Mama sah mit ihrem kirschfarbenen Pariser Kleid, einem rosafarbenen Hut und all ihrem Smaragdschmuck womöglich noch prächtiger aus.

Eine eher schlicht wirkende Dame führte die beiden auf eine Terrasse. Mama flüsterte Carol hinter ihrem Fächer zu, die Dame sei für eine Bedienstete doch wohl etwas zu aufgetakelt. Carol beneidete Mama um den Fächer.

Nachdem sie die vielen Stufen zur Terrasse hinaufgestiegen waren, war Carol so außer Puste, dass sie das Reden lieber Mama überließ. Diese brach sofort in Begeisterungsrufe über die wundervolle Aussicht aus. Man sah das Meer und den Strand und konnte sogar bis in die Straßen von Teignes hinunterschauen. Das Kasino sah bezaubernd aus, und der Golfplatz wirkte so friedlich, wie Mama bemerkte. Auf der anderen Seite lag der private Swimmingpool, der zur Villa gehörte. Er war voller plantschender, kreischender Kinder, und Carol fand im Stillen, dass er die Aussicht verdarb.

Chrestomanci saß lesend in einem Liegestuhl. Als die beiden näher kamen, blickte er auf und blinzelte ein wenig. Dann fiel ihm offenbar ein, wer sie waren, und er stand auf, um sie mit ausgesuchter Höflichkeit zu begrüßen. Er trug einen wunderbaren, maßgeschneiderten Anzug aus echter Seide, von dem Carol auf einen Blick erkannte, dass er mindestens so teuer gewesen sein musste wie Mamas Pariser Kleid. Doch das Erste, was ihr durch den Kopf schoss, als sie Chrestomanci sah, war: Meine Güte! Der sieht ja doppelt so gut aus wie Francis! Sie ließ den Gedanken hastig fallen und stampfte ihn ein, denn es war einer jener Gedanken, die sie noch nicht einmal Mama anvertraute. Aber von da an verachtete sie Chrestomanci geradezu dafür, dass er so *sehr* groß war und *so* schwarze Haare und funkelnde, dunkle Augen hatte. Sie wusste, er würde nicht mehr ausrichten können als Mr. Mindelbaum – und der hatte sie an Melville erinnert.

Mama hielt unterdessen Chrestomancis Hand mit beiden Händen umklammert und sagte: »Ach, verehrter Mr. Chrestomanci! Wie gütig von Ihnen, dass Sie sich unseretwegen im Urlaub stören lassen. Nachdem selbst Mr. Mindelbaum nicht feststellen konnte, was ihre Träume blockiert …«

»Nicht der Rede wert«, entgegnete Chrestomanci, während er versuchte seine Hand zurückzuerobern. »Ehrlich gesagt reizt es mich, einen Fall zu übernehmen, den nicht einmal Mindelbaum durchschaut hat.« Er winkte die Dame herbei, die sie auf die Terrasse geführt hatte, und sagte: »Millie, könntest du wohl Mrs. … ähm … Mrs. Ojeh nach unten begleiten, damit ich mit Carol sprechen kann?«

»Das wird nicht nötig sein«, entgegnete Mama lächelnd. »Ich weiche meinem Liebling nicht von der Seite. Carol weiß, dass ich ganz still dabeisitzen und mich nicht einmischen werde.«

»Kein Wunder, dass Mindelbaum nichts ausrichten konnte«, murmelte Chrestomanci.

Dann – Carol, die sich doch einiges auf ihre Beobachtungsgabe einbildete, kam nie richtig dahinter, wie es zuging – war Mama plötzlich von der Terrasse verschwunden. Carol selbst saß Chrestomanci in einem Liegestuhl gegenüber, und Mamas Stimme schwebte von irgendwo zu ihr herauf. »Ich begleite Carol auf Schritt und Tritt. Sie ist mein Ein und Alles, mein Lämmchen …«

Chrestomanci lehnte sich behaglich zurück und schlug die eleganten Beine übereinander. »So, und jetzt sei so nett und erzähl mir genau, was du tust, wenn du einen Traum machst«, forderte er Carol auf.

Das hatte Carol bereits hunderte Male getan. Sie lächelte artig und begann: »Zuerst habe ich so ein Gefühl im Kopf. Daran erkenne ich, dass ein Traum bereit ist. Wissen Sie, Träume kommen, wann sie wollen; man kann sie nicht zurückhalten oder auf später verschieben. Ich sage dann Mama Bescheid, und wir gehen hoch in mein Schlafzimmer, wo sie mir beim Fertigmachen hilft. Ich lege mich dann auf die Spezialcouch, die Mr. Ploys mir besorgt hat. Mama zieht die Spule auf, mit der die Träume aufgezeichnet werden, und schleicht auf Zehenspitzen hinaus. Während die Traumspule leise summt und schwirrt, schlafe ich ein. Und dann kommt der Traum über mich ...«

Chrestomanci machte sich keine Notizen wie Mr. Mindelbaum und die Reporter. Er nickte ihr auch nicht ermutigend zu, wie Mr. Mindelbaum es getan hatte. Er starrte einfach mit abwesendem Blick aufs Meer hinaus. Carol fand, er hätte wenigstens die Kinder im Swimmingpool zur Ruhe rufen können. Das Kreischen und Plantschen war so laut, dass sie fast schreien musste. Carol fand das ziemlich unaufmerksam von ihm, ließ sich aber nicht beirren.

»Ich habe gelernt, keine Angst zu haben, sondern mich von dem Traum führen zu lassen. Das ist wie eine Entdeckungsreise ...«

»Wann passiert das?«, unterbrach Chrestomanci recht barsch. »Diese Träume, kommen die nachts?«

»Sie können jederzeit kommen«, antwortete Carol. »Wenn ein Traum bereit ist, kann ich mich auch am Tag auf meine Couch legen und schlafen.«

»Sehr praktisch«, murmelte Chrestomanci. »Du kannst dich also jederzeit, wenn dir im Unterricht langweilig ist, melden und sagen: ›Entschuldigen Sie mich bitte, ich muss mal träumen‹ – und dann lässt man dich nach Hause gehen?«

»Ich hätte das wohl erklären sollen«, erwiderte Carol, die sich anstrengen musste, ihre Würde zu bewahren. »Mama lässt mich zu Hause unterrichten, damit ich träumen kann, wann immer es nötig ist. Also, es ist wie eine Entdeckungsreise – manchmal geht es in unterirdische Höhlen, manchmal hinauf in Wolkenpaläste ...«

»Aha. Und wie lange träumst du so? Sechs Stunden? Zehn Minuten?«, unterbrach Chrestomanci erneut.

»Etwa eine halbe Stunde«, sagte Carol. »Also, in Wolkenpaläste oder in die Südsee. Ich weiß nie, wohin die Reise geht oder wem ich unterwegs begegnen werde ...«

»Schaffst du in einer halben Stunde einen ganzen Traum?«, fiel ihr Chrestomanci schon wieder ins Wort.

»Natürlich nicht. Manche meiner Träume dauern länger als drei Stunden«, erklärte Carol. »Jedenfalls begegne ich im Traum seltsamen und wunderbaren Gestalten ...«

»Du träumst also in halbstündigen Etappen«, sagte Chrestomanci. »Und dann nimmst du den Traum wohl genau an der Stelle wieder auf, wo du am Ende der vorigen halben Stunde aufgehört hast.«

»Versteht sich«, sagte Carol. »Sie haben doch sicher schon davon gehört – ich kann meine Träume *steuern*. Und ich kann eben in regelmäßigen Abschnitten von einer halben Stunde am besten arbeiten. Wenn Sie mich nur nicht dauernd unterbrechen würden – ich gebe mir doch gerade alle Mühe, es Ihnen zu erklären!«

Chrestomanci wandte den Blick vom Meer ab und sah Carol an. Er schien überrascht. »Mein liebes, kleines Fräulein, du gibst dir *nicht* alle Mühe, es mir zu erklären. Du musst wissen, ich lese Zeitung. Und das, was du mir hier erzählst, ist der gleiche Streifen, den du schon den Reportern von der *Times*, der *Croydon Gazette* und *People's Monthly* aufgetischt hast – und dem armen Mindelbaum offenbar auch. Du willst mir also weismachen, deine Träume kämen von selbst, wenn es an der Zeit ist – aber du träumst jeden Tag einmal, und zwar exakt eine halbe Stunde lang – und du behauptest, du wüsstest nie, wohin der Traum dich führt oder was darin geschieht – aber andererseits hast du deine Träume völlig unter Kontrolle. Das passt doch wohl nicht so ganz zusammen, wie?«

Carol schob die Armreifen an ihrem Handgelenk auf und ab und rang um Fassung. Das war wirklich nicht leicht in der Gluthitze und mit all dem Lärm vom Swimmingpool. Sie dachte ernsthaft daran, Melville abzusetzen und für ihren nächsten Traum Chrestomanci zum Schurken zu machen – bis ihr einfiel, dass es vielleicht gar keinen nächsten Traum *geben* würde, wenn Chrestomanci ihr nicht half. »Das verstehe ich nicht«, sagte sie.

»Dann lass uns doch mal über die Träume selbst reden«, sagte Chrestomanci. Er zeigte die Terrassentreppe hinunter auf das leuchtend blaue Wasser des Pools. »Das da ist mein Mündel, Janet. Das blonde Mädchen, das gerade vom Sprungbrett geschubst wird. Sie ist ganz verrückt nach deinen Träumen. Sie hat alle neunundneunzig. Julia und die Jungs halten allerdings ganz und gar nichts davon, fürchte ich. Sie sagen, deine Träume sind Gesülze und folgen alle dem gleichen Strickmuster.«

Carol war natürlich tief gekränkt, dass jemand ihre Träume als Gesülze bezeichnete, aber sie hütete sich, das zu sagen. Sie lächelte artig zu der gewaltigen Wasserfontäne hinab, in der Janet gerade verschwunden war.

»Janet würde dich nachher gern kennen lernen«, sagte Chrestomanci. Carol begann zu strahlen. Sie ließ sich leidenschaftlich gern anhimmeln. »Als ich hörte, dass du kommen würdest, habe ich mir Janets neuestes Sammelband-Kissen ausgeborgt«, erzählte Chrestomanci. Carols Strahlen erlosch. Chrestomanci machte ganz und gar nicht den Eindruck, als ob er viel für ihre Träume übrig hätte.

»Hat mir ganz gut gefallen«, gab Chrestomanci zu. Carol strahlte wieder auf – na also! »Aber weißt du, Julia und die Jungs haben nicht Unrecht«, fuhr Chrestomanci fort. »Deine Happyends sind schon ziemlich sülzig, und das Muster ist tatsächlich immer gleich.« Als Carol das hörte, erlosch ihr Lächeln schlagartig. »Andererseits geht es ungeheuer lebhaft zu«, sagte Chrestomanci. »Es passiert so viel, und es kommen so viele Leute vor. Ich mag diese Massen – die in der Werbung das ›Heer der tausend Statisten‹ genannt werden –, aber ich muss gestehen, dass ich die Schauplätze nicht besonders überzeugend finde. Das Arabien im sechsundneunzigsten Traum war schauderhaft, auch wenn man dir zugute hält, dass du noch so jung bist. Der Jahrmarkt im letzten Traum zeigt dagegen viel versprechende Ansätze.«

Carols Lächeln strahlte und erlosch mittlerweile in ständigem Wechsel, als ob es an- und ausgeknipst würde. Beinahe hätte sie alle Vorsicht vergessen, als Chrestomanci sagte: »Und du kommst zwar nie selbst in deinen Träumen vor, aber einige Figuren treten doch immer wieder auf – natürlich in unterschiedlichen Masken. Ich konnte insgesamt fünf oder sechs Hauptfiguren ausmachen.«

Das kam jenen Dingen, von denen Carol nicht einmal ihrer Mama erzählte, gefährlich nahe. Glücklicherweise hatten schon ein paar Reporter das Gleiche bemerkt. »So sind Träume nun mal«, sagte sie. »Ich bin ja nur das Sehende Auge.«

»Wie du denen vom *Manchester Guardian* bereits erklärt hast«, ergänzte Chrestomanci. »Sofern es das war, was sie mit

›Sheedne Gaue‹ gemeint haben. Wie ich sehe, war das wohl ein Druckfehler.« Zu Carols Erleichterung machte er einen ziemlich abwesenden Eindruck und schien gar nicht zu bemerken, wie unbehaglich es ihr wurde. »So, und jetzt finde ich, es wäre an der Zeit, dass du schläfst«, sagte er, »damit ich herausfinden kann, was mit deinem hundertsten Traum so schief gelaufen ist, dass du ihn nicht aufzeichnen wolltest.«

»Aber da ist überhaupt nichts schief gelaufen!«, widersprach Carol. »Ich habe eben einfach nicht geträumt.«

»Das sagst du«, sagte Chrestomanci. »Mach die Augen zu. Du darfst auch ruhig schnarchen.«

»Aber ... aber ich kann doch nicht mitten beim Besuch so einfach einschlafen!«, protestierte Carol. »Und außerdem ... die Kinder im Swimmingpool machen viel zu viel Krach.«

Chrestomanci streckte wie beiläufig eine Hand zu dem gepflasterten Terrassenboden aus. Carol sah, wie er den Arm hob, als würde er etwas aus den Steinen heraufziehen. Es wurde still auf der Terrasse. Sie sah, wie die Kinder unten plantschten und die Münder auf- und zumachten, aber kein Laut drang an ihre Ohren. »Hast du sonst noch irgendwelche Ausreden?«, fragte er.

»Das sind keine Ausreden. Außerdem, wie wollen Sie überhaupt wissen, ob ich träume, wenn Sie nicht mal eine richtige Traumspule haben und auch keinen Traumzauber-Spezialisten, der sie abliest?«, fragte Carol.

»Ach, ich glaube, ich komme ganz gut ohne zurecht«, bemerkte Chrestomanci.

Er sagte das zwar in einem sanften, beinahe schläfrigen Tonfall, aber Carol fiel plötzlich wieder ein, dass er ein Zauberer mit neun Leben und bedeutender als sie selbst war. Offenbar war er überzeugt davon, dass seine eigenen Kräfte ausreichen würden. Na, sollte er doch. Sie würde ihm den

Gefallen tun. Carol stellte ihren blauen Sonnenschirm so auf, dass sie im Schatten saß, und lehnte sich in ihrem Liegestuhl zurück in der Gewissheit, dass nichts passieren würde …

… Und dann fand sie sich auf dem Jahrmarkt wieder, wo ihr neunundneunzigster Traum geendet hatte. Vor ihr lag ein großer, matschiger Rasenplatz, auf dem Papierfetzen und andere Abfälle herumlagen. Sie sah in der Ferne hinter ein paar flatternden Zelten und halb abgebauten Buden das Riesenrad und ein hohes, nicht mehr ganz vollständiges Gerüst, das sie als den Turm der großen Spiralrutsche erkannte. Der Platz wirkte völlig ausgestorben.

»Also *wirklich!*«, sagte Carol. »Die haben hier noch kein bisschen aufgeräumt! Was *fällt* Martha und Paul nur ein?«

Kaum war ihr das herausgerutscht, da schlug sie wie ertappt die Hände vor den Mund und blickte sich hastig um, ob Chrestomanci ihr nicht etwa nachgeschlichen war. Aber hinter ihr war auch nichts anderes zu sehen als ramponierter, abfallübersäter Rasen. Sehr schön!, dachte Carol. Ich hab's doch gleich gewusst – in einem Carol-Oneir-Privattraum kommt niemand hinter die Kulissen, wenn ich es nicht will! Sie fühlte sich gleich viel sicherer. Hier hatte *sie* das Sagen. Das hier gehörte zu jenen Dingen, die sie nicht einmal Mama anvertraute – auch wenn sie vorhin auf der Terrasse in Teignes einen Moment lang befürchtet hatte, Chrestomanci könnte ihr auf die Schliche kommen.

Chrestomanci hatte Recht mit seiner Beobachtung: Carol verfügte tatsächlich nur über sechs Hauptdarsteller. Da war zunächst einmal Francis – groß, blond, gut aussehend und mit einer herrlichen Baritonstimme –, der immer den Helden spielte. Am Ende heiratete er jedes Mal die sanfte, aber tapfere Lucy, die ebenfalls blond und sehr hübsch war. Dann gab es noch Melville – hager, dunkelhaarig, bleich und mit verschlagenem Gesicht –, der sämtliche Schurkenrollen übernahm. Melville spielte den Bösewicht so hervorragend, dass Carol ihn oft mehrmals im selben Traum einsetzte. Er blieb jedoch stets ein Gentleman; das war auch der Grund dafür, dass der höfliche Mr. Mindelbaum Carol an Melville erinnert hatte.

Die übrigen drei waren Bimbo, der schon etwas älter war und als weiser Alter, tragischer Krüppel oder schwacher Tyrann auftrat; Martha, die als ältere Frau die Tanten, Mütter und bösen Königinnen spielte – wahlweise durch und durch böse oder mit einem guten Kern –, und der kleine, jugendlich wirkende Paul, dessen Glanznummer die des getreuen, jungen Helfers war. Daneben diente er aber auch als zweiter Bösewicht, und in beiden Rollen wurde er mit schöner Regelmäßigkeit umgebracht. Paul und Martha, die immer nur kleinere Rollen spielten, hatten nach jedem Traum dafür zu sorgen, dass das Heer der tausend Statisten bis zum nächsten Mal alles aufräumte.

Nur hatten sie das diesmal eben nicht getan.

»Paul!«, schrie Carol. »Martha! Wo ist mein Heer der tausend Statisten?«

Nichts geschah. Ihre Stimme verhallte einfach in der Leere.

»Na wartet! Dann komme ich euch eben suchen«, rief sie. »Es wird euch noch Leid tun, wenn ich euch finde!«

Carol stapfte auf die Zelte zu, deren Planen im Wind flatterten. Während sie sich angewidert zwischen dem Abfall hindurchschlängelte, dachte sie empört daran, wie gemein sie sie im Stich gelassen hatten. Dabei hatte sie sich all die Mühe gemacht, sie zu erfinden und sich hundert verschiedene Verkleidungen für sie auszudenken. Sie hatte sie in gewisser Weise ebenso berühmt gemacht, wie sie es selbst war. Mitten in diesen Grübeleien trat Carol plötzlich barfuß in ein geschmolzenes Eis. Sie zuckte schaudernd zurück – und stellte fest, dass sie aus unerfindlichen Gründen einen Badeanzug anhatte wie die Kinder in Chrestomancis Swimmingpool.

»Auch das noch!«, sagte sie verärgert. Ihr fiel jetzt ein, dass es ihr schon einmal so ergangen war, als sie einen hundertsten Traum träumen wollte. Es hatte damit geendet, dass sie abbrach und den Traum für unbrauchbar erklärte. Jeder hätte ihn für einen ganz gewöhnlichen Allerweltstraum gehalten. Er hätte nicht einmal zu einem anständigen *Hutband*-Traum getaugt. Diesmal riss sie sich zusammen und brachte es mit großer Anstrengung fertig, dass sie wieder die blauen Knöpfstiefel und das blaue Kleid mit den vielen Unterröcken anhatte. Es war ihr zwar wärmer so, aber wenigstens sah man, dass sie hier das Sagen hatte. Dann marschierte sie weiter, bis sie die flatternden Zelte erreichte.

Da wäre das Ganze schon wieder um ein Haar zu einem gewöhnlichen Traum ausgeartet. Carol wanderte zwischen leeren Zelten und eingestürzten Buden umher, unter dem großen Gerüst des Riesenrades hindurch, mehrmals an dem geköpften Rutschenturm vorbei und von einem leeren Karussell zum nächsten, ohne eine Menschenseele zu sehen.

Das Einzige, was sie vorwärts trieb, war ihre wütende Entschlossenheit. Endlich traf sie doch noch jemanden – dabei wäre sie um ein Haar geradewegs an dem Mann vorbeigelaufen, weil sie ihn für eine Puppe aus dem Wachsfigurenkabinett hielt. Er saß auf einer Kiste neben der bemalten Orgel eines Karussells und starrte vor sich hin. Vielleicht spielten manche von den tausend Statisten ja bei Bedarf Wachsfiguren, dachte Carol. Sie hatte nicht die leiseste Ahnung. Der hier war allerdings blond, was bedeutete, dass er zu den Guten gehörte und meist mit Francis zusammenarbeitete.

»He, du da!«, sagte sie. »Wo ist Francis?«

Er blickte sie stumpfsinnig an. »Rhabarber Rhabarber, laberlaber blabla«, sagte er.

»Schon gut, du bist hier nicht in einer Massenszene«, erklärte Carol. »Ich will wissen, wo meine Hauptdarsteller sind.«

Der Mann deutete vage in Richtung Riesenrad. »In ihren Quartieren«, sagte er. »Ausschuss-Sitzung.« Carol machte sich auf den Weg. Sie war kaum zwei Schritte gegangen, als der Mann ihr nachrief: »He, du! Sag gefälligst danke!«

Wie ungezogen!, dachte Carol. Sie drehte sich um und starrte ihn finster an. Er trank jetzt aus einer scharf riechenden, grünen Flasche. »Du bist ja betrunken!«, sagte sie. »Wo hast du das her? Ich dulde in meinen Träumen keinen echten Alkohol.«

»Heiß Norman«, sagte der Mann. »Kummer ersäufen.«

Carol sah ein, dass sie nichts Vernünftiges aus ihm herausbekommen würde. Also sagte sie »Danke«, damit er ihr nicht wieder hinterherschrie, und ging in die Richtung, in die er gewiesen hatte. Der Weg führte zu einer Ansammlung von Zigeunerwagen. Carol ging schnurstracks daran vorbei, denn die Wohnwagen wirkten alle irgendwie verschwommen und wie aus Pappe, woraus sie schloss, dass sie zum Heer der tausend Statisten gehörten. Der Wohnwagen, den sie suchte, musste richtig deutlich zu erkennen sein und echt aussehen. So war es auch. Er wirkte allerdings eher wie ein geteerter Schuppen auf Rädern als wie ein Wohnwagen, doch der schwarze Rauch, der sich aus dem rostigen, eisernen Ofenrohr kringelte, war echt.

Carol schnupperte. »Komisch. Riecht fast wie Karamell!«

Dann beschloss sie, sich nicht weiter anzukündigen. Sie stapfte energisch die schwarze Holzleiter zum Eingang hinauf und stieß die Tür auf.

Rauch, Hitze, Alkohol- und Karamellgeruch schlugen ihr entgegen. Drinnen waren alle ihre Leute versammelt, aber anstatt sich zu ihr umzudrehen und ihre Anweisungen entgegenzunehmen, wie es sich gehörte, nahm zunächst niemand Notiz von ihr. Francis saß mit Martha, Paul und Bimbo am Tisch und spielte Karten im Schein einiger Kerzen, die in grünen Flaschen steckten. Jeder hatte ein Glas mit einem scharf riechenden Getränk neben sich stehen, doch am stärksten roch zu Carols Entsetzen die Flasche, aus der Lucy trank. Die schöne, sanfte Lucy saß im Hintergrund auf einer Pritsche, kicherte vor sich hin und hielt eine grüne Flasche im Arm. Soweit Carol bei der Schummerbeleuchtung erkennen konnte, sah Lucys Gesicht aus wie das eines Kobolds und ihr Haar war, wie Mama gesagt hätte, »der reinste Wischmopp«. Melville stand am Herd neben der Tür und kochte etwas. Carol schämte sich, ihn anzusehen. Er trug eine schmierige, ehemals weiße Schürze und rührte mit verklärtem Lächeln in einem Stieltopf. Man hätte sich kaum einen weniger schurkischen Anblick vorstellen können.

»Was, bitte schön, soll das Ganze hier?«, fragte Carol.

Daraufhin drehte Francis sich halb zu ihr um. Sie sah, dass er sich seit Tagen nicht rasiert hatte. »Kannsse nich' ma' en'lich die vadammde Tür ssumach'n?«, knurrte er mürrisch. Vielleicht lag es ja nur an der dicken Zigarre zwischen seinen Zähnen, dass er so redete, aber Carol fürchtete, es läge wohl eher daran, dass Francis betrunken war.

Sie schloss die Tür und blieb mit verschränkten Armen davor stehen. »Ich verlange eine Erklärung«, sagte sie. »Ich warte.«

Paul knallte die Karten auf den Tisch und raffte flink einen Stapel Geld zusammen. Dann wandte er ihr sein jugendliches Gesicht zu, nahm die Zigarre aus dem Mund und sagte: »Da kannst du lange warten, wenn du nicht endlich bereit bist zu verhandeln. Wir streiken!«

»Streiken!«, wiederholte Carol.

»Streiken«, bestätigte Paul. »Allesamt. Ich habe das Heer der tausend Statisten angestiftet, gleich nach dem letzten Traum. Wir wollen bessere Arbeitsbedingungen und ein größeres Stück vom Kuchen.« Er grinste Carol herausfordernd und ziemlich widerlich an und steckte die Zigarre wieder in den Mund, der beim näheren Hinsehen gar nicht mehr so jungenhaft aussah. Paul war älter, als Carol bewusst gewesen war, und sein Gesicht war voller Zynikerfalten.

»Paul ist unser Vertrauensmann«, sagte Martha. Carol stellte überrascht fest, wie jung Martha war. Sie hatte rötliches Haar und einen Ausdruck rechtschaffener Entrüstung. In nörgeligem Tonfall fuhr sie fort: »Wir haben nämlich auch unsere Rechte, jawohl. Das Heer der tausend Statisten lebt in haarsträubenden Verhältnissen, und für uns alle heißt es dauernd: ein Traum nach dem anderen, kein bisschen Freizeit. Und ein undankbarer Job ist es noch dazu. Diese miesen Rollen, die Paul und ich immer zu spielen haben!«

»Mickrige Statistenparts«, bekräftigte Paul, der gerade die Karten gab. »Ein Punkt, gegen den wir protestieren, ist, dass wir fast in jedem Traum umgebracht werden. Das Heer der tausend Statisten wird jedes Mal in der Schlussszene niedergemetzelt. Dabei kriegen die Leute nicht nur keine Entschädigung – sie müssen auch gleich wieder aufstehen und den ganzen nächsten Traum hindurch kämpfen.«

»Un' nie krieg'n wa wassu sauf'n«, warf Bimbo ein. Carol sah, dass er sternhagelvoll war. Seine Nase war schon ganz violett und sein weißes Haar wirkte feucht. »Bin's leid, imma nu gefärbtes Wassa. Muss'n ers' Obs' aus'n Ssaubagat'n klau'n un' Wein draus mach'n. Jess mach'ma Whisky. Dassis noch bessa.«

»Und nicht, dass du uns etwa *bezahlen* würdest«, nörgelte Martha. »Wir müssen selbst sehen, wo wir bleiben.«

»Und woher habt ihr dann das viele Geld?«, fragte Carol und zeigte auf den großen Haufen, den Paul vor sich hatte.

»Die Szene mit dem Schatz in Arabien und so«, sagte Paul. »Versteckte Piratenbeute. Das meiste ist nur bemaltes Papier.«

Der betrunkene Francis legte plötzlich lauthals los: »Ich will Anerkennung. Ich hab neunundneunzig verschiedene Helden gemacht, aber auf den Kissen und Flaschen werd ich mit keinem Wort erwähnt.« Er schlug auf den Tisch. »Ausbeutung ist das!«

»Genau, beim nächsten Traum sollen alle unsere Namen draufstehen«, sagte Paul. »Melville, gib ihr doch mal unsere Beschwerdeliste.«

»Melville ist Sekretär in unserem Streikkomitee«, erklärte Martha.

Francis schlug noch einmal auf den Tisch und brüllte: »*Melville!*« Dann schrien auch alle anderen: »MELVILLE!«, bis Melville, der immer noch am Herd stand, sich endlich umdrehte. Er hielt den Topf in der einen und ein Blatt Papier in der anderen Hand.

»Ich wollte mein Karamell nicht anbrennen lassen«, entschuldigte er sich. Er reichte Carol das Papier. »Da, Schätzchen. Meine Idee war das nicht, aber ich wollte auch kein Spielverderber sein.«

Carol, die immer noch mit dem Rücken zur Tür stand, war inzwischen den Tränen nahe. Dieser Traum wurde zum Albtraum. »Lucy!«, schrie sie verzweifelt. »Lucy, steckst du etwa auch mit denen unter einer Decke?«

»Lass sie in Ruhe«, sagte Martha, die Carol immer unsympathischer wurde. »Lucy hat schon genug durchgemacht. Sie hat reihenweise Rollen gespielt, in denen sie das Spielzeug und Eigentum von Männern war. Nicht war, Liebes?«, rief sie zu Lucy hinüber.

Lucy blickte auf. »Keiner versteht mich«, sagte sie und starrte trübsinnig an die Wand. »Ich hasse Francis. Und dauernd muss ich ihn heiraten und mit ihm für alle Zeiten glück … *hick!* … gülücklich werden.«

Das brachte Francis natürlich in Rage. »Und ich hasse *dich!*«, grölte er und sprang auf. Der Tisch fiel krachend um, sodass Gläser, Geld, Spielkarten und Kerzen auf dem Boden landeten. Es wurde schlagartig dunkel, und ein entsetzlicher Tumult brach los. Als die Tür hinter Carol irgendwie aufsprang, schlüpfte sie hinaus, so schnell sie konnte …

… Und fand sich im Liegestuhl auf der sonnigen Terrasse wieder. Sie hielt ein Blatt Papier in der Hand, und der Sonnenschirm rollte zu ihren Füßen über den Boden. Verärgert bemerkte sie eine lange, klebrige Kleckerspur auf ihrem blauen Kleid, die nach Karamell aussah.

»Tonio! Vieni qui!«, rief jemand.

Carol blickte auf und sah Chrestomanci, der gerade versuchte einen kaputten Liegestuhl wieder in Ordnung zu bringen. Eine Menschenmenge drängte sich an ihm vorbei die Terrassentreppe hinunter. Carol konnte sich zuerst gar nicht erklären, wer die Leute waren, bis sie in der Menge Francis erblickte und dann Lucy, die mit einer Hand ihre Flasche umklammert hielt und die andere Hand in die von Norman gelegt hatte – dem Mann, der am Anfang von Carols Traum auf der Kiste gesessen hatte. Die Übrigen waren wohl das Heer der tausend Statisten. Während Carol immer noch versuchte sich einen Reim auf das Ganze zu machen, ließ Chrestomanci auf einmal den kaputten Liegestuhl fallen, um den Letzten, der über die Terrasse kam, aufzuhalten.

»Entschuldigen Sie, mein Herr«, sprach Chrestomanci ihn an. »Könnten Sie mir bitte noch kurz etwas erklären?«

Es war Melville, der immer noch die Kochschürze trug und mit seiner langen Schurkenhand den Dampf von seinem Topf wedelte. Er blickte trübsinnig auf das Karamell hinunter und sagte: »Ich fürchte, es ist hin. Sie wollen wissen, was geschehen ist? Tja, es hat wohl mit dem Heer der tausend Statisten angefangen, etwa um die Zeit, als Lucy sich in Norman verliebt hatte. Könnte also sein, dass Norman der Anstifter war. Jedenfalls fingen sie an sich zu beschweren, dass sie nie eine Chance hätten, als richtige Menschen aufzutreten. Das hat Paul mitbekommen. Paul ist ausgesprochen ehrgeizig, müssen Sie wissen, und ihm war klar – uns allen war klar –, dass Francis eigentlich nicht der geborene Held ist ...«

»Nein, allerdings nicht. Er hat ein schwaches Kinn«, stimmte Chrestomanci zu.

Carol schnappte nach Luft und wollte gerade protestieren – was in dieser Situation recht tränenreich ausgefallen wäre –, als ihr einfiel, dass Francis' Stoppelkinn unter der Zigarre tatsächlich mickrig und weichlich gewirkt hatte.

»Ach, man sollte die Leute wohl nicht nach ihrem Kinn beurteilen«, sagte Melville. »Sehen Sie sich meins an – und ich tauge nicht besser zum Schurken als Francis zum Helden. Aber Francis hat so eine rebellische Ader, die hat Paul sich zu Nutze gemacht. Bimbo mit seinem Whisky hat ihm dabei geholfen, und Lucy war sowieso auf Pauls Seite, weil sie es satt hatte, dauernd Rüschenkleider tragen und Francis anschmachten zu müssen. Sie und Norman wollen in die Landwirtschaft gehen. Und Martha, die meiner Meinung nach ein ziemlich frivoles Mädchen ist, war mit von der Partie, weil es ihr im Hals steht, dauernd von jetzt auf gleich den Schauplatz aufräumen zu müssen. Und dann sind sie alle zu mir gekommen.«

»Und Sie sind standhaft geblieben?«, fragte Chrestomanci.

»Den ganzen *Krüppel von Monte Christo* und den *Ritter aus dem Orient* hindurch«, bestätigte Melville, der gerade die Terrasse überquerte, um seinen Topf auf der Balustrade abzustellen. »Wissen Sie, ich mag Carol nun mal. Ich würde glatt drei Schurken gleichzeitig spielen, wenn es sie glücklich macht. Aber als sie dann direkt nach dem *Tyrannen von London* mit diesem Jahrmarktstraum anfing, musste selbst ich zugeben, dass wir uns zu Tode schuften. Keiner von uns kommt jemals dazu, er selbst zu sein. Du meine Güte«, unterbrach er sich, »ich glaube, das Heer der tausend Statisten lässt gerade die Sau raus.«

Chrestomanci ging zu ihm und beugte sich über die Balustrade. »Sieht so aus«, sagte er. »Was meinen Sie, warum Carol Sie alle derart antreibt? Aus Ehrgeiz?«

Aus dem Ort scholl ein derartiger Tumult herauf, dass Carol nicht widerstehen konnte aufzustehen, um sich die Sache selbst anzusehen. Große Scharen aus dem Heer der tausend Statisten waren zielstrebig an den Strand gezogen. Sie rannten begeistert in die Brandung hinein. Manche zogen kleine Strandkabinen auf Rädern hinter sich her, andere warfen einfach die Kleider ab und stürzten sich ins Wasser. Die normalen Urlauber schrien entgeistert auf. Auch am großen Platz vor dem Kasino gab es Lärm, als das Heer der tausend Statisten in die eleganten Cafés strömte und lauthals nach Eiskrem, Wein und Froschschenkeln verlangte.

»Scheinen ziemlich ausgelassen zu sein«, sagte Melville. »Ehrgeiz? Nein, das war es wohl eigentlich nicht. Ich würde eher sagen, Carol ging in ihrem Erfolg auf, und ihre Mama ließ sich auch mitreißen. Es ist nicht leicht, einen Schlussstrich zu ziehen, wenn die eigene Mama von einem erwartet, dass man ewig so weitermacht.«

Unten raste eine Kutsche über die Hauptstraße, verfolgt von einer aufgeregt durcheinander schreienden Horde. Hinter dieser war wiederum ein kleiner Trupp Gendarmen her – offenbar weil der weißbärtige Mann in der Kutsche völlig unbekümmert mit vollen Händen Juwelen nach allen Seiten warf. Hauptsächlich arabischen Schmuck und Piratenschätze, wie Carol bemerkte. Sie fragte sich, ob es echte Edelsteine waren oder nur Glas.

»Armer Bimbo«, sagte Melville. »Er hält sich mittlerweile wohl selbst für so eine Art fürstlichen Nikolaus. Hat die Rolle einfach zu oft gespielt. Ich finde, er sollte allmählich in Rente gehen.«

»Wirklich ein Jammer, dass deine Mama eure Kutsche dabehalten hat«, sagte Chrestomanci zu Carol. »Dort drüben, sind das nicht Francis, Martha und Paul? Gerade auf dem Weg ins Kasino.«

Sie waren es wirklich. Carol sah, wie sie Arm in Arm die Marmorstufen emporstolzierten – drei Freunde, die offensichtlich vorhatten, einen draufzumachen.

»Paul hat mir anvertraut, er hätte ein System gefunden um die Bank zu sprengen«, sagte Melville.

»Das bilden sich viele ein«, erwiderte Chrestomanci.

»Aber wie soll er denn – er hat ja gar kein echtes Geld!«, wandte Carol ein. Während sie sprach, wanderte ihr Blick zufällig nach unten. Ihr diamantener Kettenanhänger war verschwunden, ebenso die Diamantbrosche. Die Saphirarmbänder und sämtliche Goldreifen fehlten ebenfalls. Sogar die Schnallen von der Handtasche waren abgerissen. »Sie haben mich ausgeplündert!«, schrie sie auf.

»Das war bestimmt Martha«, kommentierte Melville betrübt. »Denk dran, im *Tyrannen von London* war sie Taschendiebin.«

»Es scheint, du schuldest ihnen einiges an Lohn«, sagte Chrestomanci.

»Aber was *mache* ich denn jetzt nur?«, jammerte Carol. »Wie kriege ich sie alle wieder?«

Melville sah aus, als ob er sich ernsthafte Sorgen um sie machte. Seine Miene glich zwar eher einer seiner Schurkenfratzen, aber Carol verstand vollkommen. Melville war lieb. Chrestomanci blickte einfach nur erstaunt und ein wenig gelangweilt drein. »Heißt das, du *willst*, dass die alle zurückkommen?«, fragte er.

Carol wollte gerade sagen, ja, natürlich wolle sie das – aber dann sagte sie es doch nicht. Sie hatten so viel Spaß. Bimbo, der durch die Straßen preschte und mit Schmuck um sich warf, amüsierte sich wie nie zuvor in seinem Leben. Am Strand tummelte sich eine einzige, begeistert plantschende Menge und unten auf dem Platz hatten die Kellner alle Hände voll zu tun, Bestellungen aufzunehmen und den Statisten Teller und Gläser an die Tische zu bringen. Carol hoffte nur, dass sie mit echtem Geld bezahlten. Wenn sie den Kopf drehte, konnte sie sehen, dass einige aus dem Heer der tausend Statisten schon bis zum Golfplatz vorgedrungen waren. Die meisten hielten Golf offenbar für einen Mannschaftssport und glaubten, es würde so ähnlich wie Hockey gespielt.

»Solange Carol überlegt …«, sagte Chrestomanci, »… erzählen Sie doch mal, Melville, wie denken Sie eigentlich über ihre Träume? So als Insider?«

Melville zwirbelte verlegen seinen Schnurrbart. »Ich hatte befürchtet, dass Sie mich das fragen würden«, sagte er. »Sie hat natürlich enormes Talent, sonst könnte sie das alles gar nicht, aber manchmal habe ich doch den Eindruck, dass sie … nun ja, dass sie sich wiederholt. Sagen wir so: Ich glaube, Carol gibt sich selbst ebenso wenig eine Chance, sie selbst zu sein, wie sie uns eine gibt.«

Carol wurde bewusst, dass sie Melville als Einzigen von ihren Leuten richtig gern hatte. Alle Übrigen hingen ihr zum Hals heraus. Sie ödeten sie schon seit Jahren an, auch wenn sie das nie eingestanden hatte. Sie hatte einfach keine Zeit gehabt, sich andere, interessantere Figuren auszudenken, weil sie immer gleich wieder den nächsten Traum in Arbeit hatte. Und wenn sie sie nun alle feuerte? Aber wäre Melville dann nicht gekränkt?

»Melville«, begann sie zaghaft, »macht's dir eigentlich Spaß, Schurken zu spielen?«

»Ach, Schätzchen, das liegt ganz bei dir«, erwiderte Melville, »aber ich muss gestehen, manchmal hätte ich schon ganz gern mal ein … naja, ein nicht *ganz* so schwarzes Herz. Sagen wir ein graues. Und ein bisschen mehr Tiefgang.«

Das war schwierig. Carol dachte darüber nach und sagte: »Ich müsste erst mal mit dem Träumen aufhören und eine Weile – vielleicht sogar ziemlich lange – versuchen mir ein anderes Bild von den Menschen zu machen. Würde es dir etwas ausmachen zu warten? Das kann aber gut ein Jahr dauern.«

»Kein Problem«, sagte Melville. »Ruf mich einfach, wenn du mich brauchst.« Damit verbeugte er sich und küsste Carol in bester Schurkenmanier die Hand …

... Und dann saß Carol wieder in ihrem Liegestuhl. Sie rieb sich die Augen, doch diesmal war die Terrasse leer bis auf Chrestomanci, der einen kaputten Liegestuhl in der Hand hielt und in einer Sprache, die nach Italienisch klang, mit einem mageren, kleinen Jungen sprach. Wie es schien, war der Junge vom Swimmingpool gekommen. Er hatte eine Badehose an und hinterließ lauter nasse Flecken auf dem Pflaster.

»Ach!«, sagte Carol. »Dann war es doch nur ein Traum!« Sie bemerkte, dass sie ihren Sonnenschirm im Schlaf umgestoßen haben musste, und griff danach. Anscheinend war jemand darauf getreten. Außerdem hatte sie eine lange Kleckerspur aus Karamell auf dem Kleid. Sie schaute natürlich gleich nach ihrer Brosche, dem Kettenanhänger und den Armreifen, doch der Schmuck war verschwunden. Jemand hatte die Brosche abgerissen und dabei das Kleid beschädigt. Carols Blick glitt zur Balustrade hinüber, auf der ein kleiner, angebrannter Topf stand.

Carol sprang auf und lief zu der Brüstung in der Hoffnung, Melville noch auf der Terrassentreppe zu sehen. Die Stufen waren leer, doch Carol kam gerade rechtzeitig, um zu beobachten, wie die Polizei Bimbos Kutsche am Ende der Promenade stellte. Bimbo schien nicht darin zu sein. Er hatte sich offenbar mithilfe der Verschwinde-Nummer, die sie im *Krüppel von Monte Christo* für ihn erfunden hatte, aus dem Staub gemacht.

Unten am Strand stiegen scharenweise Statisten aus dem Wasser und legten sich in die Sonne oder baten andere Urlauber höflich, ihnen einen Beachball zu leihen. Sie waren kaum noch von den normalen Touristen zu unterscheiden. Draußen auf dem Golfplatz nahm ein Mann im roten Blazer sich der Statisten an, ließ sie in einer Reihe Aufstellung nehmen und übte mit ihnen den Abschlag. Anschließend fiel Carols Blick auf das Kasino, doch von Paul, Martha und Francis war nichts zu sehen. Dafür ertönte aus den überfüllten Cafés rund um den Platz Gesang – kräftiger, stetig lauter werdender Gesang, denn zum Heer der tausend Statisten gehörten natürlich auch mehrere riesige Chöre. Carol blickte sich um und sah Chrestomanci vorwurfsvoll an.

Chrestomanci unterbrach seine italienische Unterhaltung, legte dem kleinen Jungen die Hand auf die nasse, magere Schulter und führte ihn zu ihr herüber. »Unser Tonino hier ist ein ganz besonderer Zauberer«, erklärte er. »Er verstärkt die Zauberkraft anderer Leute. Als ich sah, was in dir vorging, hielt ich es für das Beste, ihn heraufzuholen, damit er dich in deiner Entscheidung bestärkt. Ich ahnte schon in etwa, wie es ausgehen würde. Darum wollte ich auch keine Reporter hier haben. Möchtest du jetzt nicht vielleicht mit hinunter an den Pool gehen? Janet kann dir bestimmt einen Badeanzug leihen und vielleicht auch ein frisches Kleid.«

»Hmm … ja, gern … danke … aber …«, begann Carol, als der kleine Junge an ihr vorbei auf etwas zeigte.

»Iche spräche Inglisch«, sagte er. »Du haste deine Papier verloren.«

Carol drehte sich hastig um und hob das Blatt auf. Darauf stand in schöner, geschwungener Handschrift:

Carol Oneir entbindet hiermit Francis, Lucy, Martha, Paul und Bimbo von allen weiteren dienstlichen Verpflichtungen und stellt das Heer der tausend Statisten auf unbestimmte Zeit frei. Ich selbst nehme mir mit deiner freundlichen Erlaubnis Urlaub und verbleibe

dein getreuer Diener
Melville.

»Oh, prima«, sagte Carol und dann: »Ach, herrje! Wie erkläre ich das nur Mr. Ploys? Und wie soll ich es Mama beibringen?«

»Ich kann mit Mr. Ploys sprechen«, sagte Chrestomanci, »aber das mit deiner Mama musst du schon selbst regeln. Ich bin allerdings überzeugt, dass dein Vater dir zur Seite stehen wird, wenn er vom Kasin… ähm … vom Angeln zurück ist.«

Dad stand Carol tatsächlich ein paar Stunden später zur Seite, und Mama war ohnehin etwas umgänglicher als sonst. Sie hatte es nämlich immer noch nicht verkraftet, dass sie Chrestomancis Frau für eine Hausangestellte gehalten hatte. Aber inzwischen hatte Carol ihrem Dad bereits etwas viel Wichtigeres zu erzählen: dass sie sechzehn Mal vom Sprungbrett geschubst worden war und schon zwei Züge schwimmen konnte – oder jedenfalls beinahe.

***

DIANA WYNNE JONES gilt als »moderne Meisterin der Zauberei«, seit ihre Bücher, in denen sie Zauberei mit Alltäglichem kombiniert, auf beiden Seiten des Atlantik schlagartig höchst erfolgreich wurden. Besonders ihre Romane um Chrestomanci, den »mächtigsten Zauberer der Welt«, erfreuen sich seit der Veröffentlichung des ersten Bandes, *Neun Leben für den Zauberer*, immer größerer Beliebtheit. Viele Leser finden sogar, dass die Geschichten um den großen, gut aussehenden und scharfsinnigen Zauberer den gleichen Kultstatus verdient hätten wie die Harry-Potter-Romane. Diana Wynne Jones schrieb 1970 ihre ersten Fantasy-Erzählungen, und die Titel ihrer Bücher ließen schnell ihre Vorliebe für Zauberer und Hexenkust erkennen: *Wir sind aufs Hexen ganz versessen*, *Howl's Moving Castle* über den verwünschten Magier Howl und *Plötzlich war da wilder Zauber*, worin sich herausstellt, dass die Welt insgeheim von einem Rat aus Hexen und Hexern regiert wird. Kürzlich stand im *US News and World Report:* »Verrückt nach Harry? Versuchen Sie Diana«. Ich möchte den Lesern, die sie noch nicht kennen, besonders die anderen Chrestomanci-Romane ans Herz legen: *Zauberstreit in Caprona*, *Sieben Tage Hexerei* und *The Lives of Christopher Chant*.

Danksagung

Herausgeber und Verleger des vorliegenden Bandes danken den Autoren folgender Geschichten sowie ihren Verlegern und Agenten für die Genehmigung, urheberrechtlich geschützte Texte in diese Sammlung aufzunehmen:

»Die Satansschüler«, Originaltitel »School for the Unspeakable«, von Manly Wade Wellman. Copyright 1937 bei Popular Fiction Publishing Company. Wiederabdruck mit freundlicher Genehmigung von David Drake, dem Erben des Nachlasses von Manly Wade Wellman.

»Der unheimliche Direktor«, Originaltitel »The Demon Headmaster«, von Gillian Cross. Wiederabdruck mit freundlicher Genehmigung von Oxford University Press.

»Burg zu bespuken«, Originaltitel »Ghostclusters«, von Humphrey Carpenter. Copyright 1989. Wiederabdruck mit freundlicher Genehmigung von Puffin Books.

»St. Mary's Clyffe«, Originaltitel »Grimnir and the Shape-Shifter«, von Alan Garner. Wiederabdruck mit freundlicher Genehmigung von HarperCollins Publishers.

»Schwarze Oliven«, Originaltitel »Dark Oliver«, von Russell Hoban. Wiederabdruck mit freundlicher Genehmigung von David Higham Associates.

»Finder-Lohn«, Originaltitel »Finders Keepers« von Joan Aiken.

Copyright bei Joan Aiken Enterprises Ltd, Wiederabdruck mit freundlicher Genehmigung von A. M. Heath & Co Ltd.

»Der Flugzauber«, Originaltitel »The Magic of Flying«, von Jacqueline Wilson. Wiederabdruck mit freundlicher Genehmigung von Oxford University Press.

»Überraschungs-Ei aus China«, Originaltitel »Chinese Puzzle«, von John Wyndham. Wiederabdruck mit freundlicher Genehmigung von David Higham Associates.

»Der Wunsch«, Originaltitel »The Wish«, von Roald Dahl. Wiederabdruck mit freundlicher Genehmigung von David Higham Associates.

»Der unsichtbare Junge«, Originaltitel »Invisible Boy«, von Ray Bradbury. Wiederabdruck mit freundlicher Genehmigung von Abner Stein und Don Congdon Associates.

»Ich heiße Dolly«, Originaltitel »My Name Is Dolly« von William F. Nolan. Copyright 1987. Wiederabdruck mit freundlicher Genehmigung des Autors.

»Lesen«, Originaltitel »Something to Read«, von Philip Pullman. Wiederabdruck mit freundlicher Genehmigung von A. P. Watt Ltd.

»Carol Oneirs hundertster Traum«, Originaltitel »Carol Oneir's Hundredth Dream«, von Diana Wynne Jones. Wiederabdruck mit freundlicher Genehmigung von HarperCollins Publishers.

Besonderer Dank gilt Mike Ashley, David Drake, William Nolan und Philip Pullman für ihre Hilfe bei der Zusammenstellung der vorliegenden Sammlung.